バチカン奇跡調査官
王の中の王

藤木 稟

角川ホラー文庫
22302

目次

プロローグ　光あれ

1

オランダ中央部に位置する、第四の都市ユトレヒト。

町の中心を流れる旧運河《アウデグラフト》沿いには、大きな並木が続き、クチナシ色や赤煉瓦《あかれんが》色、シー・グリーン色にペイントされた細長い建物が隙間無く建ち並んでいる。

建物の多くは、水上貿易が産業の中心だった時代の倉庫を住宅に改装したもので、それらの間口が狭いのは、かつて間口の幅に応じた課税額が定められていた為だ。

今では観光スポットとしても有名で、カフェやレストランも数多くあり、暖かい季節になると、水面《みなも》に触れんばかりのテラス席で寛《くつろ》ぐ人々の姿を見ることができる。

そんな建物群の中に、聖ファン・クーレン教会は、ひっそりと存在していた。

古いレンガ造りの四階建てで、色目は地味な焦げ茶色。間口は小さく、注意して探さなければ見逃しそうなほどだ。

そこが教会であることを示しているのは、玄関上部に取り付けられた十字架の飾りと、『聖ファン・クーレン教会』という表札だけであった。

トロイ・エイクマン司祭は、自宅から一キロ余り離れた聖ファン・クーレン教会へ通う道すがら、重い溜息《ためいき》を吐いていた。

近年、信者の集まり具合が芳しくない。もとよりオランダ人は世界一、宗教に関心がない国民だといわれている。

そもそもオランダの国土はライン川、マース川、スヘルデ川という三本の大河が河口に作り出したデルタ地帯だ。

ローマの博物誌家、大プリニウスが「一日に二度、広大な地域が海に覆われ、陸と海の区別がつかなくなる。満潮のときには住民は船に乗っているようで、干潮のときは難破船に乗っているようだ」と描いたように、人々は干潟や低湿地帯に僅《わず》かな人工の盛り土をし、その上でかろうじて生活していたらしい。

一世紀にローマ帝国軍の侵攻を受け、五百名規模の軍隊が駐留すると、最初の砦《とりで》が作られ、職人や貿易商人、兵士の家族からなる町が出来た。

その後、十一世紀頃には泥炭地の開拓が積極的に進められ、十二世紀になると、大規模な堤防の建設が始まった。堤防を造って内側の土地を干拓し、その地に運河を掘って地面を乾かすという方法で、十五世紀には運河の水を排水するポンプとして風車が用いられた。

こうして長い間、水と戦い続けた祖先の歴史についてオランダ人は、「世界は神が作ったが、オランダはオランダ人が作った」と、胸を張る。

また、カエサルが「魚と鶏の卵で生活している」と『ガリア戦記』に描いたように、この地では古くから魚が多食されてきた。

小さなニシン帆船に乗って、北海の荒波と戦ってきた為なのか、個人の判断力や経験値、技能や力を追求することが、調和や秩序を求めるよりも好まれる気風がある。

とはいえ、オランダは政治上、フランク王国領、神聖ローマ帝国領、ブルゴーニュ公国領、スペインハプスブルク領と、長らく大国の一領土に過ぎなかったし、近海で採れたニシンを周辺国へ売る程度しか、外貨を稼ぐ力を持ってはいなかった。

それが遠くバルト海あたりまで航路を延ばすようになった切っ掛けは、どうやら中世後期に発明された食品加工技術「ニシンの塩漬けの樽詰」であったらしい。

遠路へ乗り出して一儲《ひともう》けを企《たくら》む人々が一気に増え、航海技術や操船技術、加えて商売の才覚というものが、まるで民族の特技のように上達していったと言われている。

そうして中世を通じて商工業と中継貿易を発達させた結果、遂には世界で最も優れた海運国にして経済大国として、大航海時代の主役に躍り出たのである。

その大躍進ぶりは「オランダの奇跡」と呼ばれる。つまりはオランダ人は自らの手で「奇跡」さえ起こした、というのである。

ところで中世といえば、オランダの中心は此処《ここ》、ユトレヒトであった。

ローマ時代に軍の要塞《ようさい》として作られたユトレヒトは、フランク王国時代以降、ユトレヒト司教座としてカソリックを布教しながら発展してきた歴史がある。

しかもユトレヒト司教は、ただの聖職者ではなかった。司教裁判権を持ち、世俗領主さながらの軍事力も備え、貨幣鋳造権、通行税の徴収権、狩猟権や漁業権、伯位まで与えられ、十四世紀頃には他の封建領主と同等かそれ以上の力を持っていた。

そんな時代の名残りを今も留《とど》めているのが、町の中央にシンボルのように聳《そび》える「ドム塔」である。

元はユトレヒト司教座大聖堂の西端にあたる鐘楼だったものが、一六七四年の大嵐によって、大聖堂の中央部と身廊が倒壊してしまった。その為、鐘楼と教会が切り離され、今ではただの「ドム塔」と呼ばれているのだ。

なんという悲劇だろうか……。

だがトロイ・エイクマン司祭にとって更に嘆かわしい悲劇は、歴史と伝統を誇るカソリックの大聖堂が、一五八〇年からプロテスタント教会に変わってしまったことである。


もしもドム教会が、今もカソリック教会なら……。


エイクマン司祭は、思わず溜息を吐いてしまう。

嵐で倒れた教会を再建もせず放っておくことなど、私達なら絶対にしない

バチカンの法王猊下《げいか》なら、必ずやご温情をかけて下さっただろう
そうすれば世界中の同志から、寄付金だって集まっただろうに……
教会の建て直しも修復も何もしないプロテスタント派の考えが、エイクマンには理解できない。
奴らは単なるケチなのだ
しかも信仰心というものがない
エイクマンは、呆《あき》れたと言わんばかりに、首を横に振った。
一五二〇年代にドイツからルター派が、四〇年代にフランスからカルヴァン派が流れ込んで来ると、手軽な新教はオランダ商人達の間にどんどん広まっていった。
そんな新教徒への弾圧を強め、異端審問所開設などを行ったのが、神聖ローマ皇帝カール五世であり、更なる圧政を強めたのがその息子、スペイン王フェリペ二世であった。
弾圧や増税に対する民衆の不満、そしてフェリペ二世ならびにスペイン国に対する批判は、やがてスペインの国教であるカソリックそのものへの不満と結びつき、遂には八十年戦争（オランダ独立戦争）が勃発《ぼっぱつ》する。

長引く戦乱の中、反乱軍の中心にあった北部のホラント州が自ら議会を開き、反乱の姿勢を明確に示すと、さらに激化する戦いの中、「信仰の自由をカルヴァン派のみに限定し、カソリックの礼拝を禁止する」と宣言する。すると、各地でカソリック信徒への迫害や教会の接収、イコンの焼き討ちなどが横行し、多くの市民がカルヴァン派に改宗する事態となった。

そうして十六世紀末、カルヴァン派勢力の強いオランダ北部の七州が連邦して「オランダ共和国」として独立すると、カソリック勢力の強い南部はこれに反発して、「スペイン領ネーデルランド」と名乗ったのだ。

ユトレヒト州も北部七州の一つであり、反乱軍の勢力が強かった。

そもそもユトレヒトに司教座が置かれたのも、北方の沿岸地帯に住むフリース人の反抗に手を焼いたフランク王国が、彼らにキリスト教を布教する拠点としてこの地を選んだという史実を鑑《かんが》みるに、両者にはもともと相容《あいい》れない何かがあったのかも知れない。

ともあれ、当時のユトレヒトではカソリックの礼拝が禁止され、多くのカソリック信者は、スペイン領ネーデルランド（現在のベルギー）や、締め付けの弱いアムステルダム方面へと移住して行った。

なにしろユトレヒトでカソリック信者として生きるということは、それだけで罰金の支払いを覚悟しなければならなかったし、カソリックを差別する役人への賄賂《わいろ》や献金を拒んでは、生活さえ成り立たなかったのだ。

カソリック教徒は公職に就けず、二流市民として扱われ、不当な逮捕や拘束も頻繁であった。聖職者の追放や収監、教会の接収といった度々の理不尽も、全て受け入れなければならなかった。

そのような苦難の中でも、当時の信者達は信仰を守って差別に耐え、カソリック禁止令が解除されるその日まで、隠し教会で祈り続けたのだ。

かつての人々の情熱や厚い信仰心は一体、何処へ行ってしまったのか、とエイクマンは不思議に感じることがある。

「教会は氷河時代だ」などと言われ出してから、既に久しい時が経っている。

昨今、キリスト教系のアムステルダム自由大学とラドバウド大学が行った調査では、オランダのキリスト教徒は国民の二十五パーセント。一方、宗教を持たない又は無神論者は、五十八パーセント。さらに八十二パーセントのオランダ人が、過去に信仰目的で教会に行ったことが皆無、或《ある》いは殆《ほとん》ど無いと答えている。

とりわけカソリック教会の衰退は顕著である。またカソリック信徒の中でも、イエス・キリストが神の子であると信じる人は半数以下で、天国の存在を信じる人は十三パーセントに過ぎないという結果も出ていた。

礼拝出席者の減少によって、教会の建物の維持運営費も苦しくなっている。その為、多数の宗教建築物が取り壊されたり、売却されたりもしてきた。

教会の建物だと思って中に入ると、内部は博物館や自転車屋、スポーツホール、コンサートホール、花屋やレストラン、酒場になっているという有様だ。

実際、二〇一三年に約千六百あったカソリック教会のうち、二百余の教会が閉鎖されており、二〇一八年には前年比五％の大幅減となっている。

遂には神父をネタにしたオランダ・ジョークまでが囁《ささや》かれだした。「最後の神父は電気を消して下さい」というものだ。

オランダ中から教会がなくなり、最後の神父も立ち去って、教会を訪れる人が誰もいなくなる際、「人のいない建物の電気が点《つ》けっ放しだと勿体《もったい》ないので、最後の神父は電気を消して下さいね」という、皮肉混じりのジョークである。

聖職者のなり手も年々減少している。エイクマンの教会にも、自分以外に若い助祭が二人いるだけだ。

宗教を信じない人々の道徳心や克己心が希薄になったせいで、オランダでは様々な不道徳がまかり通っている。

例えば、大麻等ソフトドラッグの販売や所持、使用の非犯罪化。積極的安楽死、同性婚なども合法化されているし、十六歳以上でのポルノ出演、性行為さえ適法とされている。国の許可を得れば管理売春も合法で、オランダは世界有数の性の解放区でもある。

挙げ句の果てには、「神を信じない国オランダは、素行の悪い者にとっては天国」とまで言われる始末だ。

この国の現状は、敬虔《けいけん》なカソリック信者であるエイクマン司祭にとって、惨状としか言いようが無かった。

今朝も頭を抱えて歩いていた彼を、背後からアルトの声が呼び止めた。

「おはようございます、司祭様」

振り返ると、杖《つえ》をついた白髪の高齢女性が立っている。信徒のヤーナ・アッセルだ。

「おはよう、ヤーナ。どうかしたのかね？」

「実は、昨夜も私、見たんです。教会に不思議な光が灯《とも》るのを……」

ヤーナは少し興奮した様子で、瞳《ひとみ》を瞬いた。

「そう言えば貴女《あなた》は先週も、そんなことを言っていたね？」

「ええ、そうです」

「うむ。私もそれを聞いた時は驚いたし、教会中に異変がないか調べてみた。だが、特に何も見つからなかった。不審者の仕業かとも疑ったが、鍵《かぎ》もちゃんとかかっていた」

「ええ、そうだったんですよね。私も他の信者や近所の方々に、私と同じ物を見ていないかと訊《たず》ねて回ったのですけれど、どなたもお答えになりませんでした。ですから、あれはてっきり私の見間違いかと思ったんです。でも私、昨夜も不思議な光を見たんです」

「ふむ……」

ヤーナは暫《しばら》く黙って司祭の反応を待った後、意を決したように顔を上げた。

「昨日は三位一体祭でしたでしょう？　それで私、思ったんです。あれは主のお告げの光ではないか、と」

「ふむ、確かに。そうかも知れないね」

エイクマンはじっくり相槌《あいづち》を打つと、十字を切って、ヤーナに祝福の言葉をかけた。

「ヤーナ・アッセル、貴女に限りなき主の恵みと祝福のあらんことを。アーメン」

「有り難うございます、司祭様。三日後の聖体祭が楽しみですわね」

ヤーナはそう言い残すと、笑顔で歩き去った。

確かに不思議な話だ、と首を傾げながら、エイクマンは聖ファン・クーレン教会に到着した。

玄関を掃いていた二人の若い神父に挨拶《あいさつ》をし、玄関扉を開く。一階は礼拝堂だ。

カソリック弾圧下時代の教会は、四階の屋根裏にオルガンと礼拝堂を隠した作りになっていたが、今では礼拝堂は一階へと移され、大きな祭壇も設けられている。

エイクマンはいつものように祭壇前へ進み、十字架のキリスト像を前に跪《ひざまず》いた。

二人の神父もエイクマンの背後で同じようにする。

そうして朝の祈りを捧《ささ》げ終えた時だ。

祭壇前の床にキラリと金色に輝く物体があるのに、エイクマンは気付いた。

身を乗り出して見ると、黄金色の小さな足跡である。

それが点々と六つ。

まるで祭壇の周りを誰かが歩き回っていたような……。

エイクマンは、無意識のうちに足跡の主を探して顔を上げ、辺りを見回した。すると十字架上のキリスト像と、ハッと目が合った。

「まさか……」

エイクマンは空唾《からつば》を呑《の》み、キリスト像をまじまじと見た。

すると、キリストの足先にもまた、一粒の黄金が輝いているではないか。

エイクマンは心臓が飛び跳ねるほどの衝撃を受け、思わず叫んだ。

「オルトマンス神父、ベーレンズ神父、これを見てくれ！」

二人の若き神父はその剣幕に驚きながら、エイクマンの指差す方を見た。

「なんと、黄金の足跡とは……。主のもの……でしょうか……」

オルトマンス神父は十字を切り、指を組んだ。

「祭壇から降り立った主の印だなんて、奇跡です！　早速、バチカンにご報告を」

興奮の声をあげたベーレンズ神父を、エイクマンは年長者らしく窘《たしな》めた。

「うむ。だがその前に、すべき事がある。まずは町の鑑定家に、この足跡が確かに黄金なのかどうか、確かめて貰《もら》った方がいいだろう」

すぐに鑑定家が呼ばれ、足跡のごく一部が採取された。

そうして出た結果は、その金色の足跡が本物の金であるということだ。

知らせを聞いたエイクマンは、神の力の顕現に打ち震えた。

ヤーナが見た不思議な光の正体は、キリスト像に命が宿った輝きだったのだろう。

そして十字架から降り立った主は、この教会を少しの間、歩かれたのだ。

エイクマンは直ちにバチカンへ報告を書き送った。

この不可思議な、しかしどこか愛らしい奇跡に驚嘆していた三人の神父は、それが聖体祭の奇跡の前兆にしか過ぎなかったことを、まだ知らずにいた。

2

六月二十日。カソリックの聖体祭の日は、聖ファン・クーレン教会が隠し教会となり、最初の礼拝を行った記念日でもある。

聖体祭とは、最後の晩餐《ばんさん》においてイエス・キリストがパンを取り、感謝の祈りを唱えてそれを裂き、使徒たちに与えて「これは、私の体である」とし、また杯を取り、「この杯はあなたがたのために流される、私の血による新しい契約である」と語ったことに基づいて行われる式典だ。

カソリックの盛んな国では、教会に続く道に花を敷き詰め、その上を十字架を先頭にして司祭や信者らが長い行列を作って歩く聖体行列や、司祭による聖体の祝福が行われるのが慣例である。

だが、聖ファン・クーレン教会では、そのように派手な催しや式典は行われない。長い禁制の歴史の中で、風化してしまったのだ。

ただし、それに代わって毎年行われる特別な儀式がある。

聖遺物巡礼だ。

教会の地下には秘密倉庫があり、そこには『聖釘《せいてい》（キリストが磔《はりつけ》にされた際、手足に打ちつけられた釘）』が納められたと伝わる木箱が、厳重に保管されている。

その木箱は、薔薇《ばら》模様のステンドグラスで彩られた美しいケースの中に納まっており、普段は決して見ることも触ることも許されていない。「見れば目が潰《つぶ》れる」という恐ろしい禁忌が伝わっている。

だが、「教会が危機に陥る時、これを救う力がある」とも、言い伝えられてきた。

当然、エイクマン司祭といえども、木箱を開いて聖釘を見たことはない。それどころか、木箱を納めたガラスケースを開いてみたこともない。

そうであっても、聖遺物巡礼は、復活祭とクリスマスに次ぐ人気の行事だ。

普段は礼拝をサボりがちな信者も多くやって来るし、聖遺物をひと目見ようと、一般客も訪れる。

しかも今年は主の足跡の奇跡が地元メディアに掲載されて、話題性は抜群だ。

エイクマンは高揚感を胸に、早朝から教会を訪れ、まずは主の足跡の前に跪《こんせき》いた。

それは今、主の痕跡が消えてしまわぬようにと、保護用のガラスで覆ってある。

とはいえ、忽然《こつぜん》と現れた奇跡の足跡が、いつ忽然と消えるかも知れず、案じていたエイクマンだったが、主の力は今日もしっかりと顕現していた。

安堵《あんど》したエイクマンは立ち上がり、倉庫へ行って金庫の鍵を開けた。

聖遺物が入ったケースを恭しく取り出すと、慎重な足取りで礼拝堂に戻り、聖書台の脇に設《しつら》えた台の上にケースごと置く。

そうして一息吐いたエイクマンは、この日に備えてボランティア達と共に磨き上げた礼拝堂を見渡した。そして、今日という日が己の司教人生の中で最も輝かしい一日になるだろうと確信したのだった。

暫くすると、二人の神父がやって来た。

三人は巡礼者が来る前に、聖遺物に対する礼拝と祈禱《きとう》を済ませると、午前九時に玄関の扉を開いた。

すると教会の前に、十人余りの行列が出来ている。

エイクマンは飛びきりの笑顔で皆を出迎え、案内しながら奥へ歩いて、自らは司祭席についた。

今からきっかり二十四時間、聖遺物巡礼の儀式は続く。

若い神父二人には休憩を取らせるが、エイクマン自身は最低限の用事以外、席を離れることはない。司祭の矜持《きょうじ》である。

訪れた人々は何を願うのか、各々、手を合わせて聖遺物を見詰めていく。そして主の足跡に驚き、十字架のキリストに手を合わせている。

人の敬虔《けいけん》な祈りの姿ほど美しいものはない、とエイクマンは満足していた。

聖遺物巡礼を済ませた後も、会衆席《ネイブ》の前列に陣取り、長い祈りの時間を過ごしていく熱心な信者もいた。

そうかと思えば、物見遊山にふらりとやって来て、聖遺物と主の足跡を一覧し、すぐ帰ってしまう者もいる。

更には聖遺物や祭壇に向かって、スマホのシャッターを切る若者達までいる。普段は禁止している行為だが、この日ばかりは大目に見るとしよう。やはり定期的に教会に興味が注がれるのは良いことだからだ。

それに、初めて教会を訪ねたであろう若者達が、

「やっぱり奇跡ってあるのかな？」とか、

「ここって、意外に綺麗《きれい》な教会なのね。知らなかった」

などと呟《つぶや》くのも喜ばしい。

三々五々訪れる人々を迎え、見送るのを繰り返すうちに、午後八時、信者によるオルガン演奏の時間を迎えた。

そして百二十八席ある礼拝堂は、人で一杯になっていた。

エイクマン司祭は、ほっと胸を撫《な》で下ろしていた。

信仰が、全て廃れてしまった訳ではないと……。

オルガン演奏が終わり、夜が更けた後も、訪問者の波は続いた。

流石に疲れを覚え、少し休憩を取ろうかと思った、午前零時近くのことだ。

突然、天井の照明が激しく瞬いたかと思うと、視界が暗転した。

(何事だ?)

エイクマンは暗闇の中を見回した。

玄関からもその上の窓からも、灯りは一切入ってこない。教会の中も外も、黒闇色の厚いヴェールにすっぽりと覆われたかのようだ。

シン、と鳴るような静けさが、圧を持ってのし掛かってくる。

深い海の底に落とされたような恐怖に、神経がピリピリと強張《こわば》った。

たちまち礼拝堂の其処此処《そこここ》から、不安そうな声が細波《さざなみ》のように響き始める。

「どうした、何が起こったんだ?」

「怖いわ……」

「ただの停電だろう」

「でも、なんだか嫌な寒気がしない?」

「外へ逃げた方がいいのかな?」

そこでエイクマンは大きな咳払《せきばら》いをした。

「皆さん、お静かに！　停電はすぐに回復するでしょう。なるべく席を立たず、座っていて下さい。立って動くと人にぶつかり危険ですので、なるべく席を立たず、座っていて下さい。立っている方は、その場を動かないように」

堂々としたエイクマンの語調に、不安の声は波が引くように鎮まっていった。

だが、やはり暗闇というものは、本能的な恐怖を掻《か》き立てるものだ。

（早く回復してくれれば良いが……）

誰もが心を合わせて、そう祈った。

まさにその瞬間である。

エイクマンの左頬に、忽然と光が差し込んできた。

振り向くと、目映《まばゆ》い輝きが一つ、空に宿っているではないか。

一体何かと考える間もなく、その光はみるみる膨れ上がって祭壇を明るく照らし出し、二つ、そして三つと増えていった。

見る間に神々しい光が礼拝堂を包み込んだ。

白く輝く三つの球体は、その表面に時折、摩訶不思議《まかふしぎ》な虹色《にじいろ》の色彩を浮かべながら、ゆっくりと天井近くまで舞い上がった。

そして、その周囲にオレンジ色の小さな光を幾つも従えながら、空中を泳ぐようにして移動し始めたのである。

はじめに神は天と地とを創造された
地は形なく、むなしく、やみが淵《ふち》のおもてにあり、
神の霊が水のおもてをおおっていた
神は「光あれ」と言われた。すると光があった

エイクマンの脳裏に、『創世記』のフレーズが谺《こだま》する。

（おおっ……。奇跡だ。これはまさに神の奇跡だ！）

エイクマンの頰を涙が伝った。

他の人々の反応も同様であった。恍惚《こうこつ》とした顔で頭上を見上げ、ひたすら固唾《かたず》を呑《の》んで、この不可思議な光景に見入っている。

エイクマンの頭上を、神の光がゆっくりと横切っていく。

その瞬間、彼の目に信じられない光景が飛び込んで来た。

ドム塔が、そしてユトレヒトの町が、茫々《ぼうぼう》と燃える炎に飲み込まれているのだ。

暗雲渦巻く空の下、町の人々は恐怖に足を縺《もつ》れさせ、逃げ惑っている。

エイクマンはその渦中に立ち竦《すく》んでいた。

すると天空から、雷のような男性の声が降り注いできた。


告げよ！

告げよ！

頭は燃えるように熱く、身体はピクリとも動かない。興奮と極限の緊張と根源的な畏怖《いふ》とが入り交じり、エイクマンの全身を貫いていた。

これが主の御声か！

主は私に、この町の未来をお告げになったのだ

それを預言として人々に告げるのが、私の使命ということか

総毛立ったエイクマンの目の前で、雷がドム塔を直撃した。

大音響を轟《とどろ》かせながら、ドム塔が崩壊していく……。

その時視界が暗転し、ふと気付くと、彼は再び教会の席に座っていた。

三つの巨大な球体は、まだ頭上に輝いている。

それは父と子と聖霊とを現す、神の光に違いなかった。

球体は中央のものが最も大きく、両脇の二つは少し小さかった。

感動に身を震わせながら、光を見上げるエイクマンと信者達の目の前で、両脇の二つの輝きが、中央の輝きに引き寄せられるようにして動いた。

そして大きな光の輪郭がほどけるように崩れていったその瞬間、両手を広げたキリスト

の姿となって瞬いたのをエイクマンは見た。

「イエス様のお姿を見たわ！」

「奇跡だ！　奇跡だぞ！」

「主よ！　貴方《あなた》を信じます！」

「めでたし聖寵《せいちょう》、充ち満てるマリアよ！」

再び闇に包まれた礼拝堂に、幾重もの歓喜の悲鳴が谺した。

最早《もはや》、闇を恐れている者は誰もいなかった。

「何という奇跡でしょう。エイクマン司祭、私は奇跡としか言えない体験をしました」

エイクマン司祭の右後ろに座っていたオルトマンス神父が、震える声で言った。

「司祭、私も不思議な体験をしたんです！」

ベーレンズ神父の声が聞こえてくる。

「君達もそうだったか。私もだ。主の御声を聞き、未来を見た」

エイクマンは感動に胸を熱くさせつつ、言葉を継いだ。

「恐らく礼拝堂にいる全員が、今起きた奇跡の感動を分かち合いたいだろう。何ならいっそ朝まで、主について語り合いたいものだ」

「ええ、皆さんきっとそれを望まれます」

オルトマンス神父は弾む声で答えた。

「では、事務室にあるだけの燭台《しょくだい》を、礼拝堂へ運び込んではどうでしょう。蠟燭《ろうそく》を囲んで皆で語り合うというのは？」

ベーレンズ神父が提案する。

「いいアイデアだ」

エイクマンが答えると、二人の神父はスマホの青白いライトを翳《かざ》しながら、事務室へと駆け出していった。

長らく使われていなかった燭台に、ひとつ、ひとつと柔らかな光が点《とも》される。

温かなオレンジの光に照らされた人々の顔は、喜びに満ちていた。

そうしてこの不可思議な奇跡の目撃者達は、朝になって教会に光がもたらされるまでの間、時間も忘れ、奇跡のことや主のことについて、互いに語り合ったのだった。

第一章　信仰と人と

1

バチカン市国。

ローマ北西部に位置するバチカンの丘の上、テベレ川の右岸に存在するこの国は、面積〇・四四平方キロメートルの世界最小の独立国だ。

と同時に、二千年もの歴史が刻まれたキリスト教の聖地でもあり、世界中に存在するカソリック信者およそ十三億人を率いる、カソリックの総本山である。

国土全体がユネスコの世界遺産に登録されており、息を呑むようなサンピエトロ大聖堂や、際立って優美な美術品の数々、神聖な宗教儀式など、二千年の伝統と美の蓄積をひと目見ようと、毎年、何百万もの人々がここを訪れる。

一方、バチカン国籍を持つ国民は千人にも満たないほどで、その四分の三を世界中から集まった聖職者達が占めている。三千人余りの法王庁職員の殆《ほとん》どは、「国外」であるイタリアからの通勤者だ。

バチカンの四方を囲む城壁のゲートは真夜中には閉じられ、内部での寝泊まりを許されているのは、居住者とその親兄弟だけ。昼の喧噪《けんそう》とは全く様変わりするバチカンの夜の顔は、まるで修道院のような静けさである。

祈りの国とも呼ばれるバチカンは、法王を頂点とする強固なピラミッド型組織によって支えられている。

選挙《コンクラーベ》によって選ばれる法王は、世界に約五千人いる司教の任命権を持ち、選ばれた各地の司教は、教区の中に再びピラミッド組織を形成する。

そうしたローマ帝国さながらの組織運営が、バチカンの存続を支え、キリスト教の正統性を継承し、世界一パワーのある宗教機関を稼働させているのだ。

多数の国にまたがる影響力は、バチカンの国際外交力を支え、国際組織としての様々な活動を可能にしている。大国と違って、軍事力や経済力は持たないが、世界各地に信者と聖職者を持つネットワークこそが、法王外交の力の源泉であり、神髄なのだ。

掲げる目標は、キリスト教精神を基調とする正義に基づく世界平和の確立、人道主義の昂揚《こうよう》。そのための武力紛争の回避、人種的差別の廃止と人権の確立、発展途上国に対する精神的・物質的援助等、人道的立場による平和である。

加えてバチカンは、メディア大国でもある。

バチカンやローマには、カソリック系の機関誌や通信社が多数存在し、これらのメディアが報じた情報を、翌日には世界中のカソリック系メディアが取り上げる。それによって世界の世論にも影響を与えている。

世界各国の首脳が、ひっきりなしにこの世界最小国を訪れ、「法王詣《もう》で」を行うのも無理はないだろう。

各々の国、各々の地域において、カソリック教会は教育や福祉活動を通して現地の社会に浸透し、文化的習慣やアイデンティティの源泉となっている。各地の教会は、謂《い》わば大きなクラブのようなもので、信者達の親睦の場でもある。

住民達はコミュニオンに所属することで、バチカンからの大規模な国際的援助を受けることも可能なのだ。

例えば世界百六十カ国にあるバチカン系NGO国際カリタスや、カソリック系福祉組織は、世界のエイズ患者の二十五パーセントをケアしているし、殊にアフリカに於《お》いては四十から五十パーセントをケアしていると言われている。

その成果というべきか、近年、ヨーロッパで横ばい或《ある》いは減少傾向にあったカソリックの信者数が、アフリカでは激増している。

一方、欧米における「教会離れ」には、歯止めがかからない。そして「神なき（新たな）信仰」は広がる一方だ。

キリスト教が過去二千年に亘《わた》って西洋文化の重要な基盤を担ってきたことは、紛れもない事実である。心の拠《よ》り所であっただけでなく、多種多様な思想に影響を与え、広く深く社会に浸透して、社会規範や倫理、文学や美術にも多くの恵みをもたらしてきた。

その衰退の原因としてしばしば指摘されるのは、「近代技術の発展が伝統的なキリスト教世界観を破壊した」というものだ。

科学によって様々な事象が解明されるにつれ、世界は宗教的に説明されずとも、科学的に説明されるようになった。そして、実際的ではない論理に人は頼らなくなった、というのだ。

確かに、時代の変化に追いつけなかったかつてのバチカンは、神より人を優先する人権主義や科学主義を、キリスト教の根本に背くものだと批判した。だが、却《かえ》ってその態度が、「カソリック教会は頑迷でアナクロ」という反発をもたらしてしまった。

そんな渦中に、カソリックの聖職者による、子どもへの性的虐待問題と隠蔽《いんぺい》問題、バチカンと闇社会の癒着を示唆するマネーロンダリング問題などが一気に浮上して、追い打ちをかけたのである。

欧米市民の多くが教会に絶望し、教会離れは加速した。市民生活に深く根付いてきた教会だったからこそ、市民の失望は深く、反発は強かった。

教会の権威が大きく失墜した危機的状況に際し、バチカンは選挙《コンクラーベ》を行って新たな法王を選出した。

新しく選ばれた現法王は就任以来、タブーとされてきた領域にも大胆に切り込み、バチカンの旧弊で権威主義的な体質の改善計画に奮闘している。そして、時代に即した新たな価値観をカソリック世界で共有することに、熱心に取り組んでいる。

例えば、「ラウダート・シ（讃《たた》えられますように）」と名付けられた、環境問題に関する回勅（法王から全世界のカソリック司教へあてた公文書）では、「数多くの科学者、哲学者、神学者や社会組織が、『教会の考えを豊かに』してくれた」と述べた上で、宗教がもたらす豊かさもまた、人類の全体的な発展の為には必要だ、と説いている。

そして「キリスト教徒は、時に聖書を正しくない方法で解釈しましたが」と述べ、「今日、私達は人間が神の似姿に創られ、地を支配せよとの命令を受けたからといって、無制限に他の被造物を支配できるという考え方は、強く拒否すべきです。

人間はこの世界を耕し、守るべき責任を負っています。

他の被造物の最終目的は、私達自身ではありません。

全被造物は、私達と共に、私達を通して、共通の目的地、すなわち神に向かって前進しているということを知るべきです」

とも綴《つづ》っている。

さて。

そんなバチカンには『聖徒の座』という秘密の部署が存在している。

中央行政機構の内、列福、列聖、聖遺物崇拝などを執り行う『列聖省』に所属し、世界中から寄せられてくる『奇跡の申告』に対して厳密な調査を行い、これを認めるかどうか判断して、十八人の枢機卿《すうききょう》からなる奇跡調査委員会にレポートを提出するのがその役目である。

かつての『異端審問所』が魔女などを摘発する異端弾劾の部署であったのに対し、『聖徒の座』は、法王自らが奇跡に祝福を与えるという目的で設立された。

奇跡調査官達は皆、某《なにがし》かのエキスパートであり、会派ごと、得意分野ごとにチームを組んでいる。そして日々、バチカンに報告されてくる様々な奇跡の調査に明け暮れ、世界中を飛び回っていた。

長身にダークブラウンの髪、目尻《めじり》の垂れた青い目が印象的なロベルト・ニコラス神父も、奇跡調査官の一員である。『聖徒の座』の文書解読部に属する、古文書と暗号解読のエキスパートだ。

ロベルトはバチカンの内部改革に伴って新設された『禁忌文書研究部』にも選抜され、これまでタブーとされてきた秘密文書を解読する任務にも就いていた。

その業務は多忙を極め、朝は五時起き、土曜は出勤が当たり前という生活だ。


日曜日の朝。

ロベルトはベッドから身を起こした。時計を見ると午前九時だ。

たっぷり取った睡眠のせいで、却って頭がぼんやりしている。

本棚で埋め尽くされた寝室を出て、伸びをしながらバスルームへ向かうと、軽くシャワーを浴び、髭《ひげ》を剃《そ》り、ざっと髪を乾かした。

それからキッチンへ行き、アンティーク調のコーヒーミルでお気に入りの豆を手挽《てび》きし始めた。

慌ただしい平日の朝は、市販のコーヒー粉とエスプレッソマシンを使ってしまうが、休日はこの一手間が楽しく愛《いと》しいと思う。

中挽きにした豆は茶こしでふるい、微粉を取り除いた。

コーヒー粉の準備ができたら、使い込んだマキネッタのボイラー部分に水を入れ、バスケットにコーヒー粉をセット。スプーンで粉を均《なら》し、ボイラー部分とサーバー部をしっかり固定して、直火《じかび》にかける。

ボイラーの中の水が沸騰すると、蒸気圧により押し上げられた湯がバスケットを通り、サーバー部分に溜《た》まって、エスプレッソが出来上がるのだ。

漂う薫香を楽しみながらコーヒーミルを掃除し、出来上がったエスプレッソをカップに注ぐと、ロベルトは新聞を片手にリビングへ行き、それらをテーブルに置いた。

淡い蜂蜜《はちみつ》色の猫足テーブルだ。

ゆったりとソファに腰掛け、新聞を読みながらエスプレッソを味わう。

そうするうちに空腹を覚えたので、買い置きのバゲットにチーズとハムとスライスしたトマト、ベランダで育てているバジルを挟んで、サンドウィッチを作った。

それでトマトの在庫が切れてしまった。

(買い出しが必要だな)

ロベルトは軽食を終えると、着替えを済ませて外へ出た。

彼の家はバチカンから三キロほど離れたアパルタメントで、近くには母校のサン・ベルナルド寄宿学校がある。

ぐっと夏らしくなった日差しを感じながら歩いていると、道端で話し込むマンマ達の会話が聞こえてきた。

「今年のバカンスはサルデーニャ島にしたわ」

「あそこはカラスミのパスタが美味《おい》しいのよね。ビーチも素敵だし」

「ええ、こんがり肌を焼いてくるわ。貴女《あなた》はどうするの？」

「うちはドロミテのヴィラを予約したのよ」

「あら、素敵じゃない！」

長い夏休みが六月末から始まるとあって、其処此処《そこここ》でバカンスの話題が花盛りだ。

微笑ましさと僅《わず》かな羨《うらや》ましさを感じながら通りを進んで、カンポ・デ・フィオーリ青空市場に到着する。

古い建物に囲まれた小さな広場には、野菜、フルーツ、パスタ、色鮮やかなリキュールやワイン、キッチングッズや雑貨などを売る昔ながらの屋台が並んでいた。

このエリアはパンテオン神殿やベルニーニの噴水で有名なナヴォーナ広場にもほど近い歴史地区だ。紀元前二〇〇年頃の古代ローマ時代から整備され、キルクス・フラミニウスと呼ばれて、劇場や神殿、公衆浴場で賑《にぎ》わっていた中心街である。

平日なら犇《ひし》めくように立つ屋台だが、日曜日は少しばかり閑散としている。客層も平日と違って、地元のローマ人より観光客が断然多い。

観光客達はそれぞれザクロジュースやカットフルーツ、ピザ等を買い食いしながら、土産物などを物色していた。

其処此処から威勢のいい呼び込みの声があがり、華やいだ笑い声や、外国語のはしゃぎ声が響いてくる。

市場の活気に包まれ、気分を高揚させながら、ロベルトは野菜店の前で足を止めた。

カラフルなスイスチャードにフィノッキオ、イボが少ない白キュウリのチェトリオーロ、真っ赤なミニトマトのプリンチペ・ボルゲーゼ、細長いサンマルツァーノ、フルーツトマトのチリエジーノ、ゴツゴツとしたサラダ用トマトのクオーレ・ディ・ブエ。瑞々《みずみず》しい野菜達が山盛りにされて並んでいる。

ロベルトは数日分のメニューを考えながら、トマト、パプリカ、フィノッキオ、ズッキーニ、キャベツを買うことにした。

女店主はやたらと気前のいい値段をつけてくれた上、「これも美味しいからお食べ」と言って、大きな茄子《なす》と赤タマネギを無料でオマケしてくれた。

「宜《よろ》しいんですか？」

「いいの、いいの。それよりまた来てね、ハンサムさん！」

パシッと背中を叩《たた》かれ、ロベルトは次の店に向かった。

熟成ベーコンとサルシッチャ。鶏肉《とりにく》を半羽。久しぶりに、トリッパ（牛の胃袋）も手に取った。あとは松の実とスペルト小麦。最後にオリーブオイルを買い足し、ワインも仕込む。

そうして大満足したロベルトが、広場を出ようとした時だ。

彼の視界に、大層見慣れた人影が飛び込んで来た。

真っ直ぐな黒髪と象牙《ぞうげ》色の細い首筋。神父服を着、少女のように華奢《きやしや》な体軀《たいく》の人物だ。後ろ姿でも、直ぐに分かる。

ロベルトの奇跡調査の相棒にして科学者でもある日系人神父、平賀《ひらが》だ。

平賀はローマの路上によくあるコンテナ式の巨大なゴミ箱の前に立ち、その中を順番に覗《のぞ》き込んでいた。

それから突然、灰色のゴミ箱の蓋《ふた》を開け、その縁を摑《つか》んだかと思うと、鉄棒の前回りをする要領で、頭からゴミの中へダイブした。

上半身は完全にゴミ箱の中だ。宙に浮いた爪先《つまさき》が、路上でジタバタと動いている。

心配になったロベルトは、急いで彼に駆け寄り、声をかけた。

「どうしたんだい、平賀？　大丈夫かい？」

「……あ。その声は、ロベルト神父ですか？」

くぐもった声で返事があって、平賀はすとんと路上に着地した。

振り返ったその顔は、黒やら赤やら得体の知れない汚れにまみれ、髪にもよくわからないゴミが付着している。そして額に装着したヘッドライトが目映《まばゆ》い光を放っていた。
手には肘《ひじ》まである分厚いビニール手袋をはめ、右手にゴミばさみ、首から布袋を吊《つる》している。

「こんな所でお会いするとは奇遇ですね。貴方《あなた》こそ、どうしたんですか？」

平賀は真っ直ぐな黒い瞳《ひとみ》でロベルトを見上げた。

「いや、僕は買い物だけど」

ロベルトが買い物袋を掲げてみせると、平賀は初めてそれに気付いた様子で「ああ、成る程」と頷《うなず》いた。

「それより君はここで何をしてたんだい？」

ロベルトの問いかけに、平賀はゴミばさみをカチカチと鳴らした。

「私はゴミを漁《あさ》って、分別していました」

「それって、仕事や研究の為にかい？」

「いえ、違いますよ。ゴミは正しく分別しないと、ちゃんとリサイクルもされなくなってしまうでしょう？

普通ですと、紙類は白い蓋のゴミ箱で、生ゴミは茶色、一般ゴミはグレー、ガラスは緑。そして再生可能な缶とプラスチックは、二穴が開いた青いゴミ箱に、左右に分けて入れなければなりません。

ところが私が見たところ、観光客の多い場所では特に、分別を間違えて捨てられるゴミが多いんです。ペットボトルのポイ捨ても沢山ありますし」

平賀はそこまで喋《しゃべ》ると、みるみる顔を曇らせた。

「ご存じですか、ロベルト？　これまでに人類が生産したプラスチックは、一九五〇年代から数えて約九十億トンにもなるそうです。それらの殆《ほとん》どがゴミになりました。

プラスチックゴミのリサイクル率は低く、世界全体で製造されたプラスチックの僅《わず》か九パーセントしかありません。

そしてゴミになったプラスチックのうち、焼却された割合は約十二パーセントで、残りの廃プラスチックは埋め立て処分されたか、環境中に漏れ出してしまいました。

漏れ出した廃プラスチックは、海を漂流したり、沿岸部に流れ着いたりして、生態系を破壊しています。そうした海洋プラスチック廃棄物の量が、今や年間八百万トンにものぼっているんです。

今のような状態が続けば、二〇五〇年には廃プラスチックの量が海の生き物の数を上回る計算で、魚や貝、海亀やセイウチといった多種多様な海の生物達も、プラスチックゴミのせいで殆ど死に絶えてしまうとか。

プラスチックの誤飲事故のみならず、微小な粒となっても分解されないマイクロプラスチックが海洋生物の体内に蓄積し、身体を蝕《むしば》んでいく可能性も高いといわれています。

そうして海洋生物が激減あるいは絶滅したならば、当然、魚を採って食べている鳥や動物達も、無事ではいられません」

「だから君は、ボランティアでゴミ拾いをしてたという訳か」

ロベルトが柔らかく言うと、平賀は思い詰めた目で頷いた。

「はい。偶然、海洋プラスチック問題のテレビ番組を見た途端、矢も楯《たて》も堪《たま》らない気持ちになりまして……」

「成る程ねえ」

ロベルトは、この奇妙だが心優しい友人の性格をよく知っていた。

平賀は側溝の中で浮き沈みをしていた白いレジ袋を子猫と間違えて、必死で助けようとしてみたり、大雨に流されそうな公園のアメンボウを心配し、池に入って行ったりするような男である。常にこの世界の平和を真剣に願っているし、地球上の生命全てに対して慈愛を注いでいる。

それは素晴らしいことだし、行動も間違ってはいない。

しかし、彼が一人でローマ中のペットボトルを拾い集めるのは不可能だ。一個人が抱えるには大き過ぎる悩みに、明らかなオーバーキャパシティを起こしている。

第一、平賀の青ざめた顔は、雄弁に疲労を物語っていた。彼の意志力や集中力は並外れているが、時に自分に肉体があることを忘れたかのような無茶をする。

とはいえ、ここで休憩しろと忠告したところで、この頑固な友人は言うことを聞かないに違いなかった。

そこでロベルトは、優しく平賀の肩を叩いた。

「君の話は分かった。それなら僕にも手伝わせてよ」

「本当ですか？　有り難うございます」

平賀はパッと顔を輝かせた。

「どういたしまして。でも一つだけ、譲れない条件があるんだけれど」

ロベルトは人差し指を立てた。

「条件とは？」

「僕はさっき買ったばかりの食べ物を、自宅の冷蔵庫に入れなきゃいけない。でないと、折角買った肉や野菜が、全部腐ってしまうだろう？」

「ええ、それはいけませんね。フードロスも、環境問題や食糧問題の原因の一つですし」

平賀は真面目な顔で頷いた。

「だろう？　おまけに僕は今日、朝から殆ど食べていない。腹ぺこなんだ。だから直ぐに自宅へ戻って、君と一緒に食事がしたい。それが僕の条件だ。

勿論《もちろん》、少しは時間のロスになるけど、食後は二人がかりで作業が出来るんだから、そっちの方が効率的だと思わないか？」

ロベルトの提案に、平賀は数秒考え、「分かりました」と頷いた。

2

ロベルトの家へ向かいながら、平賀は嬉《うれ》しそうに話し始めた。

「私はいい友人に恵まれて幸せです。貴方がお手伝いを申し出て下さったのも嬉しかったですが、実はシン博士も、私と一緒にゴミ拾いをして下さったんですよ」

「えっ……君、シン博士にゴミ拾いをさせたの？」

ロベルトは驚きに目を丸くした。

シン博士とはバチカン情報局に勤める数学者で、平賀の奇跡調査のサポート役をしているインド人博士だ。平賀との相性は宜《よろ》しくなく、博士は平賀を苦手としている、というより忌避している。だが、平賀はそれに気付いていない。

「それがですね、まだ暗い早朝、私がゴミ拾いをしていますと、道の向こうから暗視ゴーグルをつけた白装束の人間が近付いてきたんです。

腰を屈《かが》めて箒《ほうき》で道を掃きながら、そろそろと歩いて来る人影を不思議に思って見ていますと、それがなんと、出勤途中のシン博士だったんです。

私も驚きましたが、博士も私に驚いた様子で、『何をしているのですか？』と聞かれましたので、先程の説明をしたところ、快く協力を申し出て下さり、三時間ほど一緒にゴミ拾いをしたんですよ。シン博士は、本当に親切な方ですね」

平賀はとっておきの宝箱を開く子どものような、無垢《むく》な笑顔を浮かべた。

ロベルトは小さく溜息《ためいき》を吐いた。

シン博士はジャイナ教徒である。アヒンサー（不殺生）の誓いを守って、菜食主義を貫いているし、箒で道を掃きながら歩くのも、生き物を踏み殺さない為の配慮だ。

そんな彼に「海洋生物の絶滅」などという恐ろしい話を言い聞かせたら――まして真っ暗な早朝の路上で、頭にヘッドライトを点《とも》した平賀が語り手ならば――心臓が竦《すく》み上がったに違いない。博士は平賀に脅され、泣く泣く手伝わされた、というのが真相だろう。

ただ幸か不幸か、平賀は人の顔色や思惑が読めないのだった。

「そうだね。ところで、日曜だというのに早朝出勤だなんて、シン博士も大変だ。彼の家は市場の近くなのかな？」

ロベルトは軽い調子で問い返した。

「いいえ、私が博士にお会いしたのは土曜の早朝で、バチカンの裏にあるトリオンファーレ市場近くでゴミ拾いをしていた時でした」

「一寸《ちょっと》、待ってくれ。君は昨日の早朝からゴミ拾いをやってたのか？」

「ええ。正確に言えば、金曜の夜からですね。残業を終えて家に戻ってテレビをつけたら、放送されていて、そこからです。土曜はお休みを頂きました。丁度、仕事の区切りがついた所でしたので」

平賀はケロリと答えた。

「丸一日半か……」

ロベルトは思わず呟《つぶや》いた。そして何故、平賀が神父服姿なのかを理解した。

彼は仕事から帰ってテレビを見、着替える間もなく家を飛び出した。それから丸一日半、ゴミ拾いに精を出していた訳だ。その間、何度か家に戻ったかも知れないが、どうせ食事や睡眠は疎《おろそ》かだったに違いない。

今日は気合いを入れて食事を作らねば、とロベルトは決意した。

自宅に平賀を招き入れると、ロベルトはいきなり切り出した。

「一寸言いづらいんだけどさ、平賀。僕が料理をしている間に、シャワーを浴びてきて貰《もら》えないかな？ その格好で食卓に座られると、衛生上宜しくないと思うんだ」

「ああ、そう言われてみれば、そうですね」

平賀はポンと手を打った。

「じゃあ、サッパリしておいで。着替えは僕の服になっちゃうけど」

ロベルトはタオルと着替えを用意して平賀に手渡し、バスルームまで案内した。

それから踵《きびす》を返してキッチンへ行き、大急ぎで料理の準備に取りかかる。

まず行うべきは、トリッパ（牛の胃袋）の下処理だ。

トリッパ料理というものは時間も手間もかかるのだが、ビタミン類やミネラル類、良質なタンパク質を多く含む滋養食なので、今日は是非とも作りたい。

ロベルトは水道水を温水にしてから鍋《なべ》に張り、コンロにかけて点火した。

トリッパは下処理済みのものを買ってきたが、念の為に皮のむき残しをチェックしながら、湯で洗う。汚れは臭みの元になるので、丁寧に洗っておくのがポイントだ。

それから人参《にんじん》、タマネギ、ニンニク各少量をみじん切りにする。生姜《しょうが》はざく切りに、セロリは洗って二つに折った。

鍋が沸騰し始めると、生姜とセロリと酢を加え、トリッパを投入して煮始める。

それを茹《ゆ》でこぼすまでの間に、みじん切りにしたニンニクとオリーブオイル、ローリエと砕いた赤唐辛子をフライパンで熱し、人参とタマネギを加えて二分ばかり炒《いた》め、火を止めて皿にあげた。

茹であがったトリッパはザルで漉《こ》してしっかり水洗いし、塩胡椒《しおこしょう》をまぶして細切りにし、先程のフライパンで軽く煎《い》る。

続いて圧力鍋をコンロにかけ、皿の上に取り置きした野菜類と煎ったトリッパを投入してよく混ぜる。その上から白ワインを振り掛けたところで、平賀の声が聞こえてきた。

「ロベルト神父、シャワーを有り難うございました。とてもサッパリしました」

「そう、それは良かった」

ロベルトは白ワインのアルコールを飛ばしつつ、圧力鍋にトマト缶を加え、蓋《ふた》をセットして加圧を開始した。

どうにかトリッパの下拵《したごしら》えは間に合った。あとは三十分程度煮るだけだし、残りの料理は手間のかからないものにすればいいだろう。

「はい、有り難うございます。ところでロベルト、この家のバスルームには、色んなシャンプーやボディソープがあるのですね。ラベルを読んでいるうちに、思わぬ時間を食った気がします。お待たせしてしまいましたか?」

申し訳なさそうに言った平賀に、ロベルトは鷹揚《おうよう》な笑みを返した。

「いや、全然。丁度いい時間だったよ」

「それならば良かったです」

平賀はスッキリした顔で、ダイニングの椅子にちょこんと座った。

サイズの合わないだぶだぶのTシャツに、サスペンダーで吊《つ》った麻のズボンの裾《すそ》を折った平賀は、少しばかり滑稽《こっけい》で愛らしい。

ロベルトがレモネードを作って彼の前に出してやると、平賀はそれを一気に飲み干して微笑んだ。

「スッキリしていて、とても美味《おい》しいです」

「あのさ、平賀。ゴミ拾いもいいけれど、水分補給には気をつけるんだよ。これからますます暑くなるんだから、ちゃんと休憩も取らないと」

咎《とが》めるように言ったロベルトに、平賀は再び顔を曇らせた。

「それはそうでしょうが、あんなゴミを放っておく訳にいきませんし……」

ロベルトは椅子を引き、平賀の正面に座った。

「分かっているさ。だけどさ、君一人で世界中のプラスチックゴミの問題を解決できる訳じゃない。もし君がこれからの一生をゴミの分別に費やしたとしても、焼け石に水だろう。それよりもっと他人を信じた方がいいんじゃないかい？」

思いがけないロベルトの言葉に、平賀は目を瞬《しばた》いた。

「他人を信じる、と仰《おっしゃ》いますと？」

「確かにさ、僕達は、ひとりひとりが自分達に出来る範囲で、やるべきことをしなくてはならないよ。けど、余りに大きな悩みを一人で抱え込むのは違うと、僕は思うんだ。

もし、多くの善意ある人達に呼びかけて協力し合えれば、一人で出来ることよりずっと大きなことが可能になるかも知れないだろう？」

「それはそうですが……。私にはそこに至る方法が思いつきません」

平賀はテーブルに肘《ひじ》を載せ、頬杖《ほおづえ》をついた。

「例えば、そうだな。君が考える最善の対処法や、皆で行える活動について、インターネットを通じて呼びかける、とかさ」

「成る程……」

「君の考えに賛同してくれる人の輪が広がっていけば、君一人が焦っているより、ずっと問題の解決が早くなると思うんだ。

僕の考え方は日和見主義的かも知れないけれど、もっと融通無礙《ゆうずうむげ》に物事を考えた方がいいと思うんだ。他人を信じる。それも大切なことだろう？」

「……そうかも知れません」

平賀は十秒ばかり黙り込んだあと、ハッと顔を上げた。

「では、クラウドファンディングはどうでしょう？」

「インターネット上で、不特定多数の人々から少額ずつ、資金調達する方法だね」

「はい。プラスチックゴミを有効にリサイクルする技術を開発している企業をリストアップして紹介し、クラウドファンディングで集めたお金を寄付するんです」

「それはいいアイデアだね。

ねえ、平賀、君も既に知っていると思うけど、プラスチックは細断して溶かすことで新たなプラスチックになる。だけど、リサイクルの過程でどうしても不純物が混じり、質が劣化してしまうから、リサイクルで透明なペットボトルなんかを作るのは難しいんだ。だから、大抵はぬいぐるみの中綿やフリースなどに使われるポリエステル繊維として再生されることになる。

特に食品の包装容器に使われて油汚れがこびりついたプラスチック容器は、いちいち洗浄なんてしていられないから、結局は捨てるか焼却するしかないのが現状さ。

そこで西側先進諸国は、処理が面倒な廃プラスチックを中国に売りつけ、中国は安価な原料をリサイクルして衣料品なんかを作っては、諸外国へ売ってきたんだ。

けど、経済的にも社会的にも成熟した中国は、輸入した廃プラスチックの洗浄作業などで環境が汚染されたり、リサイクルに携わる人の健康被害が生じたりするのに敏感になってきた。しかも、自国から出る廃プラスチックが増え、処理が追いつかなくなった。

それでね、中国は二〇一八年に突然、海外からの廃プラスチック輸入をストップしたんだよ。

慌てた西側先進国は、ゴミの輸出先を東南アジアに求めたけれど、大量のゴミの受け入れ態勢なんてない各国の処理能力はすぐ限界を超え、受け入れ拒否が相次いだ。

こうして輸出も出来ずに差し戻されて、自国に溜《た》まっていく一方の廃プラスチックをどうすべきかという問題が、初めて先進諸国の緊急課題となったんだ。

ＥＵが『ストローなど使い捨てプラスチック製品を二〇二一年までに禁止する』、『二〇二一年までにプラスチック・ボトルの回収率九〇パーセントを目指す』という緊急声明を発表したり、君の見た番組なんかが作られたり、昨今やたらにリサイクルを呼びかけるコマーシャルが作られている背景には、中国が廃プラスチックの輸入をストップしたという『チャイナショック』があったのさ」

ロベルトの言葉を聞きながら、鳩が豆鉄砲を食らったような顔をしていた平賀は、そこで長い溜息《ためいき》を吐いた。

「なんと……私の見た番組が作られたのも、そういう事情があってのことだったんですね。物事の裏側というものは、とても複雑です。そして貴方《あなた》はそういう裏事情にいつもお詳しい。驚嘆と尊敬を禁じ得ません」

「そんな大袈裟《おおげさ》な。僕の言ったことなんて、ニュースや新聞の受け売りだよ」

ロベルトは謙遜《けんそん》するように首を横に振ると、言葉を継いだ。

「そう言えば、僕が一つ気になっているのは、プラスチックゴミの分別問題なんだけど、話しても構わない？」

「ええ、是非、聞きたいです」

「えっと、プラスチックにもポリエチレン、ポリスチレン、ポリプロピレン、それらの複合樹脂といった様々な種類があるのは知ってるよね？」

「はい、勿論《もちろん》」

「だけど、例えばポリエチレンからはポリエチレンしか作れないから、ポリエチレンをリサイクルするには、ポリエチレンだけを集める必要があるらしい」

「そうなんです。私もゴミを拾いながら、その点が気になっていました。そこは誰がどうやって分別しているのだろうかと。

人海戦術で選《よ》り分けるのは無理がありますし、赤外分光を使って化学的に分別しているのでしょうか？」

平賀は首を傾げつつ、テーブルに身を乗り出した。

「そうそう、赤外なんとかで材質を選別する機械が、あるにはあるらしい。けど、機器が高価で余り普及していないそうだよ」

「成る程……。それでは確かにリサイクル率が上がらない訳です。ロベルト、一寸《ちょっと》、貴方のパソコンを貸して頂けませんか？　リサイクル企業のことや機械的分別の方法について、色々と探してみたいのです」

「勿論、自由に使ってくれたらいいよ」

ロベルトが頷《うなず》くと、平賀はパソコンのあるリビングへ駆け出していった。

その後ろ姿を見送ったロベルトは、再び猛然と調理にとりかかった。

オーブンに火を入れておき、取りかかるのは、パスタの代わりにスペルト小麦を使った軽いプリモピアットだ。

鍋《なべ》に湯を沸かしてエビを茹《ゆ》で、色が変われば湯切りザルで掬《すく》い取る。

同じ鍋でスペルト小麦を茹で、ザルにあけて冷ましておく。

松の実、バジル、オリーブオイル、塩、パルメザンチーズをミキサーにかけてペースト状にする。

みじん切りにした赤タマネギと先程のバジルペースト、茹でエビ、充分冷めたスペルト小麦を和《あ》えれば完成するという手軽さだ。皿の脇に新鮮なクオーレ・ディ・ブエのトマトスライスを添えて提供するといいだろう。

続いて作るのは、これも手軽な肉料理だ。

ズッキーニとパプリカを一口大に切って、塩胡椒《しおこしょう》する。サルシッチャも一口大に切り、これらを交互に串《くし》に刺していく。

温まったオーブンで十分程度焼けば、夏野菜とサルシッチャのオーブン串焼きだ。

オーブンの温度と時計を見比べながら、ロベルトはシューシューと蒸気を噴いている圧力鍋の火を止めた。

あとは内部の圧力が下がり、ピンが下がるのを待つだけだ。最後の仕上げにペコリーノ・ロマーノチーズを擂《す》り下ろし、塩胡椒で味を調えればいい。

ロベルトは汚れた調理器具を洗い、キッチンを片付け、テーブルにグラスとカトラリーをセットして赤ワインを選んだ。

食事のBGMはスタンダードなジャズにした。スコット・ハミルトンの名盤だ。

それからロベルトはリビングへ行き、パソコンに齧《かじ》り付いている平賀に声をかけた。

「平賀、もうすぐ食事だよ」

「……はあ」

生返事が返ってきたのを確認すると、キッチンへ引き返す。

オーブンに串焼きを放り込み、プリモピアットを仕上げてトマトを添えていると、圧力鍋のピンが下がった。

そっと鍋の蓋《ふた》を開ければ、白い蒸気が立ち込め、トロトロの濃厚そうなトリッパが出来あがっている。

フォークで一切れ取って味見をする。成功だ。嫌な臭みが抜け、くどさもない。

トリッパの出来に満足したロベルトは、鍋の上からチーズを控え目に擂り下ろし、塩胡椒で味を調えて皿に盛った。

そうするうちに、オーブンからいい香りが漂ってくる。

こんがりと焼き色のついた串焼きを取り出し、角度をつけて皿に盛る。

三皿の料理をテーブルへ運び、圧力鍋と耐熱皿を浸《つ》け置きしていると、平賀がやって来た。

平賀は姿勢よくテーブルに着くと、目を瞬《しばた》いた。

「今日の料理も素晴らしいですね。いつもいつも有り難うございます、ロベルト神父。このような料理が一般家庭のキッチンで作れるなんて、驚きです」

「水臭いことは言わなくていいよ。さあ、冷めないうちに頂こう」

「はい」

二人は食前の祈りを唱えた。ロベルトがグラスにワインを注ぐ。

「パーチェ（平和）」

二人はグラスを合わせて乾杯した。

「平賀、今日のメニューは栄養満点だから、残さず食べること。どうせ君のことだから、この数日、ろくな食事も摂《と》っていないんだろう？」

すると平賀は消え入りそうな声で「はい」と答え、串焼きのズッキーニを頬張った。

続いてトリッパを掬い、口に運ぶ。

「美味《おい》しいです。なんだか身体に染み渡るような……」

その言葉に上機嫌になったロベルトは、ワインを呷《あお》り、トマトをパクリと食べた。

「それでさ、寄付先の候補は見つかったかい？」

「まだまだ調査が完全ではありませんが、六社の候補が見つかりました」

「それは良かった」


食事が終わると、平賀は再びバスルームを貸して欲しいと言った。そうして元の汚い神父服に着替えて現れた。

「やはりその服を着たのか……。これから君の家に寄って着替えるかい？」

ロベルトの問いに、平賀は首を横に振った。

「いいんです。どうせ何を着ても汚れてしまいますし」

「まあ、君がそう言う……」

ロベルトは言いかけた台詞《せりふ》を切って、悪戯《いたずら》っぽく笑った。

「そうだね、却《かえ》っていいかも知れない。それじゃあ、行こう」

二人はカンポ・デ・フィオーリ広場へと舞い戻った。

平賀が早速、ゴミ箱を覗《のぞ》き込み、作業を再開する。

その後ろ姿に、ロベルトは声をかけた。

「一寸思いついたんだけど、君がゴミを分別している姿を動画で撮っておこう。それを世界中に配信するんだ。それで賛同者が現れるかも知れないからね」

ロベルトはスマホを構えた。

「はあ、別に構いませんが」

平賀が軽く答えて分別作業に集中する。

ロベルトはその姿を暫《しばら》く撮影し、二分ほどの動画にすると、『プラスチックゴミ問題を憂える神父が、街のプラスチックゴミを分別』とタイトルをつけ、ネットに投稿した。

それから日がとっぷり暮れるまで、二人は目に付くゴミ箱の分別作業を行い、ポイ捨てゴミを拾って回ったのだった。

3

翌朝、ロベルトは少しばかりの背筋の痛みと共に目覚めた。長時間、屈《かが》んで作業をしていたせいだろう。

軽いストレッチをする彼の頭に、筋力増強の為にジムにでも通うべきか、という考えがふと過《よ》ぎった。

カーテンを開くと、街には昨夜からの街灯がまだ点《とも》っている。

シャワーを浴び、簡単な食事を摂って、神父服と靴下にアイロンをかける。

ピンと皺《しわ》の無くなった神父服に着替え、洗面所で鏡を覗き込み、少量のポマードで髪型を整える。

最後に玄関の鏡で全身をチェックすると、外へ出た。

早起きのパン屋から漂ってくる香ばしい匂い。路地裏を横切る野良猫の姿。

ロベルトは、徒歩で出勤するこのひと時が気に入っていた。

サンピエトロ大聖堂が見え始めると、人通りは一気に増した。城壁前には、早くから大勢の観光客が列をなしている。

ロベルトはゲートを潜り、列聖省の奥にある『聖徒の座』へと到着した。

厳重に閉ざされた扉を身分証代わりの磁気カードで開くと、古めかしい装飾が施された壁や古書に囲まれて、最新型のパソコンを設置した机がずらりと並んでいる。

調査官達は、専門分野ごと、会派ごとに分かれてチームを組んでおり、他の会派の者と関わったり、違う調査をしている人間に話しかけたりするのはタブーである。それぞれの研究が、教会内の様々な宗派の権益に大きく関わっているからだ。

よって二百名もの在籍者がありながら、『聖徒の座』は、いつも静けさに包まれている。

パーティションで区切られた空間を通って、ロベルトは自分のデスクに辿《たど》り着いた。

彼の日常業務は、主に異端文書や古文書の解読と鑑定だ。

上司のコロンボからの指示を確認すべく、ロベルトはパソコンを立ち上げた。

そして雑務のメールに対応していた時だ。小さな音を立てて新着メールが届いた。

サウロ大司教からのメッセージで、すぐに部屋へ来るように告げている。

サウロ大司教とは、ロベルトと同じフランシスコ会に所属する、『聖徒の座』の最高責任者の一人である。

ロベルトは早速、『聖徒の座』の部屋を通り抜け、突き当たりの階段を上った。

二階にはドミニコ会、イエズス会、フランシスコ会、カルメル会、トラピスト会、サレジオ会、シトー会などの会派の責任者の部屋が並んでいる。

ロベルトはフランシスコ会の扉をノックした。

「ロベルト・ニコラスです」

「入り給え」

中から厳かな声が応じる。

「失礼します」

部屋へ入っていくと、サウロはいつものように赤いベルベットの背もたれ椅子に、ゆったりと腰掛けていた。

恰幅《かっぷく》がよく、初老のサンタクロースのように柔和な外見とは裏腹に、過去に何度も凄《すさ》まじいエクソシズムを行った、伝説の大司教である。法王庁立レジーナ・アポストロールム大学で開かれているエクソシスト養成講座では、講師の責任者を務めている。

室内には既に、平賀が立っていた。

彼の明るい表情に安堵《あんど》しながら、ロベルトは隣に並んだ。

「二人とも揃ったな。用件は分かっているだろうが、奇跡調査の依頼だ」

サウロ大司教は低く渋い声で言った。

「今度はどのような奇跡でしょう?」

平賀は久しぶりの奇跡調査に食いついた。

「オランダはユトレヒトにある聖ファン・クーレン教会で起こった奇跡だ。主の足跡のしるしが床に刻まれ、聖釘《せいてい》を祀《まつ》った祭壇上空に輝く球体が複数現れて、主の御姿を示しながら消えた。そしてその時礼拝堂にいた四十余名の殆《ほとん》どが、主の声を聞いたり、不思議な体験をしたりしたということだ」

「凄《すご》いですね。記録映像は残っているのでしょうか？」

平賀は瞳《ひとみ》を輝かせ、身を乗り出した。

「動画が一本、添えられていた。詳細は資料を読み給え。出発は明日だ」

「分かりました」

二人が声を揃える。

「君達なら必ず任務をやり遂げると、私は信じている。では、行って聖ファン・クーレン教会のエイクマン司祭に会って来なさい。そして奇跡調査に取りかかり、公正なる判断を下してくれ給え。曇りのない……聖徒の目で」

サウロは資料と航空券を二人に手渡した。

※　※　※

二人は朝十時四十分、ローマ発の飛行機でアムステルダム・スキポール空港へと向かった。

機内で平賀は何度も繰り返し、五分足らずの奇跡の動画を見ている。

画面の遠くに大きな光の球体が三つ浮かび、カメラの方へゆっくりと近付いてくる様子が映っている。暗い場所で撮ったせいか、ノイズが多く、画像が粗い。

「どう、何か分かった？」

ロベルトは平賀の横顔に話しかけた。

「いいえ、まだ何も。一つ言えるのは、この奇跡が集団ヒステリー幻覚といった類《たぐ》いのものではないだろう、ということです」

「なにせ動画があるからね。でも、フェイク動画の可能性は？」

「ゼロとは言えませんので、不審な点がないか確認しているのですが、今のところ見つかりません。それに実際、四十二名もの方々が奇跡的体験をしています」

「そうだねえ。四十二人がいっぺんに嘘を吐くってケースも考え辛《づら》いし、どうせフェイク動画を作るなら、もっと見栄え良く作るだろう」

「ええ。現地へ行って動画と比べれば、更に詳しいことが分かるでしょう。

とても楽しみですね、ロベルト。

なにせ光の球体は、ファティマの奇跡でも出現したでしょう？　ファティマの奇跡は本物だと、バチカンも認定しています。ですから今回こそ、私達も本物の奇跡に出会えるかも知れません」

平賀は声を弾ませた。

「ファティマの奇跡か。子どもの牧童三人が羊を放牧していると、樫《かし》の木の茂みに光の球が浮かび、それがマリア様の姿となって、様々な預言をしたんだよね。しかもマリア様の最後の出現となった日には、集まった七万人の群衆の前で、太陽がネズミ花火のように回転しながら光の矢を放ち、急降下したり色彩を七色に変化させたり、銀の円盤のように輝いたり、という奇跡の動きを十分間にも亘《わた》って見せた。群衆は、太陽が大空を離れてジグザグに跳ね返りながら、自分たちの頭上に飛びこんで来るのを見たという。

七万人の参加者は一人残らずこの奇跡を目撃した。その中にはキリスト教信者も大勢いたが、懐疑論者も沢山いて、『教会の権威を無視する自由思想家も、宗教問題にまったく興味のない人々も、等しく感銘を受けた』と書き残しているね」

「はい、本当に不思議な出来事です。あらゆる物理法則を無視しています。だからこその奇跡なのですが、私には一つ、仮説があるんです」

「どんな仮説？」

「あの日の太陽と見えたものは、宇宙人が操るＵＦＯだった、もしくは高次元エネルギーをもった宇宙人そのものだった、という仮説です」

キッパリ答えた平賀に、ロベルトは目を瞬《しばた》いた。

「ああ、成る程……」

「はい。今回の目撃証言の中にも、光がイエス様の御姿に変わって、言葉を発したというものが、幾つかありましたね。

ただ、動画にはハッキリとした御姿が残っていません」

「そうだね、画像が荒れていてよく見えない。角度的にどうも、天井のシャンデリアが邪魔をしているようだしね」

「そうなのです。あと、私が心配なのは、奇跡の後、現場の清掃などがされて、物証などが無くなっていないかと言うことです」

平賀はまるで事件現場の捜査をする鑑識のような台詞《せりふ》を言い、言葉を継いだ。

「それとやはり奇跡の証人からの詳しい聞き取りが必要です。早く皆さんにお会いして、詳しいお話を聞きたいです」

「資料には大勢の信者らが不思議な出来事を体験したと書かれていたからね。ただし、四十二人もの聴取となると、大仕事になりそうだ」

ロベルトは肩を回し、首をポキリと鳴らした。

「そうですね」

「奇跡の直前に停電が起こったのは、イスラムの過激派による送電設備の爆破が原因だった、ってのも気になるね。オランダは二〇一三年以来、レベル四のテロ脅威度を維持しているから、僕らも注意しないと。

あと、僕は教会に古くから伝わるという聖釘を調べてみたい。聖ファン・クーレン教会の聖釘は、聖遺物としての正式な申請がバチカンに届いていないんだ」

「教会側が、今まで申請していなかったのですか？」

「そういうことだろう。聖釘が起こした奇跡となれば、聖遺物認定もされるだろうから、確認しておかなきゃ」

「ええ。私もこれまで随分、聖釘と言われる物を鑑定しましたが、未《いま》だ信憑性《しんぴょうせい》のあるものに出会っていません。ですからとても楽しみです。何といっても、これだけの奇跡を起こしたものですから、本物であって欲しいものです」

「そうだね。聖遺物の価値を決めたり、真贋《しんがん》を判断したりする材料として、奇跡を起こすかどうかということがある。すると今度は、信者獲得や、教会の名声と収入を得る為に、偽の奇跡を演出するような輩《やから》も現れる。

だからこそ、僕達は奇跡をよく見極めなくてはならないんだ」

それから二人は各々、資料の読み込みに没頭したのだった。

4

飛行機は約二時間半かけて、オランダの玄関口、アムステルダム・スキポール空港へと降り立った。

到着ゲートを出ると、土産物店や飲食店、スーパー、ドラッグストアなどが並ぶショッピングエリアが広がっている。

到着ホールの中央には、オランダ鉄道のチケット売り場、券売機、地下のプラットホームへ下りるエスカレーターがある。実に合理的な造りだ。

向かって右側の国内列車の窓口でチケットを買い、インターシティー都市間特別急行列車に乗ること三十分。二人はユトレヒト中央駅へと到着した。

改札口を出た所には、柱のように背の高い、二十代と思《おぼ》しき神父が立っていた。髪は明るい栗毛色で、瞳《ひとみ》が大きく、頰が少年の様に赤い。

「ようこそ、おいで下さいました。私は聖ファン・クーレン教会の助祭を務めております、カスペル・ヤコブ・ベーレンズです」

ベーレンズが英語で言って、握手の手を差し伸べる。

「初めまして、バチカンの神父でロベルト・ニコラスです」

「宜《よろ》しくお願いします。平賀・ヨゼフ・庚《こう》です」

二人も名乗り、それぞれ握手を交わした。

「お二人とも、会話は英語で宜しかったですか？」

ベーレンズが訊《たず》ねる。

オランダ人は九割以上がバイリンガルで、トライリンガルも当たり前という土地柄だ。

国土が小さく資源もなく、古来、商業民族として外国に積極的にビジネスを展開してきた歴史が今も続いている。

しかもオランダ語は、ドイツ語や英語、デンマーク語やスウェーデン語などと近い親戚《しんせき》関係にある言語なので、外国語の習得が比較的容易である。また教育にも熱心で、世界の非英語圏の国の中で、オランダ人の英語が一番上手だといわれている。

「そうですね、助かります」

平賀が答える。

ロベルトは一応、オランダ語を習得していたが、平賀と同様に頷《うなず》いた。

「分かりました。それでは、教会で司祭様がお待ちです。ご案内します」

ベーレンズは先に立って歩き出した。

ユトレヒト中央駅は真新しく、モダンなショッピングセンターになっている。

通行人の半数以上は、やけに上背があり、地味でデザイン性のない、古着のような服を着ていた。地元のオランダ人だろう。

長身のロベルトさえ、その中では背が高く見えない。平賀に至っては、子どもと間違われそうだ。

一歩、駅の外に出ると、お菓子の家のように可愛らしい町並みが続いている。

そして通りを行き交う自転車がやけに多かった。

埋め立てた平地が続くこの国は、「オランダ人は自転車に乗って生まれてくる」という冗談があるほどの自転車大国なのだ。

しかもその殆《ほとん》どがオンボロである。「古いものほど美しい」というオランダ人の倹約気質が顕著に表れていた。

颯爽《さっそう》と走る自転車のハンドル捌《さば》きに、ロベルトが見とれていた時だ。

町に一際高く聳《そび》えるドム塔から、厳かな鐘の音が街中に響き渡った。

すると先頭を行くベーレンズ神父が足を止めた。指を組み、短い祈りの言葉を呟《つぶや》いている。平賀とロベルトもそれに倣った。

「美しい音色ですね」

ロベルトが話しかけると、ベーレンズは嬉《うれ》しそうに頷いた。

「ええ。十五分毎に鳴るカリヨン（鐘）の音は、ユトレヒト名物です。ドム塔の上部にある八角形のランタン部分は、透かし彫りのような見た目になっているでしょう？　あれは吹き付ける風の影響を緩和する為、あえて壁で囲っていないのです。それでカリヨンの音がよく響くのです」

「成る程」

「塔には、大小合わせて五十個、二万六千キロ分ものカリヨンが設置されているんです。他にも十四個、三万一千キロ分ものドム鐘があり、ヨーロッパ第二位の重さと歴史を誇るんですよ。全てのドム鐘が一斉に鳴るのは、年に数回なのですが」

「それはさぞかし重厚でしょうね」

カリヨンとは、人の手で演奏できる鐘、それも音階をなしているものをいう。

鐘の内側に、鐘を打つ金槌《かなづち》のような部分があり、それがバトンと呼ばれるピアノの鍵盤《けんばん》のような演奏部とワイヤーで接続されている。階下の演奏室で演奏者が拳《こぶし》でバトンを押すと、階上の鐘楼から鐘が響くという仕組みである。

れっきとした打楽器であり、塔そのものが楽器という訳なので、世界最大の楽器であることは間違いない。

ちなみにメロディを奏でる為に必要な調律されたカリヨンが世界で最初に作られたのは、オランダのズトフェンという街だとされている。

ベーレンズは少し得意げに話を続けた。

「それに、ドム塔の高さは百十二メートルと、オランダで最も高い塔です。天気のいい日に塔に上れば、アムステルダムまで見通せるんです。

塔の内部は、地上十一メートルと二十五メートルに、それぞれチャペルが設けられていて、町の人の結婚式などにも利用されています。窓のステンドグラスは、一九二〇年代のものだそうです」

そこで平賀が素朴な疑問を挟み込んだ。

「確か、今はプロテスタントの教会なのですよね？」

ベーレンズは僅《わず》かにムッとして眉《まゆ》を顰《ひそ》めた。

「でも、元はカソリックの教会です」

そこで思わずロベルトも会話に加わった。

「ドム塔とドム教会を併せた正式名称は、シント・マールテン教会といって、聖マールテンを祀っているんだったたね？」

「はい。ある寒い日、ローマ軍人だったマールテンが馬に乗っていると、裸の物乞《ものご》いに出会いました。人々が無視して通り過ぎる中、マールテンは哀れな物乞いを助けようと、自分の赤いマントを剣で半分に切り、それを物乞いに与えたんです。

その夜、夢の中にキリストが現れ、こう仰《おっしゃ》いました。

『貧しい者を助けたのは、キリストを助けたのと同様である』と。

それをきっかけに、マールテンは洗礼を受けて修道士になり、五世紀に聖人として認められました。

ドム塔の天辺には『物乞いに自分のマントの半分を切り与える聖マールテン』の風向計があって、いつも私達を見守って下さいます」

「とても素晴らしいお話です」

平賀は素直に感動している。

「ええ」

ベーレンズは気を取り直した様子で、再び歩き始めた。

一行は町の中心を流れる旧運河へ辿《たど》り着いた。

周囲には八百屋やチーズ店、パティスリーなど、賑《にぎ》やかな商店が建ち並び、幾つものキッチンカーが止まっている。

土産物屋の店先には、カラフルな木靴や色とりどりのチューリップ、青と白の色合いが美しいデルフト陶器、伝統菓子など、オランダらしい土産物が並んでいた。

運河にかかった橋を渡りながら、ベーレンズは眼下を指し示した。

「ここからの眺めも、ユトレヒト名物です」

二人が欄干から見下ろすと、道の遥《はる》か下に運河があり、その河畔にレストランやカフェのテラス席がずらりと並んでいる。インド料理、タイ料理、ステーキハウス、ギリシャ料理と、様々な看板が出ていた。

どうやら道路から階段を下って、運河の河畔に降りられるようだ。

観光用の船や、荷物を載せたボートがゆったりと運河を進んでいる。

「ほら、道路のずっと下にお店があるでしょう？　あれは、運河沿いの建物の地下室とその前に広がるスペースなんです。かつては家畜小屋や納屋、穀物倉庫や貧しい人々の住居として使われていました」

「住居ですか？」

平賀が驚いて訊ねると、ベーレンズは「ええ」と頷いた。

「干拓で出来たオランダは、しばしば洪水にも見舞われます。ですから、安全な高台に富裕層が住み、貧民層は水の傍や低地に住むという図式があったんです。

でもそんな貧民街が、今では一番お洒落《しゃれ》なスポットとして観光名所になったのですから、不思議なものですね」

一行は橋を渡って旧市街を南へ歩いた。

辺りの建物はいずれも古く、中世の町並みが保存されていた。

そして、オランダ人が掃除好きという噂も本当らしく、どの窓もピカピカに磨かれている。

ところがその窓にカーテンが無かったり、あったとしても透けそうなカーテンを開けっ放しにしたりしている家が多いことに、ロベルトは驚いた。

ソファに座ってテレビを見ていたり、家族でご飯を食べていたり、風呂《ふろ》上《あ》がりでバスタオル姿だったりと、窓から日常生活が丸見えである。

「ベーレンズ神父、こちらでは余りカーテンを使わないのですか？」

思わずロベルトが訊《たず》ねると、ベーレンズは苦笑した。

「カーテンを閉めないのは、プロテスタントの習慣らしく、『私はこんなに質素にしています、悪いこともしていません、隠し事もありません』という意思表示と、質素倹約精神のアピールだそうです。

あとは、家の中のインテリアや綺麗《きれい》に掃除をしているのを見て貰《もら》いたい、という気持ちもあるのだとか」

一行は再び運河にかかる橋を渡り、暫《しばら》く歩いた。

「聖ファン・クーレン教会に到着しました。お疲れ様でした」

ベーレンズが一軒の家の前で足を止め、扉を開く。

「これが噂に聞く、隠し教会なのですね」

平賀はそう呟きながら、教会に足を踏み入れた。ロベルトもそれに続いた。

5

元は商人宅だったというその教会は、実にシンプルな造りになっていた。

玄関脇の左手には二階へ続く階段があり、右手には小さな聖水盤がある。

奥の祭壇へと真っ直ぐ続く細長い通路の両側には、片側を壁に寄せた長椅子が整然と並んでいた。建物の幅が狭い為、側廊と呼ばれる左右の通路は設けられていない。

凝った装飾や彫琢《ちょうたく》の類《たぐ》いも一切見当たらず、壁は白い漆喰《しっくい》で、床と天井は木造だ。

天井はアーチ型ですらなく、太い梁《はり》が格子状に渡され、中央に大きなシャンデリアが吊《つる》されている。

壁面には一つの窓もなく、ステンドグラスもなかった。建物の両隣が隣家と密接しているせいだろう。

ただ、一・五階分はあろうかという程、天井が高く、玄関上部に設けられた大きな窓から、燦々《さんさん》と日差しが降り注いでいた。

その為、玄関付近は非常に明るく、奥へ行くほど暗くなり、内陣《チャンセル》付近は見えづらかった。

会衆席《ネイブ》の長椅子には、信者らしき人々の姿があった。

「司祭様、バチカンのお二方をお連れしました」

ベーレンズが大声で言うと、初老の司祭と三十代らしき神父が立ち上がり、歩み寄って来た。

「初めまして、私が司祭のトロイ・マタイ・エイクマン。隣にいるのがディルク・トマス・オルトマンス神父です」

エイクマン司祭は髪が白く、眉間《みけん》に深い皺《しわ》の刻まれた、頑固そうな風貌である。

オルトマンス神父はブルネットの髪で、真面目そうな顔立ちをしている。

「初めまして、奇跡調査官のロベルト・ニコラスです」

「私は平賀・ヨゼフ・庚です。宜《よろ》しくお願いします」

互いの握手が終わると、エイクマンが重々しく切り出した。

「バチカンの使者の方々、ようこそおいで下さいました。

私どもの教会は、長いカソリック弾圧下の時代から、ローマ・カソリックとしての信仰を守り続け、今に至っております。

そしてこの度の奇跡は、私共の長年の信仰に主がお答え下さったものだと、確信しております。

どうかこの素晴らしき奇跡を認定して頂き、法王猊下《げいか》の祝福を下されます様、宜しくお願い致します」

「その前に、その奇跡が本当に奇跡だったのかどうか、調査をしませんと」

平賀の台詞《せりふ》に、エイクマンは嫌そうに顔を顰《しか》めた。

「私共を疑うのですか？　主の奇跡に、何の証拠が必要でしょうか。現に私はこの耳で、ハッキリと主の御声を聞き、この目で主の御姿を見たのですぞ」

エイクマンの剣幕に、オルトマンス神父とベーレンズ神父も大きく頷《うなず》いた。

そこでロベルトが、さらりと横から会話に加わった。

「お気を悪くされたなら、申し訳ありません。しかしながら、どうかご理解下さい。これはバチカンの掟《おきて》なのです。

主によってもたらされた奇跡を確認するのが我々の務めです。決してそれらを冒瀆《ぼうとく》する為の調査ではありません。その調査結果を基に審議が行われ、そこで初めて奇跡認定がなされるという決まりです。

それに、平賀神父が貴方《あなた》がたを疑っているというのも、大きな誤解です。彼は疑っているのではなく、これが真の奇跡だと証明したいのです」

ロベルトの言葉に、エイクマンは固く握りしめていた拳《こぶし》を緩めた。

「そういうことなら、仕方が無い」

「ご理解頂き、有り難うございます。ところで、奇跡の目撃者の方々からのお話は、いつ伺えるでしょう？」

「勿論《もちろん》、今からでも結構です。今ここに、二十名の信者と私共神父三名がおります。それから仕事帰りの六時から七時に、残りの十六名が集まる予定です」

「ということは、三名の方がおいでにならないのですね」

「ええ、いずれも日曜日になるとのことです」

日曜までは長すぎる、とロベルトは思った。

「その方々には、こちらから出向いてお話を伺いたいと思うのですが、構いませんか」

「ええ、問題ないと思います。後ほど先方に確認の上、連絡先をお渡ししましょう」

「有り難うございます。ご協力に感謝します」

ロベルトと司祭がそんな話をしている間に、平賀は引き寄せられるようにして祭壇の方へ向かっていた。

長椅子が並ぶ会衆席《ネイブ》から先は、内陣《チャンセル》と呼ばれる聖なる空間だ。会衆は許可無く立ち入ることができない。

その内陣の左手部分には、簡素な木製の説教壇があり、聖職者席があった。

聖職者席には前列に一つ、壁沿いの後列に二つの椅子が置かれている。前列が司祭席で、後列が神父席なのだろう。

内陣の右手には、古い型のオルガンと聖書台が置かれていた。ここは聖歌隊などが使用できる場所で、クワイヤとも呼ばれる。

更にその最奥にあるのが聖域である。聖域柵《さく》と呼ばれる障壁で囲まれた、最も神聖な場所で、十字架と祭壇が置かれている。

多くの教会では、内陣は会衆席より一、二段床が高く、聖域部分はさらに一、二段高い造りになっているが、この教会の床は全て平面であった。

また、多くの場合、内陣の天井はアーチ型で、会衆席より低く作られる。この内陣の天井部分も一段低いが、アーチ型の装飾はなく、平らではあった。

聖域柵はL字を二つ向かい合わせたような形で、真正面の部分にだけ柵がない。

平賀はその真正面に立ち、ポケットからメジャーを取り出した。

聖域柵の高さは百二十センチ。横幅は三メートル四センチで、礼拝堂の幅より狭い。だから柵の両側には空間がある。その空間の突き当たりには、頑丈そうな扉が左右ともに付いていた。どうやら奥にも部屋があるらしい。

聖域柵の中、祭壇の手前には、ガラスで保護された黄金の足跡があった。

そのまま顔を上げると、十字架のキリストの御足があり、そこにも金が一欠片《かけら》、ついている。

様々な奇跡を調査してきた平賀でも、キリスト像の足跡を見るのは初めてだ。

(成る程、これは不思議です)

平賀は十字架をしげしげと観察し、恐らくブロンズ製であろうと推測した。

持ち運べるタイプの置き型ではなく、大型で重量感があり、よく見ると祭壇の天面と十字架が溶接されている。

(この十字架を動かすことは無理そうです)

祭壇は天面、側面、正面がステンドグラスで出来ていて、角枠部分は細かな六弁花のレリーフが彫琢されたマホガニーだ。

平賀がそこまで思った時、背後でロベルト達の声がした。

「これは見事なステンドグラスの祭壇ですね」

ロベルトは、天使や薔薇《ばら》、鳥などが描かれたステンドグラスを眺めて言った。

「ええ。隠し教会の時代、私共の礼拝室はこの建物の屋根裏でした。

カソリック禁止令が取り消され、礼拝堂を一階に移し替えた時、皆は喜び、カソリック教会らしくステンドグラスが欲しいと考えたのです。

ですが、この建物の左右には窓がなく、作ったところで採光も望めません。玄関の窓をステンドグラスにすると、日差しが全く入りません。

あれこれ考えた結果、ステンドグラス職人に依頼してこの祭壇を造り、背部に扉をつけて、中に灯《あか》りを点《とも》せる仕組みにしたそうです」

「成る程、とても興味深いです。照明を点せば、さぞ美しいでしょうね」

ロベルトが感慨深げに言うと、エイクマン司祭は満足げに頷いた。

「何なら一度、ご覧になりますか？」

スイッチを入れる為、柵に入ろうとしたエイクマンを、平賀は呼び止めた。

「少しお待ち下さい。その前に一つ、質問があるのです。皆さんは奇跡の後、礼拝堂の掃除をしましたか？」

その問いかけに、オルトマンスとベーレンズが顔を見合わせる。

「掃除は毎日、行っています」

「ええ、普段通りに掃除をしています。掃き掃除と拭《ふ》き掃除です」

「そうですか……。日常的に人が行き交う部分は仕方ないとして、聖域柵の中はどうですか？　こちらも掃除をしましたか？」

　平賀が重ねて訊《たず》ねる。

「ええ」

「はい、普段通りにしました」

　二人の神父は即答した。

　すると平賀は無念そうな溜息《ためいき》を吐き、肩を落とした。

「それは光球の残存物を失った可能性が大ですね。

　ではせめて調査が終わるまで、聖域にはなるべく立ち入らないで下さい。物を動かしたり、掃除をしたりしないで下さい。二、三日だけのことですから」

「わ、分かりました」

「あともう一つ。奇跡の夜以降の掃除で、見慣れない落下物や、普段と違う汚れなどに、気付きませんでしたか？」

「さあ……どうでしょう。強いて言うなら、煤《すす》汚れがあったように思います」

「ええ。奇跡の夜は停電で、朝まで蠟燭《ろうそく》を沢山灯《とも》しましたから、そのせいでしょう」

　二人の神父が口々に答える。

「成る程……。何か思い出したことがあれば、すぐ私にご報告下さい」

「分かりました」

話が途切れたところで、ロベルトが平賀に声をかけた。

「平賀、聞き取りの準備が出来てるけど、どうする？　君が科学捜査をしたいなら、僕が聞き取りを担当しようか？」

「いえ、まだ私の機材も届いていませんし、私も聞き取りに参加したいです」

「分かった。では、今ここに集まっている二十三名の聞き取りから始めよう」

「ええ。その前に、当時の状況をなるべく再現したいです。

目撃者の方々には、あの時自分が座っていた席に着いて頂きたいですし、当日置いていた聖釘《せいてい》を、同じ場所に置いて頂ければと思います」

平賀はエイクマン司祭に向かって言った。

「……宜《よろ》しいでしょう」

エイクマンは少し考えた後、頷いた。

そして傍らにいたオルトマンス神父に、聖遺物の置き台を用意するよう命じると、信者達に向かって声高に言った。

「皆さん、いよいよバチカンの司祭方による、奇跡の調査が始まります。

ですが、何も緊張することはありません。ただ、あの奇跡のひとときにご自分が見聞きしたことを、正直に語れば良いのです。

さあ皆さん、あの夜、ご自分が座っていた席へ移動して下さい」

信者達がぞろぞろと席を移動し始めると、エイクマンは聖域柵の左奥にある扉の鍵《かぎ》を開け、中へ入って行った。

少し時間を置いて出てきたエイクマンの手には、紫色の布に包まれた、横幅二十五センチ、縦十五センチ、高さ十センチ程の包みがある。

エイクマンはそれを大切そうに運んで来ると、祭壇手前の台に置き、紫の包みを開いた。

「こちらが我が教会に伝わる聖遺物です」

ロベルトと平賀がそれを覗《のぞ》き込む。

平賀は愛用の鞄《かばん》からカメラを取り出し、何度もシャッターを切った。

包みの中に入っていたのは、ステンドグラスと金属で出来た、ガラスケースのような代物だ。紅い花びらに青いオーロラのような斑紋《はんもん》を浮かべた美しい薔薇模様が、側面に描かれている。

天面は透明で蓋《ふた》になっており、小さな鍵がかかっていた。

そのガラス越しに見えるのは、シンプルな木箱である。木箱には、簡単な閂《かんぬき》のような鍵がかかっている。

ロベルトが見るに、その材質は目のつまり具合から杉だろうと思われた。

木箱の天面には、オランダ語で「Koning der koningen（王の中の王）」と刻まれている。

これはキリストを表わす言葉だ。

「この木箱の中に、聖釘が納められているのですね？」

平賀は興味津々という様子で、エイクマンに訊ねた。

「その通りです」

「中を見せて下さい」

平賀がズバリ言うと、エイクマン司祭は険しい顔で、首を強く横に振った。

「それは出来ません、絶対に」

「何故ですか？」

「決して中を見てはならない、という教えがあるからです。

一八一六年のことでした。この教会のジョゼ・イグナチウス・ヴァン・ダム司祭が木箱を開け、中を見てしまう、ということがありました。

ヴァン・ダム司祭は一瞬、聖釘を目にしたのですが、次の瞬間、目も眩《くら》むような黄金の光が四方へ放たれ、司祭の目を潰《つぶ》してしまったのです。

そして司祭は、厳しい神の声を聞いたのです。

『神の姿を見ること勿《なか》れ。許しの啓示を授かる者だけが、それを見る』と。

ヴァン・ダム司祭は目が見えないまま、司祭の職を二十年間続けられました。

そして今に至るまで我々は、許しの啓示を授かる者の出現を待っているのです。

ですから、箱を開けることはできません。神の声に逆らってはなりません」

エイクマンは鋼のように強い語調で言った。

（この司祭を説得するのは無理そうだ）と、ロベルトは思った。

どんな鍵でも開けられる、と自負するロベルトだが、一つだけ開けられない鍵がある。

それは人の心で出来た鍵だ。

聖書に登場する契約の箱は、直接触れてはならないと警告されているし、バチカンも所蔵している聖槍《せいそう》を一度も公開したことがない。聖遺物というものは、隠されてこそ神秘性が高まるという一面を持っている。

その時、隣の平賀が口を開いた。

「では、開けなければいいんですか？」

「どういう意味だね」

エイクマンが問い返す。

「私達調査官が聖遺物、もしくは聖遺物に指定される可能性のあるものを調査する際は、調査過程で破損や破壊をすることがないように、という決まりがあります。ですので、主にカメラや検査機器を使った、非破壊検査を行います。

例えばこの場合ですと、X線……」

具体的な説明を始めた平賀を咳払《せきばら》いで遮って、ロベルトが口を開いた。

聖遺物に放射線を浴びせるとか、更に物々しい機械の名を聞くなどすれば、エイクマンの眉間《みけん》の皺《しわ》が今より深くなることが明らかだったからだ。

「エイクマン司祭、聖遺物の内容が分からなければ、奇跡認定にも差し支えますよ。

平賀が言ったように、我々は聖遺物を傷つけるような調査は行いませんし、蓋を開けてはならない、という教会の教えにも背きません。従います。

蓋を開けず、蓋をしたままの状態で、内部を確認させて頂くだけです」

エイクマンは呻吟《しんぎん》している。ロベルトは更に言葉を継いだ。

「貴方《あなた》がたの受け継いできた大切な聖遺物が、これを機会に、バチカン認定の聖遺物となるのでしたら、皆さんにとっても悪い話ではないと思うのです」

ロベルトの言葉に、ベーレンズ神父が賛同した。

「エイクマン司祭、ロベルト神父の言うことも尤《もっと》もです。きちんと調査をして頂き、バチカンの認定を頂きましょう」

「一理あるかも知れません。私共が隠し立てすることは、何一つないのですから」

オルトマンス神父も慎重に述べた。

エイクマン司祭は強い溜息を吐き、渋々という様子で口を開いた。

「どうしても確認が必要と仰《おっしゃ》るならば、やむを得ませんな。但し、『聖遺物は教会の外へ持ち出す勿れ』という教えにも、従って頂きたい」

すると平賀は、二つ返事で頷《うなず》いた。

「はい、分かりました。鑑定はこの教会で行います。私の機材をここへ搬入するだけのことですから、全く問題ありません」

果たしてどんな機材がやって来るのやら、とロベルトは小さく天を仰いだ。

第二章　大いなる奇跡の証言

1

平賀はレコーダーとノートを手に持ち、携帯を首から吊《つる》した。ロベルトは平賀に言われて、大き目のスケッチブックに礼拝堂の見取り図を書く。

「聴取の順番は、どうするつもり？」

ロベルトが平賀に訊《たず》ねる。

「前方の方から順番でいいでしょう」

「今回の聞き取り、個別に行う必要があると思うかい？」

「本来、お互いの証言が影響を与え合わないよう、一人ずつ別室で話を伺うのが筋ですが、今回は奇跡の翌朝まで皆で話し合ったり、申請書を書く際に集会を行ったりと、既に情報共有がなされています」

「そういうことだね」

二人は頷き合い、聴取を開始した。

「それでは、前方の方から順番に、お話を伺います。最初は司教席におられた、エイクマン司祭です。お願いします」

平賀に言われ、エイクマンは自らの見聞きしたことを全て語った。

その真摯《しんし》な語りは、嘘を吐いているようには見えない、とロベルトは思った。

平賀が追加質問を行う。

「停電が起こった時、真っ暗になったと仰いましたが、特別な儀式の夜なのに、蠟燭《ろうそく》などの灯はなかったのでしょうか？」

「当教会では、蠟燭は滅多に使わないのです。ステンドグラスの祭壇の光と、電気の照明で充分ですし、蠟燭も消耗品ですから」

「四十二名がこの度の奇跡を目撃しています。中にはライト機能付きのスマホをお持ちの方も少なくなかったでしょうに、そうした灯《あか》りも無かったのですか？」

「教会内は原則、スマホの持ち込みと使用を禁止しているのです。ただ、幾人かはライトを使っていたと思います。主に後方の席の方ですね」

「成る程。大勢が奇跡を目撃したのに、動画を撮られたのがたったお一人だったのは、そういう訳ですか」

「皆、大いなる奇跡に呆然《ぼうぜん》としていた、というのもあるでしょうな。私も記録を取ろうなどという考えは、頭を過《よ》ぎりもしませんでした」

「分かりました。では、次の質問です。

白く輝く巨大な球が三つと、その周りにオレンジ色の光が七つあったと仰いましたが、それぞれの光はどこから現れ、どのように移動して、どこで消えたのでしょうか」

するとエイクマンは立ち上がって、内陣の柵《さく》より少し奥の上方を指差し、円を描いた。

「光が現れたのはこの辺りです。二つ目はもっと左で、聖遺物台の上辺り、三つ目は右で、オルガンの後ろ辺りだったでしょうか。

それぞれが大きく膨らみながら天井近くに昇り、玄関の方向へゆっくり移動しました。中央の最も大きな光は直進する感じで、左右のものはそれぞれ揺らぎながら壁の近くまで行って、やはり玄関の方へ暫《しばら》く進んだ後、中央の光と重なって瞬き、主の御姿となって消えたんです。

オレンジの光は、白い光を取り囲むようにして、近付いたり遠離《とおざか》ったりしていました。消えた場所といっても、暗闇の中で距離感がなく、ハッキリとは……」

エイクマンは当時を思い出すように、眉《まゆ》を寄せて唸《うな》った。

平賀は、ロベルトのスケッチブックをエイクマンの前に示した。

「これは礼拝堂の見取り図です。それぞれの光が辿《たど》った道筋を、指で示して下さい」

エイクマンは言われた通りにした。平賀がその指の動きを動画で撮影する。

「光が消える時に現れたキリストの御姿は、どのようでしたか？」

今度はロベルトが小さめのスケッチブックと鉛筆を手渡す。

エイクマンはゆったりしたローブを纏《まと》ったキリストが両手を広げた姿を描き、その背景を軽く黒で塗った。

「キリストの御姿を見た時、御声は聞こえましたか？」

エイクマンは暫く首を捻《ひね》り、僅《わず》かに首を横に振った。

「ユトレヒトが燃えるという預言をお聞きになったとのことですが、ユトレヒトは実際、情勢不安定なのでしょうか？」

「一見平和そうに見えても、テロが起こるぐらいですからな」

「成る程……。僕が聞きたいことはこれぐらいかな。君は？」

ロベルトが小声で平賀に問いかける。

平賀は「あと幾つか」と、エイクマンを見詰めた。

「司祭、貴方に既往歴や持病はありませんか？」

「いいえ、ございません」

「当日の体調はどうでしたか？」

「特に問題ありませんでした」

「お酒やドラッグを摂取する習慣はありますか？」

「まさか、とんでもない」

エイクマンは強く首を横に振った。

「奇跡の当日、皆さんで飲食を共にしませんでしたか？　同じワインを飲んだとか、同じ物を食べたなどです」

「いいえ、特には……」

エイクマンは少し考え、言葉を継いだ。

「当教会の三階には信者達の集会室があり、いつも開放しております。そこにウォーターサーバーがありますので、そちらの水は誰でも飲めます。

それと、あの日は信者から、バタービスケットの差し入れがありましたっけ」

「あの日、貴方もウォーターサーバーから水を飲みましたか？」

「ええ。毎日」

「バタービスケットを差し入れたのは、どなたです？」

「今日来られない信者で、ボブ・ホーヘンボームという菓子店の主人です」

「その方の連絡先を教えて下さい。会いに行きたいのです」

「分かりました。先方に確認の上、後ほどお伝えしましょう」

「お願いします。ところで、最初の奇跡である金の足跡は鑑定済みとのことですが、鑑定者はどなたです？」

「町の鑑定家です。古くからやっている、信頼できる専門家です」

「私も再鑑定したいので、足跡の金を少し分けて下さい」

「それには及びません。鑑定家から返却されたものを保管してありますので、後ほど持って参りましょう」

「分かりました。では最後に、貴方の毛髪を一本頂きたいのですが」

平賀は鞄《かばん》から、小さなファスナー付きビニール袋を取り出した。

「それも調査の為ですか？」

「勿論《もちろん》です」

「……では、どうぞ」

　エイクマンは大人しく髪を抜かれた。

　平賀はビニール袋にそれを入れ、袋に「1」と番号を振った。見取り図のエイクマンの場所にも同じ番号を書き込む。

「では、次にオルトマンス神父のお話を伺います」

　平賀はエイクマンの背後に座る、オルトマンスにレコーダーを向けた。

「奇跡の夜に至る以前の経緯について、エイクマン司祭の証言に付け加える点や、訂正する点はありませんか？」

「ありません。全て司祭の仰った通りです」

「では、あの夜のことをお話し下さい」

　するとオルトマンスは小さく咳払《せきばら》いをし、緊張の面持ちで話し始めた。

「あの時……。突然、視界が真っ白になったかと思いますと、私の身体はふわりと浮き上がり、あの輝く球体の真っ只中《ただなか》へと吸い込まれました。

　内部は温かな白い光に満ちていて、上も下もなく、私の外側から内側へ、霊的なエネルギーが流れ込んで来るのが分かりました。

　そうして不思議な力に満たされた私の前に、大天使ラファエルが降り立ち、一つの方角を指し示されました。

するとと私の身体は突然、その方角へ向かって、猛スピードで飛び始めました。

まるで背中に羽根でも生えたかのように、軽々と宙を飛んだのです。

目指す方角の先には、七色の光沢を持つ、美しい乳白色の輝きがありました。

不思議な輝きが近付くにつれ、私にはそれが何かが分かりました。

巨大な一つの真珠でできた、天国の門です。

私は吸い寄せられるようにして、天国の門を潜りました。

頭上から主の優しい御声が聞こえました。

『わたしは門です。誰でも、わたしを通って入るなら、救われます。また安らかに出入りし、牧草を見つけます……』

辺り一面に緑の牧草と畑が広がり、花々が咲き乱れ、蝶《ちょう》が舞っていました。

空には太陽はなく、不思議な明るい光に満たされています。

暗いところは一つもなく、遥《はる》か遠くには透き通る純金の道が見えました。

遠くに天使達の姿もありました。

私は、ここが神の国だと確信しました。とても温かな恩寵《おんちょう》に満ちた世界でした。

ところが次の瞬間、見えない手に突き飛ばされたように、私の身体は元来た方角へと押し戻され、気付くとこの教会に座っていたのです」

オルトマンスは、胸に手を当て、感動を追体験しているようだった。その目も嘘を吐いているようには見えないと、ロベルトは思った。

平賀が質問を開始する。

「貴方《あなた》は光の球を何個目撃しましたか？」

「最初の一つが大きく膨らんだと思った時、奇跡の体験が起こりました。それから教会に戻って来て、気が付いた時には三つの光が天井付近をゆっくりと、あちらへ移動していくのを見ました」

オルトマンスは玄関の方向を指差した。

「その光はどこからどのように現れましたか？」

平賀がスケッチブックを差し出す。

「奇跡が始まったのは停電中で、私は目を閉じ、停電の回復を祈っていました。そうすると、瞼《まぶた》の裏が明るくなり、エイクマン司祭が息を呑《の》む気配を感じたのです。目を開くと視界は真っ白で……。ですから、現れた瞬間のことは分かりません」

「では、貴方が教会に戻った後、光はどう動き、どこで消えましたか？」

オルトマンスは考えながら、見取り図の上を指でなぞった。平賀が動画に記録する。

「オレンジ色の光は、何個でしたか？」

「恐らく、大きいものは七個だと思います」

「恐らく、というのは？　小さいものもありましたか？」

「動く星のように瞬いていたので……。沢山あった、という印象しかなくて」

オルトマンスは首を捻った。

「成る程。当日の体調はどうでしたか？　特に悪かったとか、良かったとか」

「いえ、特には。少しは睡眠不足や緊張があったかと思いますが」

「持病は？」

「特にありません」

「天国へ行く前と行った後で、体調の異常や精神的変化はありましたか？」

「そうですね……。天国へ行った時、まるで一瞬のうちに宇宙と自分が一体になったかのような感覚がありました。天国には時がないという言葉の通り、一瞬であり永遠である、そんな世界の中で、満ち足りた幸福感を覚えました。

　この世に戻って来てからも、時折、霊的な力で自分と宇宙が繋《つな》がっているような、不思議な感覚を覚えます」

「体調に変化はありませんか？　何処かに痛みなどは？」

「いえ、むしろ健康そのものです」

「お酒やドラッグを摂取する習慣はありますか？」

「いいえ、全くありません」

「では最後に、毛髪を一本頂きます」

　平賀はオルトマンスの髪を抜き、ビニール袋に入れて「2」と番号を打った。見取り図のオルトマンスの場所にも同じ番号を書き込む。

次にロベルトが、小さめのスケッチブックと鉛筆をオルトマンスに手渡した。

「光が消える時に現れたキリストの御姿は、どのようでしたか？」

オルトマンスはエイクマンの絵とよく似たキリストの姿を描いた。

「キリストの御姿を見た時、御声は聞こえましたか？」

「御声は聞こえませんでしたが、天使の歌声を聞きました」

「どのような歌声でしょう？」

「えも言われぬ美しい響きでした。心洗われる心地が致しました」

オルトマンスの聴取を終えた二人は、ベーレンズ神父の許《もと》へ向かった。

ベーレンズは神父席ではなく、その向かい側にあるオルガンの後方に立っていた。

「ベーレンズ神父、貴方は何故こんな場所に立って居たのですか？」

平賀が訊《たず》ねる。

「私は休憩時間を頂き、事務室で食事と仮眠をしていました。すると突然、部屋の電気が切れたので、何が起こったのかと慌てて上着を着、あの扉から礼拝堂へ出たんです」

ベーレンズは背後の扉を指差した。内陣の右手奥にある扉だ。

「その扉の向こうが事務室なのですね。ちなみに内陣の左手奥の扉の先は？」

「あちらは司祭様のお部屋です」

「成る程、どちらも後で拝見させて下さい。それで、礼拝堂に出て何を見ましたか」

するとベーレンズは、ぶるりと身体を震わせた。

「それはもう、驚くべき光景です。直径一メートルほどの巨大な光の球が目の前に浮かんでいました」

「目の前とは、具体的には何処ですか？」

平賀の問いに、ベーレンズは少し歩いて、オルガンの真上の上空を指差した。

「この辺りです」

「光の球は幾つありましたか？」

「三つです。最初の一つに気付いた後、すぐその奥にも二つあるのに気付きました」

「成る程。オレンジの光はどうですか？」

「二、三個か、もう少しあったでしょうか。すみません、気が動転していましたので、記憶が曖昧《あいまい》で……」

「それで、貴方も不思議な体験をなさったのですか？」

「はい。礼拝堂へ出てすぐに、身体が痺《しび》れて動けなくなりました。

ぞわぞわとする感触が、尾てい骨から頭にかけて走っていき、焼けるような衝撃を感じた瞬間、私は小さな天使達に手足を持ち上げられ、船のようなものに乗ったのです。

船が走り出すと、目の前に大きな扉が現れました。それが自動的に開くと、そこは砂漠でした。風紋の美しい砂漠の上を、ラクダの隊商が悠然と歩いていました。ラクダに乗った人々は皆、昔の人のような格好をしていました。

すると又、船の前に扉が現れ、今度は海の上に出ました。海には船首に龍《りゅう》のような飾りをつけたバイキング船が沢山浮かび、互いに争っていました。あちらこちらで火の手があがり、怒号や悲鳴が響いていました。

暫《しばら》くすると又、次の扉が現れ、それを潜ると、そこには宇宙が広がっていました。

眼下には青く大きな地球があり、銀河が渦を巻いていました。更には遠くにある筈《はず》の火星のクレーターや衛星や、木星の縞模様《しまもよう》までがハッキリと見えました。

そうしてふと気付くと、私は教会のオルガンの側に立っていたんです」

ベーレンズは頰を染め、興奮気味に語った。

「成る程。もしかすると、貴方は過去や未来に行ったのかも知れませんね」

平賀の言葉に、ベーレンズは嬉《うれ》しそうに頷《うなず》いた。

「ええ、本当に驚くべき体験でした。神が見せて下さった奇跡としか思えません」

「貴方に既往歴や持病はありませんか？」

「いえ、ありません」

「当日の体調はどうでしたか？」

「普通です。仮眠の後ですから、元気でした」

「お酒やドラッグを摂取する習慣は？」

「お酒はたまに嗜《たしな》みますが、あの日は飲んでいません。ドラッグはやりません」

「では、貴方が教会に戻った後、光はどう動き、どこで消えましたか？」

ベーレンズは大きく首を傾げながら、不安げに見取り図の上を指でなぞった。平賀が動画に記録する。

「奇跡体験の後、体調や精神状態に変化はありませんか?」

「いえ、特には」

「有り難うございます。では最後に、毛髪を一本頂きたいのですが」

「ええ、どうぞ」

平賀はベーレンズの髪を抜き、ビニール袋に入れて「3」と番号を打った。見取り図のベーレンズの場所にも同じ番号を書き込む。

続いてロベルトが、スケッチブックと鉛筆をベーレンズに手渡した。

「光が消える時に現れたキリストの御姿は、どのようでしたか?」

「私は絵が下手なので……」

ベーレンズはそう言うと、一筆書きのようにシンプルな人の形を描いた。

2

神父達に続き、信者達への聞き取りが始まった。

最初の三人は六十代の夫婦とその娘で、ラウ・ボスハールトとエリーセ、フェロメナと名乗った。一家揃って教会の熱心な信徒ということだ。

「あんな体験、今でも信じられません。停電があって暫くすると、祭壇に眩《まばゆ》い球体が次々に現れたのです。まさに神の光でした。そして一番大きな光の近くに、髪の長い天使が現れました。

天使は、私に向かって何かを語り掛けました。それは不思議な異国の言葉でしたが、私を励ましていると分かりました。何とも言えない力強さと幸福感と、心に込み上げてくる喜びを感じたからです。あんな気持ちになったのは、生まれて初めてです」

ボスハールトは噛《か》み締めるように語った。

続いて妻のエリーセが口を開く。

「私は大勢の天使様が歌う、『主こそ我が誉れ』を聴きました。余りに美しいハーモニーと感動的な歌声に、全身が総毛立ったのを今でも覚えています」

するとフェロメナが大きく頷いた。

「私も天使のコーラスを聴きました。私の頭上に大きな虹色の光がやって来て、それがゆっくりと背後の方へ移動していったのです。それを目で追っていますと、光の球の輪郭が崩れていって、人の姿の形を取りました。そしてキリストの御姿になったのをハッキリと見たんです」

「光の球体は何処から、どのように現れましたか？」

平賀が訊ねる。

「まず祭壇の中央から浮かび上がるようにして、直径一メートル余りの光の球が現れました。そしてその左右から少し小さめの光の球が現れ、虹色に輝いたんです。そして暫くすると、オレンジ色の光の球が三つ、現れました」

「ええ、そうです。三つの光は十字架の真上と、聖遺物の上、オルガンの奥の聖書台の上あたりから現れました」

エリーセが答え、フェロメナも頷いた。

聖職者席は祭壇に向かって横向きに座るようになっており、祭壇から余りに近いのに対し、会衆席は座った正面に祭壇があるので、よく見えたようだ。

光の軌跡についても、三人の証言は一致した。そして、オレンジ色の光は、ふわふわとあちこちに動いていたと語った。

「ボスハールトさん、貴方《あなた》が見た天使のお姿を描いて頂けますか？」

ロベルトがスケッチブックを差し出すと、ボスハールトは、首を何度も捻《ひね》りながら、十分以上かけて天使の絵を描いた。

描かれた天使像は、羽を四枚持ち、白いローブを纏《まと》った、女性的な容姿であった。

「フェロメナさん、貴女《あなた》が見たキリストの御姿を描いて頂けますか？」

次にロベルトがフェロメナにスケッチブックを渡すと、フェロメナは頷き、細やかな手つきで、さらさらと絵を描き始めた。

出来上がったのは、両手を広げたキリストの姿である。

長いブラウンの髪に、緑の瞳《ひとみ》。口髭《くちひげ》と顎鬚《あごひげ》を蓄えた柔和な表情。長袖《ながそで》で裾長《すそなが》の赤い服を着て、青い衣を重ねている。

宗教画で良く描かれている典型的なキリスト像だ。

「絵がお得意なんですね」

ロベルトは思わず呟《つぶや》いた。

「私、美大を出ているんです」

フェロメナが照れ臭そうに答える。

「皆さんは何故、そんな奇跡を見たのに、携帯で写真を撮らなかったのでしょう?」

平賀が訊《たず》ねる。

「さぁ……。どうしてでしょう……。きっと余りに突然起こった奇跡に舞い上がって、写真を撮るなんていうことまで頭が回らなかったんです」

フェロメナは答えた。

「分かりました。では最後に、皆さんの髪を一本、頂戴《ちょうだい》します」

平賀が髪をファスナー付きビニール袋に入れていると、ボスハールトがロベルトに話しかけてきた。

「あの……神父様。たったこれだけで終わりですか? 神父様は何かお分かりになりませんか? 何故、主がこんな奇跡を私達に体験させたのか。その御心は?」

そうした質問は、宗教的体験をした者にはよくあることだ。そして神の御心に触れたという特別な思いから、その後、修道士や修道女になる者もいる。

だが、ボスハールトの質問に対し、ロベルトに答える術《すべ》はなかった。バチカンの神父だからと言って、神の御心が分かるような特別な存在ではない。

「主の御心は、いずれ主によって、貴方に示されるでしょう。その時を待てばいいのです」

ロベルトが微笑むと、ボスハールトはどこか安堵《あんど》した表情で頷いた。

四人目の目撃者は、教会近くに住む信徒で、ヤーナ・アッセルと名乗った。白髪の高齢女性である。

「私ね、主が何かのメッセージを告げようとしているって、予感がしてたんですの。するとあの日、教会に輝く球が現れたんです。

戦《おのの》きが全身を貫いたその時、私のすぐ脇に、イエス様の御姿が現れたんです。

イエス様は私の手を取り、歩かせて下さいました。それまでの私は、足の痛みに苦しんでいたのに、その時は少しも痛みを感じませんでした。

ゆっくり、ゆっくり、穏やかに、私とイエス様は海岸を歩きました。波音しか聞こえない静かな時は、何時間も続いたように思います。

『もう大丈夫ですよ、ヤーナ』

最後にイエス様がそう仰《おっしゃ》いました。そうして気付くと私は教会に戻っていました」

ヤーナはうっとりと瞳を潤ませた。

「貴女は足の痛みに苦しんでいらしたのですか？」

平賀が訊ねる。

「ええ。一年前に右足首を骨折して以来、足腰が悪くて……。病院に行きましても、『レントゲン上では治っている』『年齢のせい』と冷たくあしらわれておりました。まだ杖《つえ》は手放せませんけれど、痛みもあの奇跡の後、痛みがかなり軽くなったんです。すっかり痛みに眠れないようなことは、無くなったんですよ、すっかり」

ヤーナは指を組み、真摯《しんし》な顔で祈りの言葉をつぶやいた。

「それは良かったですね」

平賀もロザリオを取り出し、祈りの言葉を呟いた。

「ところでヤーナさん。貴女は教会に灯《とも》る不思議な光を見たそうですね。その時の状況を詳しく教えて下さい。何時、どのような光でしたか？」

「ええ、神父様。あの神秘的な光を最初に見たのは、六月十日の深夜でした。夜、喉《のど》の渇きに目を覚まし、寝室からキッチンへ出て行きますと、教会の玄関上の窓がぼんやりと光り、また消えたんです。あの光の球は以前から度々、この教会に現れていたんですわ」

「光の球の奇跡は、一度きりではなかったのですか……」

平賀は思わず呟いた。

今回とよく似た光球が現れた「ファティマの聖母の奇跡」でも、光球の奇跡が起こる以前に、牧童達は何度も輝くマリアと出会い、預言を授けられている。

（ヤーナさんが見た光が主の出現を示すなら、金の足跡が現れた道理も通る……ということになるでしょうか）

そんな事を考えた平賀の前で、ヤーナは大きく頷《うなず》いている。

「ええ、六日後の三位一体祭の夜にも又、同じ光を見ましたもの。とても霊妙な輝きでした」

「時刻は何時頃です？」

「どちらも午前二時か三時頃だと思います」

「光っていた時間は何分ぐらいですか？」

ヤーナは首を傾げ、考え込んだ。

「ほんの短い間です。一分ぐらいだったでしょうか」

「貴女の家は、何処ですか？」

「すぐ三軒先の向かい側のアパートの二階です」

「とても近いですね。他に何か見聞きしたり、気付いたりしたことはありませんか？」

「いいえ、特には……。ただ私は、不思議な光を見た翌日、エイクマン司祭にそのことをお話しし、他の信者や近所の方々に、私と同じ物を見ていないかと訊ねて回ったのですけれど、どなたもご存じないようでした。

司祭が仰るには、教会を調べてみたけれど、異変はないし、きちんと鍵《かぎ》もかかっていたということでしたから、私の見間違いかと、その時は思ったんですの。

ところが二度目に主の光を見た翌日に、黄金の主の足跡が現れたんです。更に聖体祭であの奇跡が起こり、私の足腰は癒《い》やされました」

恍惚《こうこつ》とした表情で、ヤーナは語った。

平賀は続けて幾つかの質問をし、ヤーナの髪を一本、採取した。

ヤーナがスケッチブックに描いたのは、後光が差したキリストだった。ヤーナはその足《あし》許《もと》に羊を描き加えた。

その後も聴取が続いた。

九人目と十人目の目撃者は、三列目中央近くに座る五十代男性と、八十代の老人だ。

老人は平賀とロベルトに目を向けることもなく、遠くをぼんやりと眺めている。長椅子の側には、折り畳まれた車椅子が置かれていた。

男性は作業着姿で、体格が良かった。

「俺はデイヴィ・クラーセン、隣は親父です。俺の体験した奇跡を聞いて下さい」

クラーセンはそう言うと、大きな身振りをつけて話し始めた。

「あの日まで、俺は熱心なカソリックって訳じゃなかったんだ。

ただ、親父がずっとこの教会に通っていて、毎年の聖遺物巡礼を欠かさなかった。だから仕方なく……っていうか、神にでも縋《すが》りたい気持ちで、ここへ来たんだ。

見りゃあ分かるだろうが、親父は認知症でね。だいたい二年前の秋からだ。

それが今年に入って急激に悪化して、俺の顔や名前も、可愛がってた孫のことも、死んだお袋の名前すら、分からない状態になっちまった。

　話しかけても殆《ほとん》ど反応もなくてな、毎日、魂が抜けたみたいにぼんやりして、オムツを穿《は》いて、ベッドに座っているだけなのさ。

　なあ、神父様。親父はいい家具職人だったんだよ。そりゃあ厳しかったし、喧嘩《けんか》も一杯したけど、男らしくて賢くて、ずっと俺の憧《あこが》れだったんだ。それが……」

　クラーセンは大きな溜息《ためいき》を一つ吐き、続けた。

「急に訳の分からない、頓珍漢《とんちんかん》な話をするようになって、さっき言ったことも忘れちまうみたいで、同じ話を繰り返して……。とにかく会話ができなくなっちまった。

　何日も風呂《ふろ》に入らなかったり、それを指摘すると逆ギレしたり、そうするうちに徘徊《はいかい》まで始まった。

　病院へ連れて行くと、認知症だと言われたよ。現代の医学では治せないんだとさ。

　俺は仕事が終わってヘトヘトでも、毎日みたいに親父を捜し回ったさ。迷惑かけた人達に謝りながらな。なのに、当の親父は平然としてんだ。『デイヴィ、何をそんな怖い顔をしてるんだ』なんて、キョトンとしてさ。

　一度は親父を世話しようとした俺の女房を、突き飛ばしたりもしたんだぜ。『女には優しく』って、口を酸っぱくして言ってた以前の親父とは、もう全くの別人なんだ。

　遂には寝たきりみたいになって、日がな一日、焦点の合わない目でぼんやり自室に籠《こ》もるようになっちまった。

徘徊が終わって正直、ホッとしたけど、そんなのはほんの一瞬だったさ。話しかけても殆ど反応がなくなって、目の前に飯を出したら黙って食べるだけ……。こっちが何を言っても、何をしても、本人には何一つ届かないんだ。

何て言やいいんだろうな、毎日が本当にキッいんだよ。こっちが何を言っても、何をしてやっても、本人には何一つ届かないんだ。


俺は段々、親父のことを親父と思えなくなってきた。ただの物みたいに感じてきて、そんな自分に又、嫌気が差すんだ。

そんな毎日をどうにかしたくて、親父を車椅子に乗せ、ここへ連れて来たんだ」

クラーセンは天井を見上げ、少し涙ぐんだ。

「期待なんて虫のいいこと、しちゃいなかったし、奇跡なんてないと分かってたけど、大好きだった教会に来たら、少しは元気になったり、記憶が戻るかも知れないだろう？

そしたらだ。本当にあの奇跡が起こったんだ。

俺はおったまげて、口も利けずにいたよ。

そしたら突然、隣から親父の声が聞こえてきたんだ。

『デイヴィ、一体、あれは何だろうな？』ってさ。

もうずっと俺の名前も顔も忘れて、喋《しゃべ》ることさえ出来なかった親父がだ……。

『親父、俺のことが分かるのか？』

驚いてそう聞き返したら、親父は一寸《ちょっと》笑ったみたいだった。

『当たり前だろう、デイヴィ。息子を忘れる訳がないじゃないか』

『じゃあ、お袋のことは覚えてるか？』

『ああ、ダフネ……。彼女が死んで、もう五年が経つのかな。あっという間だ』

親父は正しい答えを喋ったんだ。

『俺の子どもの名は？』

『上がエーディットで、下の子がバルトだろう？　何故、そんなことを訊《き》くんだ』

親父は不思議そうに答えると、真上にあった光を見上げた。

『ここは教会かい？　随分周りが暗いが、停電か？　そう言えば、エーディットの誕生日にも停電があったっけな。それにしてもディヴィ、綺麗《きれい》な光の球じゃないか』

それから俺と親父は懐かしい昔話をしたんだ。

俺は涙が出るほど嬉《うれ》しかった。

だって、親父は親父のままだったんだ。

親父の魂は、ちゃんとここに残ってた。

ちゃんと話せた時間は短かったけど、俺にとっては本当にかけがえのない時間だった。

譬《たと》えあれっきり親父が喋れなくったって、俺、もう介護も苦じゃないよ。だって神様が奇跡を起こして、俺の望みを叶《かな》えてくれたんだから。

親父の肉体がどんなになっても、親父の魂はいるんだって、分かったんだ」

クラーセンは力強く語った。

彼の目に嘘はない、とロベルトは感じた。

それにしても、口も利けないほど重い認知症の老人が、一時的とはいえ治るなど、まさに奇跡としか思えない出来事だ。しかも、その奇跡がディヴィをも救っている。

（これは本当に、聖遺物の奇跡と言えるのでは……）

ロベルトは思った。

平賀は真摯な顔で話を聞き終わると、クラーセンに言った。

「良かったですね、クラーセンさん。正直、私も驚きました。お父さんを診察させて頂いても構いませんか？」

「え？　ああ……」

平賀は老人の脈を測り、ペンライトを取り出して瞳孔《どうこう》反応を確認した。それから何度も彼の耳元に呼びかけてみたが、反応は見られなかった。

「お父さんは補聴器をしていますね」

「ああ、いつもこうしてる。話せなくても聞こえてるかもと、女房が言うんでね」

「奇跡の当日もですか？」

「ああ、良かったよ。お陰で親父と会話が出来た」

クラーセンは嬉しげに目を細めた。

平賀は幾つかの質問を続け、クラーセン親子からも髪の毛を一本ずつ提出させた。

クラーセンがスケッチブックに描いたのは、キリストというより、布をかぶった幽霊のような輪郭であった。

3

再び、聴取が再開された。

六列目に座る女性は二十歳の大学生で、アフネス・バウマンと名乗った。長い髪を編み込んで後ろで纏《まと》め、清楚《せいそ》なワンピースを着ている。

「私はカソリックでもキリスト教徒でもないんです。大学でユトレヒトの郷土史について研究していて、基本的には無神論者です。

ですけど、ネットニュースでこの教会に主の黄金の足跡が出現したことと、聖釘《せいてい》を祀《まつ》る聖遺物巡礼の慣習を知り、見学してレポートに纏めようと、足を運びました。

少し見学して帰ろうかとも思ったのですけど、ここは静かで集中力が高まり、色々なアイデアが沸いたので、忘れないうちにと席でレポートを書いていました。

すると唐突に、あの停電が起こりました。暗闇にパニックになりかけていると、落ち着くように、という声が響いてきて、それから少しすると、祭壇の上辺りに光の球がスーッと浮かび上がったんです」

「浮かび上がった、とは、どのように？」

平賀が疑問を差し挟んだ。

「えっと……潜水艦が海から浮かび上がるような感じでしょうか。

　それがみるみる大きくなって、数秒も経たないうちに、その左右にも、それより小さな光の球が現れたんです。丁度、聖遺物の上とオルガンの上の辺りぐらいでした。

　大きな中央の球は、礼拝堂の真ん中を真っ直ぐ進んで、両端の球は左右の壁に近い所をふわふわ飛んでいました。あと、オレンジの光が無軌道に浮遊していました。

　その不思議な光の球を見ていると、私の全身が総毛立ち、ペンを持っていた手が震え出しました。それから私の両手は突然、私の意志とは関係なく、前の長椅子の背を押し出すような動きを始めたんです。私の足も勝手に動き、床を蹴《け》り始めました。

　まるで……あの光る球に操られているようでした」

　アフネスは不安そうに、自分の手足をじっと見た。

「怖くなった私は、何とか集中して、身体のコントロールを取り戻そうとしました。

　そうして光の球から目を逸《そ》らし、目を閉じたのですが、そうすると頭の中にフラッシュの点滅のような光が走り、子どもの頃の思い出や昔の友人の顔が写真のように映し出されたんです。

　暫《しばら》くしてそれらが収まり、顔を上げると、あの不思議な光の球も消えていました」

　アフネスは「未《いま》だに信じられない」という顔で、話を終えた。

「具体的には、どのような動きだったんですか？」

　平賀が実演するよう頼むと、アフネスは肘《ひじ》を身体につけ、両手首を上げた状態から、両手をリズミカルに前へ突き出したり、引っ込めたりした。そして地団駄を踏むようにして、足を踏みならした。

「どこかの部族の舞踏みたいですね」

平賀が呟《つぶや》く。

「あの光が神だったのなら、私に祭りの舞踏をさせたかったのでしょうか」

アフネスは小首を傾げた。

「踊りを神に奉納する文化は、世界中にあります」

平賀は生真面目に答え、光球の軌道についてなど、幾つかの質問を続けた。

「では、光が消えるところは見ていないのですね？」

「はい。でも多分、私の頭上より少し後ろで消えたと思います。なんだかそんな感じがしたんです」

平賀は許可を得て、アフネスの髪を一本、採取した。それから、おかしな質問を付け加えた。

「貴女《あなた》は奇跡の当日も、今と同じ髪型でしたか？」

「え、ええ……そうですけど。私の髪型、ヘンですか？」

「ヘンかどうかは個々人の主観的評価に過ぎません。気にすることはありませんよ」

平賀はこの上なく優しい口調で答えたが、アフネスは羞恥《しゅうち》にカッと顔を赤らめた。

「とても素敵な髪型ですよ」

ロベルトは極上の笑みを浮かべて、アフネスに囁《ささや》いた。

続く証言者は、アフネスの真後ろに座るアーレンツ夫妻と、息子のヤスペルと名乗る、大人しそうな青年だ。

最初に口を開いたのは母親である。

「あの不思議な光の球の表面に、イエス様の御姿が浮かび上がったのを見ました。そして三つの光球が丁度、私共の真上あたりに集まって、瞬き、消えたんです。

その時、私は祝福の鐘の音が鳴り響く中、イエス様の御声を聞きました。『貴方《あなた》がたは祝福されました』と……。とても優しい御声でした」

続いて父親が証言する。

「私は主の御姿が消える時、イエス様が『貴方がたは祝福されました。この教会と同じように』と仰《おつしや》るのを聞きました。そうして祝福の鐘が鳴り響きました」

それからヤスペルが、気まずそうに話し始めた。

「あの光球が現れた時、両親は大喜びしてたけど、僕は怖かったんだ。

だから心の中で『どうかこっちに来ませんように』って、ずっと祈ってた。

なのに、中央の大きな球はまっすぐこっちへ来るし、両側の光も揺れながら僕達の方へ近付いて来てしまったんだ。

僕の心臓はドキドキ鼓動を打って、もう爆発しそうだった。

そしたら突然、僕の身体がすっと宙に浮かんだんだ。

二メートルほど浮かんで、天井付近に達した僕が辺りを見回すと、真下に自分自身が座って、光る球体を見詰める姿があったんだ。

それで僕と『僕』の目が合った。あっちの僕はとても驚いて、目を丸くしてた。

あれは幽体離脱だったのかな……それとも、ドッペルゲンガーだったのかな……。

その状態がどれだけ続いたか、長かったか短かったかも分からない。

突然、目の前にあった大きな球体が瞬いて、崩れるように消えていったんだ。

その時、確かにラテン語のような響きの言葉が聞こえてきた。でも、僕には意味が分からなかったんだ。

気が付くと僕は元の席に座っていて、天井には誰もいなかった。でも、何だか頭がぞわぞわするような、でもスッキリするような不思議な感覚が残ってた」

平賀が質問を加える。

「ヤスペルさん、以前から幽体離脱やドッペルゲンガーの体験がありましたか？」

「いいえ、あの時だけです」

ヤスペルは大きく首を横に振った。

「当日の体調が悪かったとか、薬物を摂取していたなど、普段と違う行動を取っていませんでしたか？」

「いいえ、ありません」

ヤスペルはハッキリ答えた。

それから二人は、通路を挟んだ隣の席に座る、強面《こわもて》の老人を聴取した。彼はアンソニー・バンローと名乗った。

「儂《わし》の妻は二十年前、車に撥《は》ねられて死んだ。若いムスリムの男の無謀運転のせいで、まだ四十一歳のアニタは死んでしまった。幼い五つの娘を残してな……。

儂は苦労しながら娘を育て、生きてきたんだ。

この教会は、儂と女房が出会った思い出の教会でな、聖遺物巡礼は毎年、夫婦の楽しみだった。

だから今年も欠かさず来たが、儂はまた一つ、大きな悩みを抱えていた。

それは娘のアレックスが、妊娠中に子どもを流産してしまい、そのショックから食事も出来ず、酷《ひど》い鬱《うつ》状態になっていたことだ。

儂はもう二度と家族を失いたくなかった。だから懸命に、神に祈っていた。

そうしたら、あの驚くべき奇跡が起こったんだ。

輝く光の球が祭壇から現れて、儂の近くに迫ってきた。

そうして視界が真っ白になった、その時だった。

亡き女房が白い光に包まれて、目の前に立っていたんだ。愛らしい靨《えくぼ》を浮かべてな。

『私は幸せに暮らしているから、心配しないでね』

女房はそう言った。歌うような楽しげな声だった。

そして女房は、生まれたばかりの赤ん坊を腕の中に抱いていた。

『この子は私がちゃんと可愛がっておくわ。だからあなた、アレックスにちゃんと伝えてね。「貴女の子はとっても可愛くて、ご機嫌な男の子よ」って……』

アニタはそう言い、赤子に優しいキスをした。

そうして頭上から、歌うような声が聞こえてきたんだ。

祝福あれ、わが教会に
祝福あれ、アンソニー・バンローのすべての親族に
祝福あれ、祝福あれ

辺りに鐘が鳴り響いてた。

女房は光に包まれたまま、天上へ還《かえ》って行ったよ。

すると辺りは次第に真っ暗になり、気付くと儂はこの椅子に座っていたんだ」

たった今、奇跡を体験したかのように、バンローは熱い溜息《ためいき》を吐いた。

「それで、アレックスさんのご病気は、良くなったのでしょうか?」

ロベルトは思わず横から訊《たず》ねていた。

「ああ。儂がアニタの言葉を伝えると、ぼろぼろと泣いていたよ。そうして、死んだ赤ちゃんは確かに男の子だったと、又、泣いたんだ。

その後はアレックスの食欲も徐々に回復し、起き上がれるまでになっている。

「それは宜《よろ》しかったですね、本当に」

ロベルトの言葉に、バンローはじっくりと頷《うなず》いた。

4

その後も聴取は続き、残る目撃者は二名。光球が消えた場所より後ろにあたる、十列目と十三列目に座っていた信者達だ。

一人目は「聖母マリアの姿を見、聖霊の存在を感じた」、最後の一人は「光の鳩のようなものが、礼拝堂を横切ったように見えた」と証言した。

光球を間近に見たという礼拝堂の前列にいた人々の証言と比べると、彼らの証言は内容が薄い印象があり、光が消える時に主の姿を見たり、声を聞いた者もいなかった。

三つの光球を目撃したことと、移動の軌跡については、他の目撃者と共通していたが、オレンジの光は見なかった、ということである。

光の球体に近かった人の方が、強い奇跡を体験したということだろうか？

平賀とロベルトはそんなことを思いながら、計二十三名の聞き取りを終了した。

時計を見ると、午後四時半だ。

二人は一旦《いったん》、エイクマン司祭達のいる聖職者席へ戻り、ロベルトは礼拝堂の皆に感謝の意を伝えた。

「エイクマン司祭、神父様方、そして信者の方々。バチカンの調査へのご協力、誠に有り難うございました。大変貴重な証言を聞くことができ、僕達も感動しています。本日の結果は、僕達が責任を持って、バチカンの機関へ届けるとお約束します。

皆さん、長時間お疲れ様でした。本当に有り難うございます」

すると礼拝堂に温かい拍手が谺《こだま》した。

そうして目撃者達は思い思いに語り合ったり、立ち上がって伸びをし始めたりと、リラックスした雰囲気が礼拝堂に満ちていく。

平賀とロベルトの側には、笑顔のベーレンズ神父がやって来た。

「平賀神父、ロベルト神父。残りの十六名が集まるのは午後六時以降です。今のうちに、私が宿泊先のホテルへご案内します。チェックインの手続きが必要ですので」

「ええ、そうさせて頂きます」

二人は了承し、ベーレンズ神父の案内で教会の外へ出た。

「如何《いかが》でしたか？　驚きの証言のオンパレードでしょう？」

ベーレンズは熱っぽい目を二人に向けた。

「ええ、本当に」

「はい、私もそのような奇跡に遭遇したかったです」

二人が各々頷く。

ベーレンズは満足げに微笑み、二人を先導して歩いた。

予約されていたのは、ユトレヒト・ブリッジホテルで、旧市街の中心にあった。年代の貫禄《かんろく》を感じさせる、黒い屋根とレンガ造りの中に所々彫刻があしらわれ、どっしりとしたレトロな外観である。

チェックインを済ませ、ベーレンズと別れた二人は、部屋に入った。

客室はゆとりのある広さで、天井は高く、ベッドや家具はダッチ・カントリー・スタイルと呼ばれるオーク材のシンプルなデザインで纏《まと》められていた。

大きな窓が一《ひと》つと、その両脇に塡《は》め込み式のステンドグラスの小窓があり、薄いリネンのカーテンが吊《つ》られている。

部屋に目を戻すと、コンソールテーブルが大小二つあり、窓際にコンパクトなテーブルセット。後は冷蔵庫とテレビ、トイレとシャワールームといった造りである。

ロベルトは扉付近の小型書机を自分の領分と決め、そこに鞄《かばん》を置いた。

「君はそっちを使うといいよ」

ロベルトが大型のテーブルを指し示すと、平賀は素直に頷き、鞄からノートパソコンを取り出してネットに接続し始めた。

「早速、調べ物かい？」

「私の機材が何時に到着するのか、バチカンのシン博士に問い合わせます」

「成る程」

三度の呼び出し音の後、パソコンの画面に白いマスクと白い布を巻いた、シン博士の顔が現れた。

『チャンドラ・シンです。何か御用でしょうか』

シン博士は畏《かしこ》まった顔で言った。

「平賀です。今、ホテルに到着しました。私の機材は何時頃《いつごろ》到着するのでしょうか」

すると博士は滑らかにキーボードを打った。

『貴方《あなた》の荷物は現在、アムステルダムの物流センターです。最短で二時間後に到着するのではないでしょうか。念の為、荷物の追跡番号をメールでお送りします』

「分かりました。あと、聖遺物を鑑定する為に、追加で送って頂きたい機材があるのです」

平賀は小型のX線透過検査装置、蛍光X線分析装置を発注し、教会の住所に送って欲しいと頼んだ。

『了解しました』

「博士、今回の奇跡は凄《すご》いです。目撃証言の音声データをお送りしておきますね」

すると博士の眉《まゆ》がピクリと動いた。

『まさか又、忌まわしい証言ばかりじゃないでしょうね』

「いいえ。皆さん、大変素晴らしい体験をなさっておられます」

平賀がキッパリ答える。

『……それが本当ならば良いのですが』

シン博士は小声で呟《つぶや》くと、軽く咳払《せきばら》いをした。

『平賀神父、この際だから伺いますが、どうして貴方は逐一、調査に纏《まつ》わる全てのデータを私に送って来るのです？　私は確かにバチカンの職員で、貴方をサポートする任務がありますが、奇跡調査官ではないのです』

「それは数学者である博士のアドバイスが必要なこともありますし、第一、博士の前任者であるローレンと私が決めたことですから」

『厄介な前例ですね。では、私は他の仕事がありますので、失礼します』

シン博士は不機嫌そうに早口で答えると、プツリと通話を切った。

「やれやれ。君達の仲は相変わらずだね」

ロベルトは苦笑しながら冷蔵庫からミネラルウォーターを二本取り、一つを平賀の前に置いた。

「相変わらずと仰《おつしや》いますと？」

平賀の問いにロベルトは答えず、小さく肩を竦《すく》めた。

「まあ、それよりお互い水分補給しておこう。君も喋《しやべ》りっぱなしで喉《のど》が渇いただろう」

「言われてみれば、そうですね」

二人はミネラルウォーターを一気に半分ばかり飲み干した。

「ところで平賀、今回の奇跡について、君はどう思ってる？」

「そうですね……。仮説は幾つか思いつくのですが、科学的に検証してみないことには、何も言えません」

それが余りに平賀らしい答えなので、ロベルトはクスッと笑った。

「そうだったね。で、これからどうするかだが、夜の証言聴取に取り掛かると、終わりは夜更けになってしまうだろう。今のうちに軽く食事をしておかないか？」

ロベルトの言葉に、平賀は少し考え、頷いた。

「ええ。でもその前に、博士に音声データを送ります。あと、荷物が到着したら部屋に運んでおいて欲しいと、フロントに頼みますね」

二人はエレベーターで「レストランフロア」と表示のある一階へ向かった。

黄色と白のストライプのテントを持つレストランが四軒ほど並んでいる。

「どこも高いな……。軽食が二十ユーロもする」

店先のメニューを見回ったロベルトが呟いた。

「お財布に厳しいですね」

「外に行ってみよう。一寸《ちょっと》、心当たりがあるんだ」

そう言ってロベルトが先導した先は、旧運河沿いにずらりと並んだキッチンカーだ。いずれもカラフルなペイントを車体に施し、目を引く大きなポスターを掲げている。

ひとまず全部を見回ろうとしたロベルトの行く手を遮って、平賀はその一台目でピタリと足を止めた。掲げたポスターを見ると、フライドポテトの店だ。

「いらっしゃい。揚げたてのフリットだよ」

　店員が声をかけてくる。

「スモールサイズを一つ下さい」

「あいよ。ソースは何を？」

「分からないので、お勧めを下さい」

「なら、パタッチェ・ピンダ・マヨさ。二・六ユーロだ」

　円錐形《えんすいけい》に丸めた紙に溢《あふ》れんばかりのフライドポテトが盛り付けられ、大量のソースがかかったものが差し出される。

　平賀はポテトを一本抜き取り、パクリと食べた。

「ロベルトも一緒に食べませんか？」

「有り難う、少し頂くよ」

　一口食べると、厚切りのポテトの外はカリッと、中はほっくりしている。流石はジャガイモが主食の国だけあって、素材の味はいいが、塩気は少なめだ。

　ソースは初めて味わうタイプのもので、牛乳でのばした酸味が弱いマヨネーズに、ナッツバターと香辛料のサンバルが混じっている。不思議な味だ。

　ロベルトがふと見ると、隣のキッチンカーで売られているのはインドネシアの麺《めん》料理だ。

　十七世紀初頭から約三百年、インドネシアはオランダの植民地であった。今もオランダにはインドネシア系住民が多い。成る程、それでサンバルとナッツソースか、と納得しながら、ロベルトは足を進めた。

今度はルンピアと呼ばれる揚げ春巻きが、一個一ユーロで売られている。

その隣はオランダのコロッケ、クロケット。

それから塩漬けニシンに玉ねぎのみじん切りを載せた、オランダ名物ハーリングの店があった。

ロベルトはそこで足を止め、ハーリングをオランダのコッペパンに挟んだ、ブローチェ・ハーリングなるものを購入した。

ところでオランダは、イギリスと双璧《そうへき》をなすメシマズ国として有名である。

世界第二位の農産物輸出大国かつ世界屈指の酪農大国であり、また、世界中に輸出されるチーズやバターの品質は高い評価を得ているというのに、不思議なことだ。

どうやらその原因は、プロテスタントの食事に対する価値観が「質素倹約、食べられれば良い」というもので、料理や食事を楽しむ文化的背景がないかららしい。

ロベルトの隣で、美味《うま》そうでも不味《まず》そうでもない顔でポテトを食べている平賀も、食に関しては同種族なのだろう。

また、オランダで飲食店を経営するには高額な営業権が必要で、その数に制限がある為に新規参入の壁が高く、競争原理が働かなかったらしいとも、聞いたことがある。

そんな事を思いつつ、ロベルトは一口、ハーリングを頰張った。

パンの食感は、酷《ひど》く柔らかい。

そして中のニシンは、塩漬けとは思えない味だった。食感は完全に生魚である。生のまま酢に漬けただけではないだろうか。分厚い身を噛《か》み締めた瞬間、圧倒的な青臭さと酢の刺激臭がつんと鼻に抜け、鼻腔《びこう》を占領する。

涙目で二口、三口と食べていると、ピクルスとレモン、玉ねぎのみじん切りが、魚の臭みを緩和して、サッパリとした旨味《うまみ》へと変わった。魚が新鮮なのも高ポイントだ。

「これは……意外に美味いね」

ロベルトは思わず呟いた。

気を良くしたロベルトは、もう一つのオランダ名物を夜食用に購入すべく、パンネンクーケンの店に立ち寄った。

パンネンクーケンとは、薄いパンケーキのよう、とも厚いクレープのよう、とも形容され、その生地の味は甘いとも塩《しょ》っぱいとも聞く代物だ。

初めて間近で見たそれは、直径約四十センチと巨大であった。

メニューは多種に亘《わた》り、フルーツやクリームを載せたデザート系と、おかずを載せた食事系に分かれている。

ロベルトは、ベーコンとアウデ・カース（熟成ゴーダチーズ）のパンネンクーケンをチョイスして、ホテルに持ち帰ることにした。

5

午後六時前、二人は再び聖ファン・クーレン教会を訪れた。

陽が傾いた夕方の教会内部は薄暗く、照明も暗めに調光されている。その分、祭壇に灯《とも》されたステンドグラスの灯が美しく、神秘的に映えていた。

平賀とロベルトはエイクマン司祭に挨拶《あいさつ》した後、昼間と同様の方法で証言の聴取を開始した。

やはりここでも共通していたのは、祭壇付近から三つの光る球が現れたという証言だ。

しかし、オレンジの光については、目撃した者と記憶がない、という者が半々だった。

また、輝く球が消える時、キリストの姿になったと証言したのは十名で、残りの六名はハッキリとした形は見えなかった、と答えた。

それから、主の声を聞いたり、不思議な体験をしたりしたと答えた者ほど、前方の席に座っている傾向があり、幽体離脱の体験を語った者の席は、五列目であった。

そして最後列に座っていた男性は、奇跡の動画を撮影した人物で、ベンヤミン・ボスと名乗った。彼は二列目に座っていた女性の甥《おい》であった。

「俺は叔母《おば》さんに送迎を頼まれて、なんてのかな、バイト感覚で教会に来てたんだ」

ベンヤミンはバツが悪そうに頭を掻《か》いた。

「んだもんだから、一番後ろのベンチで転《うた》た寝してたのさ。そしたらザワザワした声が聞こえてきて、ハッと目を覚ましたら、見たこともない大きな光の球が三つ、教会の天井をフワフワ漂ってたんだ。

俺、夢でも見てんのかなって、最初は思ったよ。けど、他の人達もその光を指差してたし、なんだか只《ただ》ならぬ雰囲気が教会中に漂ってたんだ。

だから思わず携帯を構えて、動画を撮った。第一俺は、ここが携帯禁止なんてルールも知らなかったしな。

でも、俺みたいなのが居たから動画が撮れて良かったと、後で叔母さんと司祭様に褒められたんだぜ。

ただ、他の人達みたいな不思議な体験ってのは、俺にはなかったなあ……」

ベンヤミンは少し残念そうに証言した。

「成る程。貴方《あなた》の携帯には、その時の動画データは残っていますか？」

平賀が訊《たず》ねる。

「ああ、見るかい？」

「はい。私もコピーのデータを頂きましたが、同じものかを確認しませんと」

平賀の目の前で動画が再生される。それはバチカンに届いた動画と同じであったが、平賀はベンヤミンに頼んでもう一度、そのデータを自分のパソコンに送ってもらった。

それからベンヤミンに既往歴や持病、当日の体調について聞き、酒やドラッグを摂取する習慣について訊ね、最後に頭髪を一本頂いたのだった。

最後に二人は、礼拝堂に集まった人々に感謝を述べた。

エイクマン司祭がガラスの保存瓶とメモを手に、二人の許《もと》にやって来る。

「こちらが奇跡の足跡から採取した金です」

平賀が瓶の底を覗《のぞ》き込むと、僅《わず》かな金の粉が入っている。

「有り難うございます。数日間、お預かりします」

「あと、こちらが本日来られなかった、目撃者三名の連絡先です。貴方がたが先方を訪ねる許可も取りました」

「ご協力に感謝します」

ロベルトがそれを受け取って見ると、全員がアムステルダム在住である。

「これで大方の聴取は終わった訳ですが、次は何を？」

エイクマンが訊ねる。

「平賀は機材の到着を待って、科学調査を行います。僕はこの教会の歴史や建築に関係する書類を拝見したいです。聖遺物の由来を記したような教会記録も」

「その類《たぐ》いの書類でしたら、屋根裏に保管しています。明日にでも、ご案内しましょう。カソリック禁止令以前の古い書類は、公文書館に保管されている筈《はず》です」

「有り難うございます」

「私はこの後、説法がありますので、失礼します」

エイクマンはそう言うと踵《きびす》を返して祭壇前へ行き、聖遺物を納めたガラス箱を大切そうに手に取った。そして司祭室へと入っていく。

「今日はずっと聖遺物を置いていましたのに、奇跡は起こりませんでしたね。奇跡の光球をこの目で見たかったです」

平賀は残念そうだ。

「本当にね。ところで平賀、この後に説法があるなら、君が聖域柵の中をウロウロするのは宜《よろ》しくない。今日の調査はここまでとしよう」

「仕方ありません。ホテルに機材が到着している筈ですから、まずはこの金を調べようと思います」

平賀はガラスの保存瓶を大切そうに鞄《かばん》に仕舞い込むと、聖職者席にいた二人の神父の許へ行った。そして聖域柵の中を掃除しないようにと、重ねてお願いしたのだった。

二人が教会を出ようとした時だ。平賀が階段の前で足を止めた。

「最後に三階の集会室へ行って、ウォーターサーバーを調べたいと思います。目撃者全員がその水を飲んだ可能性があります」

「そうだね」

二人は階段を上った。

二階は三つの個室に分かれており、それぞれの扉に「面談室」「告解室」「控え室」と書かれている。そして全ての部屋に鍵《かぎ》がかかっていた。

三階はガランとしたフロアで、コの字形やロの字形に並べられたテーブルと椅子があちらこちらに置かれていた。窓際には手入れのいいプランターが並び、花が咲いている。

ウォーターサーバーは壁際に置かれ、その側にミニキッチンと備え付けのコップが並んでいた。

平賀は室内とウォーターサーバーの写真を撮り、ファスナー付きビニール袋でサーバーの水を採取した。そして備え付けのコップに少しの水を入れ、それを綿棒で採取し、残った水をゴクリと飲んだ。

虫眼鏡でウォーターサーバーを観察している平賀の背に、ロベルトが話しかける。

「それにしても今日は色んな証言を聞いたものだね。これほど数多く、常識では説明できない奇跡の証言者がいるなんて。しかも、教会の信者ではない者まで奇跡を目撃しているんだ。皆が口裏を合わせているとは考え辛《づら》い。皆の表情にも嘘は見えなかった」

「ええ」

平賀は上の空で相槌《あいづち》を打ち、二十分ほど観察を続けた後、ようやく立ち上がった。

「ひとまず終了です」

「では帰ろう」

二人が階段を下り、一階に着くと、礼拝堂には三十人余りが集まっていた。結構な盛況ぶりだ。

丁度、エイクマン司祭の説法が佳境を迎えている。

「かつて人々は、教会という絆《きずな》によって、社会に繋《つな》ぎ止められておりました。誕生時の洗礼、結婚式、そして死に至る葬式まで、人生と宗教は分かちがたく結びついていたのです。教会は住民の懺悔《ざんげ》を聞き、もめごとの仲裁をし、教育を施し、社会に規範と模範を示し続けていました。

私達の礼拝堂は、あらゆる階層の人々が集い、シンボルと仰ぐものでした。

そのような時代が過ぎ去ったと言われる今でも、いえ、そんな今だからこそ、この聖ファン・クーレン教会は、主の奇跡によって祝福され、聖別されたのではないでしょうか。

そして私は、主によって、ユトレヒトの危機を知らされたのです！

皆さん、目を覚まして下さい。どうかユトレヒトを共に守り抜きましょう。

我々は何者にも屈しません。イスラム過激派のテロ行為にさえも。今こそ、主の家に集う我々の信仰が試されているのです！」

気迫の籠《こ》もった熱弁であった。信者達の拍手が鳴り響く。

ユトレヒトの危機か……何も起こらなければいいが

ロベルトは胸をざわつかせながら、教会を後にした。

第三章　聖遺物とアムステルダム

1

二人が戻ったホテルの部屋に、平賀の機材はまだ届いていなかった。フロントに問い合わせても、荷物は預かっていないとのことだ。

追跡番号で検索すると、荷物は未《いま》だアムステルダムの物流センターにある。

平賀は物流センターに電話をかけたが、営業終了のお知らせが流れるだけだ。

「困りました」

眉《まゆ》を顰《ひそ》めた平賀を、ネットニュースを見ていたロベルトが振り返った。

「恐らく原因はこれだ。今日、アムステルダムの中心部で大規模な環境デモが行われていたが、そこにイスラム過激派のテロ予告が出され、一部の道路閉鎖と大規模な検問が行われていたそうだ」

「又、テロですか……」

「ただ警戒の甲斐《かい》あってか、テロ行為は行われず、死傷者もでていない」

「それは良かったです。でも、オランダにはそんなにテロが多いのでしょうか。

奇跡の直前に起こった停電も、地中の変電所間を結ぶCVケーブルという送電線に、プラスチック爆弾を仕掛けられたのが原因でした。犯人は近くのマンホールから侵入したようですね。爆発物の残骸《ざんがい》からは、タイマーの破片が発見されています。そして爆破とほぼ同時に、イスラム過激派の犯行声明が出されました」

「そうだね、悩ましい問題だ。オランダは移民が多い国で、多文化主義と寛容の精神を持つ民族だと言われてきたけれど、昨今のテロの多発を受けて、反移民、反イスラム教を掲げる政党が躍進しているそうだよ。

二〇一八年にアムステルダム中央駅で、ジハーディスト（イスラム聖戦主義者）が二人のアメリカ人観光客を刺傷した事件や、オランダ中部アーネムと南部ベールトで『犠牲者が多数出ると予想されるオランダ国内の大きなイベント』を標的に、銃や爆弾を使った大規模なテロ計画を立てていた七人の男が逮捕された事件。

二〇一九年、ユトレヒトの路面電車内で発生した銃撃事件では、四人が死亡している。ユトレヒト事件の犯人は以前、ジハーディストが活動するロシアのチェチェン共和国で武装勢力の戦闘員をしていて、ＩＳ（イスラム国）とも繋がりがあったとか。

ＩＳといえば、二〇一四年に国家樹立を宣言後、爆発的にイラクやシリアを制圧していったけれど、イラク軍やスンニー派民兵、シーア派民兵、クルド人勢力等による奪還作戦と、アメリカ主導の有志連合による空爆で、今では支配地域も大幅に縮小し、ほぼ一部の地区を残すのみとなった。

ところがISの衰退によって又、新たな問題が起こっている。世界各地のイスラム教徒でISに参加していた過激派達が、今度は自国に戻るという現象が起きている。

するとどうなるか……。

かつて旧ソ連のアフガニスタン侵攻時、義勇兵として世界中から参戦したイスラム教徒は、母国に帰還後、各地でイスラム原理主義テロ組織の基礎を作ったという。

それと同じ現象が起こるのでは、と懸念されているんだ。

戦地を逃れた難民や不法移民による難民危機問題も、未だ深刻だしね。勿論《もちろん》、殆《ほとん》どのイスラム教徒は穏健だけれど、逃れた先での生活の困窮や失意から、過激派に傾倒する若者だって増えるかも知れない。

しかもIS系のウェブサイトでは今も、欧米諸国でのテロ活動を勧奨する情報を盛んに流していて、テロの頻発を助長しているんだ。

オランダ総合情報局は、約五十五名のジハーディストがシリア・イラク方面からオランダに帰還していると述べているし、イギリスのICSRは、二百名から二百五十名のオランダ人がISに参加していたと発表している」

ロベルトの言葉に、平賀は顔を曇らせた。

「そうだったんですか……。私は何も知りませんでした」

「まあ……イスラム過激派がずっと目の敵にしてきたのは、他ならぬバチカンとローマ法王だからね。どうしてもこの類いのニュースに目が行ってしまうんだ。

過去には、イスラム過激派によるバチカンとローマのイスラエル大使館の爆破計画をイタリア当局が暴く、なんてこともあった。逮捕された容疑者の一人は、ＩＳ戦闘員からメッセージアプリ経由で命令を受け取っていたんだ。

そんな対立や緊張を緩和する為、現法王猊下《げいか》は、イスラム教スンニー派の最高指導者アフメド・タイブ師と歴史的会談を行ったり、就任間もなく少年院でミサを開き、ローマ法王としては史上初めて、イスラム教徒を含む受刑者十二名の足を洗ったりと、分け隔てのない人道的交流を行って、平和と親睦《しんぼく》のメッセージを発信しておられる。そして、人類に必要なものは、愛や温かさや寛容さだと常に説かれている。

だけど残念なことに、難民や移民問題を背景に、反イスラム主義を掲げる極右思想的ムードが欧州全体に広まって、双方の対立が深まっているのも事実なんだ。

例えば、イスラム教徒の女性が使用する、ブルカやニカブと呼ばれる顔面を覆うヴェールの着用を禁止する法律が、フランスを皮切りにベルギーやオランダ、オーストリアなどで制定されたのも象徴的だ。

この法律はフルフェイスのヘルメットや、防寒用の目出し帽にも適用されるから、基本的にはテロ対策だけど、法律がイスラム教の価値観にまで踏み込んだ事例として、注目されているよ。

そして反イスラム主義の根っこには、どうやら『イスラム教徒が西洋社会を侵略しようとしている』という、過剰な恐怖心があるようなんだ。

イギリスの大手リサーチ会社が世界四十カ国を対象に行った調査によると、例えば、フランス国民は、全人口の三十一パーセントがムスリム人口だと考えていたのに対し、実際のムスリム人口は七・五パーセントに過ぎなかった。オランダ、ベルギー、イギリス、ドイツ、イタリアでも同様の結果が出たそうだ」

「何故、そのような恐怖心が？」

平賀は眉間《みけん》に皺《しわ》を寄せ、問い返した。

「個人的な感想を言うなら、現代人は慢性的な不安を抱いているんじゃないかな。価値観が異なる移民の存在や、グローバル化した社会の中で、今まで培ってきたアイデンティティや身の安全性、社会資源などが損なわれるのでは、という懸念とかさ。健康問題や収入や仕事だってそうだ。平穏な時が続く保証は何処にもないし、競争社会で振り落とされたら、這《は》い上がれるかどうかも分からない。日々、テレビから流れてくるのは不穏なニュースだ。世界恐慌の危機やら、異常気象に大規模災害、大気汚染、海洋汚染、グローバルな感染症の流行……。どれも僕ら一人で食い止められるものじゃない。だから無力感に襲われてしまうんだ。

この種の悩みの衝撃を緩和し、解消するのは長年、宗教が担ってきたと思うんだけどね」

「ああ、成る程」

「その点に於《お》いては、厳しい家父長制に基づく大家族主義のイスラム教には、虚無主義が入り込む隙が少ないのかも知れないね。

実際、キリスト教信者の教会離れと相俟《あいま》って、教会施設がイスラムのモスクに転用されるケースが最近、増えているんだ。

けど、まあ、カソリック世界にも少しは明るい兆しが見えているよ。

アメリカの新聞社『ナショナル・カソリック・レポーター』の神父がこう言っている。

『街中で、こう訊《たず》ねたとします。「カソリック教会をどう思いますか？」と。

二年前なら「同性婚には反対だし、避妊や中絶にも反対なんでしょ」。

ところが今は、誰もが「ああ、あの法王のいる教会ね。貧しい人の味方で、宮殿に住もうとしない人だよね」と言うんだ』と」

「それは微笑ましい話ですね」

平賀はほっとした顔で微笑んだ。

「宗教というものが、この先も人の心の支えであり続けるには、今生きる人達の為に、僕達神父も教会も、変わっていかなくちゃいけないんだろう」

ロベルトはそう言って立ち上がると、冷蔵庫からパンネンクーケンとミネラルウォーターを取り出した。

「さあ、夜食の時間だ。オランダを味わおう」

2

翌朝、二人は再び聖ファン・クーレン教会を訪ねた。

ロベルトが司祭達に挨拶《あいさつ》をし、談笑する間、平賀は祭壇前にやって来ると、メジャーを取り出し、金の足跡と、その歩幅などを詳細に記録していった。そしてカメラで何度も色んな角度から写真を撮った。勿論、十字架のキリスト像の足元も撮る。

それから鋭い目で辺りを観察し始めた。

最初に気付いたのは、祭壇のステンドグラスの三カ所に、凹《へこ》みと溶解らしき痕《あと》があることだ。

平賀は司祭達の許《もと》に駆け寄り、疑問を投げた。

「ステンドグラスが三カ所溶けていますが、奇跡の前からそうでしたか？」

「いいえ、奇跡が起こった後に、そのようになっておりました」

エイクマン司祭が答える。

「ガラスの軟化点は、一般的に、六百から八百度程です。色ガラスなので、不純物によって、軟化点は少し低くなるかもしれませんが、それでも六百度以上の熱を持った物が、祭壇に接触したという証拠になるでしょう」

「つまり、奇跡の光球が、ガラスを溶かしたということになるのかな？」

ロベルトが問いかける。

「ええ、そう考えるのが順当です」

平賀は嬉《うれ》しそうに答えると、祭壇前へ駆け戻った。

そしてやにわに靴を脱ぎ、祭壇に上ったかと思うと、溶けたガラスの部分を虫メガネで見ながら、匂いを嗅《か》ぎ始めた。

その唐突な行動に、エイクマン司祭は眉《まゆ》を顰《ひそ》め、二人の神父が驚いた顔を見合わせる。

奇跡調査では毎度の反応だ。ロベルトは小さく咳払《せきばら》いをした。

「さて、ここの調査は平賀に任せるとして、僕の方は教会の資料を拝見したいのですが」

「えっ。ええ、そうでしたね」

エイクマン司祭は、我に返ったように頷《うなず》くと、ロベルトを先導して階段を上った。

二階に着くと、エイクマンはロベルトを振り返った。

「表の階段から、屋根裏の隠し部屋には行けないのですよ」

エイクマンは、一番奥にある「控え室」と書かれた扉の鍵《かぎ》を開き、中へと入った。

室内は焦げ茶色の板張りで、古めかしいテーブルセットと本棚などが置かれている。

エイクマンが左手の板壁の前に立ち、ある一枚に手をかけると、それは呆気《あっけ》なく取り外された。同じ動作を三度繰り返せば、人ひとりが通れる穴と、その先に隠された狭い空間が現れる。

「隠し階段ですか」

ロベルトは目を瞬《しばたた》いた。

「ええ。私達の信仰の証です」

エイクマンは懐中電灯を手に、穴を潜った。ロベルトもそれに続く。

穴の中にはいきなり急階段があった。それを一階分上る。壁の向こうは集会室の筈《はず》だ。

さらにもう一階分上った先には、脚立がポツンと置かれた部屋があった。

エイクマンが脚立に乗って、天井の一部を押し上げると、その部分がパカッと下へ開き、折り畳み階段が現れた。

「この上が教会記録の置き場になっています」

「色々な仕掛けがあるのですね」

ロベルトは感心して言った。

「なにしろ隠し教会ですので」

エイクマンは少し誇らしげだ。

「他にも仕掛けがあるのでしょうか？」

「ええ、まあ……」

エイクマンは言葉を濁した。ロベルトはひとまず引くことにした。

「では、後は一人で調べ物をしますので、どうぞお構いなく」

「ええ、分かりました。中は照明もなく暗いので、これをお使い下さい」

エイクマンが差し出した懐中電灯をロベルトは受け取った。

「有り難うございます」

折り畳み階段を上り、屋根裏部屋へと入る。

確かに中は暗かった。天井も頭をぶつけそうに低い。

懐中電灯で辺りを照らすと、広さは充分にあるようだ。

そこにぎっしりと本棚が置かれ、製本された書類が並んでいる。本に背表紙はなく、ラベル分けもされていない。片っ端からチェックするしか無さそうだ。

(これは結構、大仕事だな)

ロベルトは一つ一つの本を手に取り、パラパラと捲《めく》っていった。

幸いなことに、教会記録は年代順に並んでいる。

最も古い記録は一六〇二年のものだ。

別の棚には、歴代司祭の手書きによる教会覚書、つまり日誌も存在していた。

新しい記録の中から、教会の改装工事に関する設計図も見つかった。

大体の傾向が把握できたところで、ロベルトは床に腰を下ろし、古い書類から順に読み進めるという地道な作業に入った。

そして隠し教会の二代目司祭、ファビアン・マルコ・デ・ブール氏による覚書を読んでいた時だ。ロベルトは、聖遺物が教会に齎《もたら》された経緯を目にすることが出来た。

『一六三四年、二月三日。

一人の人物が、我が教会を訪ねてきた。アムステルダムに居住する富豪商人らしく、名をアーブラハム・フォルデルマンと名乗った。

私が彼を富豪商人と思ったのは、彼自身が商人と名乗ったことと、裕福そうな身なりからのことである。

彼が言うには、教会に貴重な宝を寄贈したい。その代わり、不治の病の為に苦しんでいる娘が全快するよう、神に祈りを捧《ささ》げて欲しいということであった。

彼自身、この教会で洗礼を受けたカソリックであり、彼の娘もこの教会で洗礼を受けていたそうだ。そこで自分と娘とを、主イエス・キリストと結びつけたこの教会こそ、最も祈りを捧げる場に相応《ふさわ》しいと考えたのだ。

勿論《もちろん》、キリストを奉ずる身として、病の人の為に祈るのは当然である。

私は作意なくこの願いを聞き届けたが、彼が寄贈するというKoning der koningen（王の中の王）について教えられた時、大いに驚愕《きょうがく》し、神は我々を見捨てておいでではなかったと確信した。

それはまさに教会の至宝となる代物であったのだ。

私はそれについて語る言葉を多くは持たない。しかし、いつの日か、今のようなカソリックの暗黒時代が終焉《しゅうえん》する時、我が教会は救われるであろう。

そして未来の希望は我々に、苦難を戦い抜く強い覚悟をもたらすに違いない。

私は今日のこの奇跡をただ、神に感謝するばかりである。そして又、隠し聖画やキリスト像と共に、この珠玉の至宝を守り抜く所存である』

「王の中の王」とは、キリストを表わす言葉であり、聖釘《せいてい》を納めた小箱の天面に刻まれたフレーズだ。

デ・ブール司祭は、「それについて教えられた時、大いに驚愕」し、「まさに教会の至宝」と断言している。その一方で、聖釘を実際に目にしたという記載はない。

その点は残念だったが、間もなく平賀が科学調査で聖釘の正体を暴くだろう。

ロベルトは次に、聖釘を寄贈したというアーブラハム・フォルデルマンという人物を調べてみることにした。

まずはこの教会で洗礼を受けたということなので、洗礼記録を調べてみる。

アーブラハム・フォルデルマンの名は、一六〇七年の洗礼者名の中に見つかった。

洗礼日は、一六〇七年五月七日。誕生日は、五月五日と記帳されている。

その娘の洗礼記録は、一六二九年に見つかった。

洗礼当事者の名は、ブレヒチェ・フォルデルマン。その父親の名に、アーブラハム・フォルデルマンと記載され、母親の名はカタリーナと記されている。

他に同姓同名は見つからなかったので、これは確定的だ。

だが、アーブラハム・フォルデルマンに関して、それ以上のことは分からなかった。

ロベルトは、とりあえず彼ら家族の名をメモし、さらに歴代の教会司祭の日誌を読み込んだ。

ところが三代目以降の司祭は、聖釘について何も触れていなかった。二代目司祭からの言伝《ことづて》が上手《うま》くいかなかったのだろうか。

更に時代が進むと、エイクマン司祭からも話を聞いた、七代目司祭ジョゼ・イグナチウス・ヴァン・ダム司祭が登場した。


『一八一六年九月十一日。

私は此処《ここ》に、教会の珠玉の聖遺物を改めて発見したことを報告する。

二代目の司祭が書き記した「王の中の王」が我が教会の苦難を救うことを祈って、私は懸命にそれを求めた。

そうしてマリア像の中に隠されていた聖遺物を発見するに至ったのだ。

それは木製の小箱の中に納められており、小さな閂《かんぬき》がかかっていた。

私は感動に震える手で、その箱を開いてしまった。

その瞬間、目も眩《くら》むような黄金の光が四方へ放たれ、私の視力を永遠に奪ったのだ。

「神の姿を見ること勿《なか》れ。許しの啓示を授かる者だけが、それを見る」

厳しい神の声が辺りに谺《こだま》した。

私は確かに、箱の中に聖釘を見た。それが信じられない程の光を放つのを。

大いなる奇跡と預言を受けた私は、この先も聖遺物を守り、奉じていくことを改めて誓った。後世の同志達も、そうであるよう願いたい。

預言に背いて神の御姿を見ようとしてはならない。それは、許しの啓示を授かった者だけに与えられる権利である。

権利無く神の姿を見ようとする不埒《ふらち》な輩《やから》は、私と同様か、それ以上の罰を受けるだろう。

努々《ゆめゆめ》忘るる勿れ』

視力を失ったヴァン・ダム司祭の縒《よ》れたようなサインが書かれ、その下に『代筆をこの私、フレット・バレンタイン・エトホーフトが記す』と添えられている。

確かにその頁を境に、日誌の筆跡は変わっていた。

聖遺物に関する大体の経緯が見えて来た所で、ロベルトは時計を確認した。

知らぬ間に、四時過ぎになっている。

(しまった、夢中になり過ぎた)

ロベルトは、教会の改装工事の資料だけを持ち、屋根裏部屋を出て、礼拝堂へと向かったのだった。

3

ロベルトが礼拝堂に戻ると、平賀は祭壇の裏側でゴソゴソと動いていた。

「すまない、遅くなってしまって」

ロベルトが声をかけると、平賀が振り返った。

「いえ、大丈夫です。私も色々と観察していたところですので」

「なら良かった。ところで教会の改装工事の資料が見つかったのだけれど、何かの役に立つだろうか？」

ロベルトが、書類の束を差し出すと、平賀はそれを受け取り、広げて眺めた。

「とても参考になると思います。エイクマン司祭」

平賀は彼の行動を見張るかのように座っていたエイクマンに声をかけた。

「な、何でございましょう」

「こちらの改装工事の書類を暫《しばら》く預からせて頂けませんか？」

「ええ、まあ、それぐらいなら預かって貰《もら》っても結構ですよ。しかし、改装工事の資料など、何の為に必要なのです？」

エイクマン司祭は、訝《いぶか》しげな目で平賀を見た。

「調査の一環です。参考までに、ざっと拝見したいだけですよ」

ロベルトは軽くいなして、言葉を継いだ。

「それよりエイクマン司祭、今日は資料室のこと、有り難うございました。壁や梯子《はしご》は元に戻して来たつもりですが、念の為にご確認頂ければと思います」

「ああ、そうですな」

エイクマンはそそくさと階段の方へ立ち去った。

「何の話です？」

平賀は不思議そうに首を傾げている。

「この教会には隠し階段があったんだよ。禁教時代の名残りさ」

「なんと素晴らしい」

平賀は目を輝かせた。

「ところでさ、君の機材はもうホテルに届いたの？」

「いえ、今日着く予定とは聞いていますし、到着次第、連絡を頂く約束になっていますが、まだ連絡はありませんね」

「そうか……」

ロベルトは何やら浮かない顔をした。

「それよりロベルト、貴方《あなた》は残った目撃者の聴取に行くご予定なのでは？　昨夜、皆さんに連絡を取っておられましたが」

「ああ、まあ、そうなんだけど」

「なので、私も同行します」

真っ直ぐな平賀の目を見て、ロベルトは溜息《ためいき》を一つ吐いた。

「分かった。じゃあ、行こうか」


二人は教会を出て、ユトレヒト中央駅を目指した。

途中で喉《のど》の渇きを覚え、スーパーに立ち寄ってミネラルウォーターを二本買い、歩きながら、あっという間に飲み干した。

それを町角のプラスチック用ゴミ箱に捨てようとした時だ。

「何をやってるの！」

背後で大きな声がして、中年女性が平賀とロベルトの腕を摑《つか》んだ。

「何でしょうか？」

ロベルトが驚いて問い返す。

「いいから、こっちへ来なさい」

中年女性は、二人が来た道を戻り、ミネラルウォーターを買ったスーパーまで引き返すと、二人の手から空のペットボトルを奪い、券売機のような機械の中へ入れた。

そしてボタンを押すと、レシートが出てきた。

「はい、これをレジへ持って行きなさい。一本につき、〇・二五ユーロ返金されるの。ペットボトルを捨てるなんて勿体《もったい》ないこと、しちゃ駄目よ。環境にも悪いんだから」

中年女性はそれだけ言うと、踵《きびす》を返して立ち去った。

「返金制度だなんて、素晴らしいですね」

平賀はレシートを眺めながら、嬉《うれ》しそうに言った。

「うん……。何というか、親切な女性だったし、制度のことを知ることができて良かった」

ロベルトは呆然《ぼうぜん》と呟《つぶや》いた。

「はい。ただ漠然と『リサイクルの為に協力を』と言われるより、行動すれば得という仕組みを考える方が合理的です」

平賀はレシートをレジへ持って行き、〇・五ユーロを手に入れた。

ユトレヒト中央駅から、アムステルダム行きの特別急行列車に乗り込む。

席に着くと早速、平賀はスマホで何かを調べ始めた。

「ロベルト、やはりオランダのプラスチックリサイクル素材利用率は素晴らしいです。世界中が規範とすべき点ですね。

EUではトップクラスで、およそ三十三パーセント。残りはほぼ熱エネルギーに変換され、環境への流出は限りなくゼロに近いんです。

イタリアでも、ここと同じような返金制度を提唱できないでしょうか。これで又、やるべきことが一つ、見つかりました」

平賀は楽しげにメモを取っている。

(世界の規範……ね)

ロベルトは憂鬱《ゆううつ》な顔つきで、車窓の青々とした牧草地帯に目をやった。

※　※　※

アムステルダムの町は、扇に五本の青い横線を書き入れ、下向きに広げたような形をしている。町を流れる五本の運河は、中央部から順にシンゲル、ヘーレン運河、カイゼル運河、プリンセン運河、シンゲル運河である。

シンゲルとは「取り囲む」という意味で、内側のシンゲルは十六世紀までの町境、一番外のシンゲル運河は、十七世紀の城壁の外堀である。

この町の歴史は十三世紀、アムステル川が流れ込む入り江の河口に、人々がダムを造り、住み始めたのが始まりだ。

港町として少しずつ成長していったアムステルダムは、十七世紀には世界初の株式会社、東インド会社の本拠地として隆盛を極めた。

そうして世界中の物資と世界中の人々、見聞が集まるアムステルダムには、自由と寛容を愛し、不条理な権力を嫌う気風が生まれたといわれている。

ロベルトと平賀は駅前の橋を渡って、観光客で賑《にぎ》わう大通りへ出た。

レストランやショップ、大きな赤煉瓦《あかれんが》の旧証券取引所、高級デパートのバイエンコルフを通り過ぎると、すぐに町の中心、ダム広場に着く。

広場の左手に建つ大きな白い尖塔《せんとう》は、第二次世界大戦の戦没者慰霊碑だ。その台座には市民達が座り込んで談笑する姿があった。

広場の西には、七つもの入り口を持つ威風堂々とした王宮が建っていた。

アムステルダムが世界経済の中心であった十七世紀、建築家のヤコブ・ファン・カンペンによって建造されたこの建物は、ローマ帝国の繁栄になぞらえて、ローマ様式がふんだんに取り入れられている。

二人は住所を確認しながら、王宮の裏側から延びるラードハウス通りを進み、運河を二つ越えた。

そしてチーズの専門店やカフェ、中古自転車専門店などのショップが並ぶ通りの中に、二人は目指すホーヘンボーム菓子店の看板を発見したのだった。

明るいガラス張りの店の前にテーブルセットが置かれ、若いカップルがケーキを食べている。

玄関扉の正面には売り場のカウンターがあり、ビスケットが積まれていた。ショーケースには色とりどりのケーキと、幾つもの「売り切れ」の札が出ている。

壁にはコンクール入選の賞状が三枚、並べて飾られていた。

ロベルトはカウンターに立つ女性店員に話しかけた。

「ボブ・ホーヘンボームさんはいらっしゃいますか？　バチカンの神父が訪ねて来たとお伝え下さい」

「ええ、分かりました」

女性店員はカーテンの奥へと入って行った。その先が厨房《ちゅうぼう》なのだろう。甘い香りが漂ってくる。

直ぐに女性店員を伴って、一人の男性が現れた。

白い厨房服を着、丸々と太った色白の男性だ。年齢は三十代半ばだろう。

「どうも、ボブ・ホーヘンボームです。エイクマン司祭からお話は聞いてます」

ホーヘンボームはニコニコと笑いながら、ロベルトと平賀に握手を求めた。

「お仕事中にお邪魔します。バチカンの神父で、ロベルト・ニコラスです」

「平賀・ヨゼフ・庚です。宜《よろ》しくお願いします」

「こちらこそ、ご足労をおかけしました。どうぞこちらへ」

ホーヘンボームは四つ並んだテーブルの一番奥に二人を案内した。

平賀がレコーダーをテーブルに置き、ロベルトがスケッチブックを準備する。

「ホーヘンボームさん、奇跡の当日、教会のどの席に座っておられましたか？」

平賀が言うと、ロベルトがスケッチブックを差し出した。

「この辺り……だったでしょうか」

ホーヘンボームは、五列目前後の壁際を指差した。

「分かりました。では早速、貴方が体験した奇跡について、お話し下さい」

「ええ」と、ホーヘンボームはテーブルの上で指を組んだ。

「僕は聖ファン・クーレン教会で洗礼を受けまして、父の代でアムステルダムに移住した後も、聖遺物巡礼には毎年、参加していました。

そして僕はこの一年、いえ、もう何年間も、菓子コンクールに出品する新作ケーキのアイデアが思い浮かばず、心底悩んでいました。そんな時、あの聖なる光が現れたんです。

まず僕が体験したのは、とてもいい匂いでした」

「匂いですか？」

平賀が思わず問い返す。

「ええ。それから僕の目の前に忽然《こつぜん》と、見たこともないケーキが出現したんです。

それにフォークを差し入れて、一口頬張ると、得も言われぬ美味しさが口中に広がりました。しかも、もっと不思議なことに、どうすればそのケーキが作れるのか、レシピまでが目の前に浮かび上がってきたんです。

僕はとてつもない幸福感に包まれました。それまで苦しんでいた悩みが、一瞬で吹き飛んだんです。目指すべき道がハッキリと分かったんです。

主は僕のような者の悩みにまで答えて下さった。それが今、何より幸せです」

ホーヘンボームは噛《か》み締めるように語った。

「それが貴方《あなた》の奇跡体験なのですか？」

平賀はキョトンと目を瞬《しばた》いた。

「ええ。何か不十分だったでしょうか？　僕にとってはまたとない奇跡です」

「いいえ、そんなつもりでは。凄《すご》い啓示だと思います。そのケーキの匂いや形や味というのは、まるで実在しているかのようだったのですね？」

「実在しているかのよう、というより、実在していたんです。未来か別世界から突然、見たこともないケーキが目の前に差し出された、そんな感じです。

僕は確かにその匂いを嗅《か》ぎ、形を見、舌で味わったんです。あんな体験は初めてです」

ホーヘンボームは高揚して答えた。

「それは不思議な体験でしたね」

「そうでしょう？　だから今、僕はそのケーキを『天使の光』と名付けて、コンクール用に試作しているんです。良ければ召し上がりませんか？」

「興味深いですね。是非」

平賀とロベルトが頷《うなず》くと、ホーヘンボームは立ち上がって厨房へ行き、すぐに二皿のケーキを運んで来た。

丸いドーム型のケーキが白い生クリームでコーティングされ、その上に黄金色のキャラメル細工が飾られている。

ロベルトがフォークを入れると、パリッとしたキャラメルと、沢山の空気を含んだ生クリームのふんわりとした触感があり、口に含むと控え目な甘さと香りが広がった。スポンジはラム酒とシナモン、数種類のフルーツが混じった複雑な味と香りがする。最後には、レモンの皮の清涼な香りと微《かす》かな苦味が一瞬残って、ほどけるように消えた。

「大変美味《おい》しいです。そして複雑な味わいですね」

ロベルトは微笑んだ。

「ええ、甘い物が苦手な私でも、美味しく頂けます」

平賀もフォークを進めている。

「何しろ奇跡のケーキですからね。自分でもこの出来に驚いています」

ホーヘンボームは満足そうに答えた。

「ところでホーヘンボームさん、奇跡の当日、教会にバタービスケットを差し入れなさったと聞きましたが、それは事実ですか？」

平賀がフォークを置いて問いかける。

「ええ、親父の代からの慣習で、毎年続けています。それが何か？」

「そのビスケットというのは、貴方が焼いたのですか？」

「え、ええ。あそこに置いてあるのと同じです」

ホーヘンボームはカウンターに積まれたビスケットを指差した。

「同じというのは、同じ作り方をした、全く同じ成分のビスケットという意味ですか？」

「えっと……何を訊《き》かれてるのか分かりませんが、まあ、そうです」

ホーヘンボームは、少したじろぎながら答えた。

「教会の差し入れの時だけ、作り方を変えたということは、ありませんね？」

平賀は念を押すように訊《たず》ねた。

「レシピは変えていないのか、という質問ですよ」

ロベルトが横から言うと、ホーヘンボームは納得したように頷いた。

「それなら、親父の代から変えていません。常連客に人気の看板商品ですから」

「では、後で私にそのビスケットを一つ、売って下さい」

平賀はその後も幾つかの質問を行い、ホーヘンボームの髪を一本、提出してもらった。

そうしてビスケットを一袋買い、菓子店を後にしたのであった。

4

店を一歩出ると、頂上に王冠を頂いた西教会の塔が、淡い夕空に映えていた。

「さて、ロベルト。次の証言者はどちらです？」

振り返った平賀を、ロベルトは苦い顔で見詰めた。

「平賀、頼みがある。次の証言者の所には、僕一人で行きたいんだ。だから君はこの辺で少しばかり、待っていて貰《もら》えないか？」

「どうしてそんなことを言うんですか？」

平賀は眉《まゆ》を寄せ、ムッとした顔をした。

「君が行くには相応《ふさわ》しくない場所だからだよ。連れて行きたくないんだ」

「全く意味が分かりません。もっと具体的に、一から説明して下さい」

平賀が言い募ると、ロベルトはハアッと溜息《ためいき》を吐いた。

「君、『飾り窓』って知ってるかい？」

「いいえ、知りません」

「だろうね……。じゃあ、そうだな、具体的に話そうか。

これから向かう先は、アムステルダム商人の発祥の地といわれる、とても古い地区だ。

十四世紀頃、アムステルダムが波止場として栄え始めると、水夫や漁師や行商人相手の安酒場や売春宿といった商売が盛んになっていった。

その伝統が今も続いているというか……。要するに、その一帯は政府公認の赤線地帯で、いかがわしい風俗街なんだよ。

しかも証言者の女性は『飾り窓』の店まで来るよう、僕に指示した。つまり彼女は娼婦《しょうふ》なんだ」

「なっ、何かと思えば、そんなことですか。

ロベルト、貴方は一体、私を何だと思っているんです？　私は子どもではありません。立派な成人です。怖いものなどあるものですか。

それに証言者の職業を差別するのも、良いことではありません」

そういう平賀の声は、緊張の為に少し上擦っていた。

「まあその……何か辛《つら》くなったり嫌になったりしたら、いつでも言うんだよ」

ロベルトは困り顔で、優しく言った。

「またそうやって子ども扱いをする。いいですか、ロベルト。私にとって辛くて嫌なことは、奇跡の証言を聞き逃すことなんです」

平賀は薄い胸を張った。

「分かったよ。バチカン暮らしの神父には刺激が強いと思うから、心して行こう」


二人は一旦《いったん》、ダム広場に戻り、戦没者慰霊碑の南を通ってダム通りに入った。

ピザ屋やバー、安ホテルなどが並ぶ通りを少し歩けば、そこはもう飾り窓地区だ。

運河沿いに北へ進むと、大麻の葉が大きく描かれたコーヒーショップが建っている。

コーヒーショップとは、大麻販売ライセンスを所持する店という意味で、オランダでは、十八歳以上であれば誰でも、一度に五グラム以内の大麻を購入できる。そして、店内やテラス席で自由に吸うことができるのだ。

その隣には煙草店。少し歩くと又、「上質なウィード」「高品質ハシシ」といった看板の出た、コーヒーショップがある。

多くのショップは、古い町並みの中に溶け込むように存在しているが、時折、サイケデリックにペイントされた店やシャッターがあって、ドキリとする。

店先からは青臭いような、甘ったるいような匂いが漂っていた。

「あれ？　この匂いは……」

平賀が鼻をひくつかせ、立ち止まる。

「うん、大麻だよ。オランダでは一九七六年から大麻が非犯罪化され、ライセンスを持つ店で売買出来る」

ロベルトは短く答えた。

「どうして……」と、平賀は顔を曇らせた。

「そうだねえ。オランダが自由と合理性を愛する国だから、だろうか。

オランダの大麻吸引の歴史は、一九六〇年代のヒッピームーブメントに遡《さかのぼ》る。

当時のオランダ政府は、反体制運動に勤《いそ》しむ若者を、武力や制度で抑え込もうとしたんだが、却《かえ》って彼らを暴走させてしまったんだ。

だから政府は、国内に蔓延《まんえん》するドラッグを依存性の高いハードと、依存性の低いソフトに分類した上で、ソフトドラッグの販売や個人所有を認めることにした。

要するに、取り締まることも根絶することもできないのなら、いっそルール化して、法の下で管理しようと言う訳さ。

結果として、ハードドラッグの中毒者は減少し、麻薬絡みの犯罪率も下がったそうだ。

ちなみに現在のオランダ人の大麻の常用者率は二十六・六パーセントと、決して高い方ではないよ。フランスやデンマーク、スペイン、イタリア、ドイツの方が高いというね。

一方、世界中から大麻を求める観光客が、オランダに、殊にアムステルダムへとやって来ている。

つまり大麻は最早《もはや》、オランダの一大観光資源であり、税収源なんだ。そうした税収で、医療や教育や社会福祉が賄われている」

「成る程……。確かに、合理的です」

二人は再び歩き出した。その行く手には、歴史を感じさせる旧教会が聳《そび》えている。

ロベルトはスマホと教会を見比べながら、口を開いた。

「ナビによれば、目指す店はあの教会の近くらしい」

「教会の、ですか？」

平賀は目を瞬《しばた》いた。

旧教会の周囲には、古い石畳の遊歩道があり、テラス席でビールや軽食を楽しむ観光客の姿があった。

その前を通り過ぎて小路《こうじ》に入ると、タトゥーとピアスショップがあり、隣には十五枚ほどのガラス戸が並ぶ建物があった。

建物の軒には、扇情的な赤いランプが灯《とも》っている。

一つ、一つの室内は濃い蛍光ピンクの照明に照らされ、かなり太った中年女性達が、肌も露《あら》わなランジェリーを身につけて座っていた。

二人の姿に気付いた彼女らが、ガンガンとガラス戸を叩《たた》いて、呼び止めようとする。

平賀とロベルトは、その前を足早に通り過ぎた。

再びナビで確認すると、目指す店はもう近い。

ロベルトは角を曲がって、別の小路に入った。

そこには飾り窓の店がずらりと並んでいた。

そうしてショーウィンドウの商品を選ぶかのように、彼女らを見定めようとする男性達が行き交っていた。中には好奇心からか、或《あるい》いは同性愛者なのか、女性客の姿もある。

「あの、ロベルト、お店の名前は何と言うんです？」

平賀が小声で訊ねる。

「店に名前はないんだ。けど、住所はこの通りで間違いない。彼女の目印は、金髪に日本風の浴衣《ゆかた》と、その、首輪だと言われている」

「金髪に浴衣に首輪ですね。では、頑張って探しましょう」

二人はピンクや紫、ブラックライトなどを各々灯したガラス戸の前を、中の女性をちらりと一瞥《いちべつ》しながら歩いて行った。

娼婦達は思い思いの妖艶《ようえん》な仕草で、道行く人にアプローチをしてくる。

小部屋から笑顔で出てくる老人観光客もいる。

二人の少し前を歩いていた通行客が、一つの窓の前で立ち止まった。

ランジェリー姿の女性が立ち上がって戸を薄く開け、客に話しかける。

二人の話は纏《まと》まったらしく、男は壁の一部にあるスリットから、代金を落とし込んだ。

女性は大きく戸を開き、男を招き入れた。そして戸のカーテンが閉じられた。

飾り窓と飾り窓の建物の間には、一寸した菓子店やバーがあったり、クリーニング店があったりもする。此処《ここ》では此処の日常が、行われているのだろう。

ロベルトがそんなことを思っていた時だ。

「あっ、あの赤い部屋の人ではありませんか？」

平賀が大声で言い、七つ先の窓を指差した。確かに、目印通りの女性が座っている。

「ああ、間違いない。彼女がフロリーナ・ヘーシンクさんだ」

二人はホッとした顔を見合わせて、フロリーナの許《もと》へ駆けつけた。

フロリーナは透けるシフォン生地で超ミニの着物を着、いかつい首輪を嵌《は》め、椅子に座ってスマホを弄《いじ》っていた。容姿端麗でスタイルのいい、二十代の女性だ。

ロベルトが窓をノックすると、フロリーナはハッと顔を上げて立ち上がり、すぐにガラス戸を開いた。

「フロリーナ・ヘーシンクさんですか？　僕達は」

言いかけたロベルトの言葉を遮って、フロリーナは二人を手招いた。

「ええ、見れば分かるわよ。中へどうぞ、神父様がた」

通行人がジロジロと三人を見ている。それに構わず、フロリーナは軒先の赤灯を消し、二人を招き入れると、窓のカーテンを閉ざした。

「これで邪魔は入らないから、大丈夫よ」

フロリーナは平然と、ベッドに腰を下ろした。

その部屋は狭く、左の壁面が大きな姿見になっており、壁際にベッドが置かれていた。

フロリーナが座っていた丸椅子と、小物を置く棚、手洗い所があり、視界の全てが扇情的な赤い光に照らされている。

ロベルトは平賀に丸椅子を勧め、自分はその脇に立った。目のやり場には困るが、どうしようもない。

平賀がレコーダーとカメラ、スケッチブックを膝《ひざ》に置く。

「初めまして、僕達はバチカンから来ました、ロベルト・ニコラスと平賀・ヨゼフ・庚です。貴女《あなた》が聖ファン・クーレン教会で体験した奇跡についてお伺いします」

「ええ、喜んで。あの日、私は亡き母と会話したんです」

フロリーナはとても娼婦《しょうふ》とは思えない、純粋そうな瞳《ひとみ》と澄んだ声で話し始めた。

「あの日、停電が起こって礼拝堂が真っ暗になり、暫《しばら》くすると祭壇から虹色《にじいろ》の光の球が現れました。祭壇の中央に大きな光が現れ、その両脇に少し小さな光が現れました。

それから私の席の前にオレンジ色の光が二つ、現れたんです」

「貴女の席はどの辺りでしたか？」

平賀が礼拝堂の図を示すと、フロリーナは礼拝堂の右手、四列目辺りを指差した。

「光の球体の動きを示して頂けますか？」

「はい。中央の光はこんな風に……。それから両端の光は、……こうでしょうか……。オレンジ色の光は、こんな風?」

フロリーナが指で示した三つの光球の動きは、他の目撃者のものと概《おおむ》ね一致した。平賀はそれを動画で撮影し、小さく頷《うなず》いた。

「よく分かりました」

「そして不思議な光球が現れて、すぐ後だったと思います。母の死後間もない時からずっと止まっていた、母の形見の腕時計がアラームを鳴らしたんです」

「アラームを?」

「ええ、熱心なカソリックだった母は、毎年のように私を聖遺物巡礼に連れて行ってくれました。けど、母は半年前に病気で亡くなり、今年は一人で参加したんです。母を偲《しの》ぶ意味で、止まってしまった古い時計を身につけて……。

するると突然、その動く筈《はず》のない時計が、暗闇の中で、ピピ、ピピ、ピピ、とアラームを鳴らしたんです。

驚いて耳を澄まし、腕時計に耳をつけると、時計が秒を刻む音が聞こえてきました。

ずっと動かなかった時計なのに……。

そして私は額の上に、温かな母の手を感じました。子どもの頃、身体が弱かった私をよく看病してくれていた、優しい母の手です。

私はとてもリラックスして、まるでベッドに横たわっているような気分でした。

すると何とも言えない幸福感に包まれた私の耳元に、母の声が聞こえてきたんです。

『フロリーナ、私の可愛い娘。天国からいつでも見守っているわ』

私はいつの間にか泣いていました……」

フロリーナは目元を赤くして、瞳を潤ませた。嘘を吐いたり、オーバーなことを言ったりしている感じはしない。

「お母さんの姿は見なかったのですか？」

「姿は見ていません。でも、とても温かく体を包み込まれるような感触がありました」

「お母さんの声はどこから聞こえて来たでしょうか？」

「ええと……時計が動いていることに驚いて、時計に傾けていた左耳から聞こえたような気がします」

「成る程。その腕時計は、奇跡の後も動いているんですか？」

「いいえ、動いたのは、その奇跡の時だけなんです」

「その時計は今、お持ちでしょうか？　出来れば少しの間、お預かりしたいのですが」

「ええ、構いませんけど、必ず返して下さいね」

フロリーナはバッグから時計を取り出し、平賀に手渡した。

「勿論《もちろん》、必ずお返しします」

平賀は時計をビニール袋に入れ、ファスナーを閉じて、鞄《かばん》に収めた。

「それと貴女の毛髪を一本、頂けますか？」

「ええ、構いませんわ」

フロリーナは躊躇《ためら》いなく、プッと髪を抜いた。

「ところで最後に一つ、質問があるのですが、貴女はどうして飾り窓で働いていらっしゃるのですか？」

平賀の問いを、ロベルトが小声で咎《とが》めた。

「平賀、それは無粋な質問だよ」

するとフロリーナはクスッと笑った。

「別に気にしてませんから、お答えしますわ。

ハッキリ言って、ただの効率のいいビジネスです。私には元手も資格もありませんけど、若さがあるんです。だから、二十代のうちはこのビジネスで稼ぐつもりです。

そして三十歳になったら、自分の古着屋を開きたいんです。

今の仕事は、余計な在庫を抱えたり、人を雇ったりしなくてもいいので、私にとっては楽なビジネスなんですよね」

フロリーナはあっけらかんと答えた。

「成る程……」

ロベルトはそう答えるのが精一杯であった。

平賀はというと、空中の一点を見詰めて、遠く思考を飛ばしているようだ。

「平賀、そろそろ失礼しようか」

ロベルトが肩を叩《たた》くと、平賀はハッとして、目を瞬《しばたた》いた。

「ええ、そうですね。フロリーナさん、ご協力有り難うございました」

二人が外へ出ると、辺りは暗くなり始めていた。

毒々しいネオン看板をつけたポルノ映画館やストリップ劇場。「ライブ・ポルノ・ショー」、「セックス・パレス」、「セックス・ショップ」等、如何《いか》にも卑猥《ひわい》な看板が立ち並び、店先に嫌と言う程、コンドームを陳列した店もある。

ポルノショップの店頭には、アダルトビデオが流れ、無修整のヌード写真雑誌が並んでいた。

そうかと思うと、路地裏では男同士が抱き合い、濃厚なキスを交わしている。

二人は目を伏せ、足早に歓楽街を通り過ぎたのだった。

5

「さて、証言者は残すところ一人だ。このまま会いに行くか、少し休憩するかい？」

「このまま会いに行きましょう」

「分かった。ここからトラムに乗って三駅先だ」

中央駅からトラムに乗り、辿《たど》り着いた先は、派手なペイントが施された建物だ。一階部分には大きなコブラの絵が描かれ、ヴィーガンレストランの看板が出ている。

「この建物の四階のようだ。証言者の名は、フェリクス・ヘールスだ」

「一寸《ちょっと》、変わった建物ですね」

二人はレストラン脇の通路から建物の中へと入った。

すぐに大きな掲示板があって、イベントのお知らせが張り出されている。

廊下には、アート作品やグラフィティが飾られていた。

エレベーターは見つからず、二人は階段を四階まで上がった。

ヘールスの部屋をノックする。

すると暫くして、ドアが小さく開いた。

ドアの隙間から見えたのは、長髪で髭《ひげ》を生やし、とろんとした目つきの中年男性だ。

大麻の強い香りが、部屋から漂ってきた。

ロベルトは嫌な予感を覚えつつ、にこやかに口を開いた。

「今晩は。電話でご連絡していました、バチカンの神父です。僕はロベルト・ニコラス。こちらの彼は平賀・ヨゼフ・庚といいます」

ロベルトが名乗ると、フェリクスは大きくドアを開いた。

髪にバンダナを巻き、ベルボトムのジーンズ、ダイダイ染めのサイケデリックなTシャツ、チェーンのネックレスを何重にもつけた、ヒッピースタイルだ。

「ああ、ようこそ、バチカンの神父さん。俺の奇跡体験を聞きたいんだっけ？　いいっすよ、何でも聞いてくれれば」

意外にも陽気でラフな口調でそう言うと、ヘールスは二人を部屋に招き入れた。

室内には、ペイズリー柄の布がかけられたソファ、女物の衣装がぐしゃりと投げだされたままのベッド。床にはラグが敷かれ、丸いローテーブルが置かれている。

テーブルの周囲にはギターやボンゴ、ディジュリドゥといった楽器が並んでいた。

棚には植物を乾燥させたものや、ポップカラーのカプセル形の薬。怪しいアンプル形の液体、ピンク色の液体チューブといった、品々が並んでいる。

ヘールスは床のラグの上にどっかりと胡座《あぐら》をかいた。

テーブルの上には飲みかけのビール缶が数本置かれ、灰皿に巻き煙草の残骸《ざんがい》がある。

平賀とロベルトはおずおずと、ヘールスの向かいに腰を下ろした。

ヘールスは二人の前で平然とマリファナを巻き始め、慣れた手つきで器用に巻き終わると、ライターで火をつけ、うまそうに煙を吐いた。

その様子をじっと見ていた二人に、ヘールスは悪びれもせず言った。

「ああこれ？　気にしなくていいよ。前に事故で背中を痛めたんだ。その鎮痛剤替わりの草なんだ。医療用ってやつさ」

そう言うが、どう見ても嗜好品《しこうひん》として楽しんでいる様子だ。

一体、こんなヘールスの証言が、どこまで信憑性《しんぴょうせい》があるのやら……と、ロベルトは思った。平賀は意外に平気な顔で、聴取の準備を整えている。

「僕達は、貴方《あなた》が体験したという奇跡について詳しく伺いたいんです」

ロベルトの言葉に、ヘールスは意味ありげに、ニヤリと笑った。

「神父さんにこんなこと言って、信じてもらえるかなあ」

「どうぞ、包み隠さず話をして下さい」

するとヘールスは声を落として、ぼそっと囁《ささや》いた。

「俺ね、聖霊とセックスしたんだよね……」

突然の不埒《ふらち》な答えに、ロベルトは茫然《ぼうぜん》とした。

「まぁ、天使とかもしれないし、相手はマリア様だったのかも知れないけどね。そこのところは良く分からないんだ」

「いくら何でも不謹慎では？」

ロベルトは小さく抗議をした。

「けど、本当の話だぜ」

「具体的には、どのような体験だったのでしょうか？」

平賀が横から訊《たず》ねる。

「うん。だからね、俺はあの教会で光の球を見たんだよ。三つの大きな球だった。そんでその光球のうちの一つが、俺の近くまで来たと思った時だ。

何者かの手が、俺の身体中を撫《な》で回すのを感じたんだ。何て言やいいんだろうな、とにかく優しく愛撫《あいぶ》されたっていうか、すげえ気持ちが良かったんだ。

で、俺の下半身が勃《た》ってきちゃってさ、思わず股間《こかん》を見ちまったよ。そしたら、白く光る女の手が、俺の股間を撫で回していた訳よ。

そのまま俺は昇天さ、イッちゃった訳。何だか御利益ありそうじゃない？」

ヘールスは嬉《うれ》しそうに答えた。

「成る程……。奇跡の日、貴方は教会のどの辺りに座っておられましたか？」

平賀は礼拝堂の見取り図を机に広げ、訊ねた。

「この辺かな」

ヘールスは五、六列目を適当に指差した。

「光球との距離は、どれぐらいありましたか？」

「すごく近かったと感じたよ。光が前から近付いて、こっちへ来る、と意識し始めた時に、気持ちいい愛撫が始まったんだ」

「貴方は奇跡の日も、今のような服装でしたか？」

平賀の問いに、ヘールスは不思議そうな顔で頷《うなず》いた。

「ああ。俺のトレードマークだからね。礼拝に行くからって、自分を変えなきゃならない訳じゃないだろう？　ありのままの俺を主は受け入れてくれる筈《はず》だし、現に、奇跡も体験したんだし」

ヘールスはふうっと、マリファナの煙を吐き出した。

それから平賀は、ヘールスに光の出現の位置や、移動の経緯を訊ねた。

ヘールスの記憶は断片的だったが、他の証人のそれと大きな矛盾はない。

平賀はその後も幾つかの質問を行い、長い髪を一本、ヘールスから頂戴《ちょうだい》した。

「ところでこの建物は一寸、変わっていますね」

平賀が話しかけると、ヘールスは楽しそうに笑った。

「ああ、ここはアーティスト達が住み着いている、スクワット物件だからな」

「スクワット？」

「一昔前のオランダでは、持ち主が一年間使っていない建物なら、誰もが勝手に住み着いていいって法律があったんだよ。

都市部で家賃が高騰して、若いアーティストや労働者の住める家がなくなり、路上生活者が溢《あふ》れる一方で、富裕層の投資家達は、住みもしない物件を所有してる。それって、不公平な話だろう？

だから人に迷惑をかけない程度のルールを適用しよう、って話になったんだ。まあ、ドラッグの合法化と同じようなものだな。

アーティストが二十人や三十人、集まって、一つの物件を占拠して、そこから俺達のアートや音楽、ダンスやワークショップを広めようっていう活動をしてたんだ。

そういう連中をスクワッターって呼ぶんだが、今でもスクワッターの集会へ行くと、何処に仲間がいるのか、いい物件があるのか、口コミで分かるようになってんだ」

「……凄《すご》くフリーダムなんですね」

平賀は目を瞬《しばたた》いた。

「ああ。うちの一階のレストランも仲間がやってんだ。働いてるのは全員、ボランティアだから、安くビールが飲めるぜ。社会勉強に寄って行けばどうだ？」

「有り難うございます。色々と参考になりました」

二人は礼を言って、ヘールスの部屋を出た。

「そう言えば君、聴取の度に髪を集めているけど……」

「ええ。奇跡の体験が、麻薬等による幻覚である可能性を吟味する為です。毛髪には、麻薬の痕跡《こんせき》が長らく残りますから」

「ヘールスの髪からは、間違いなく反応が出るね」

「そうでしょうね」

二人は階段で一階まで下りた。

「ロベルト、折角ですから、此処《ここ》に立ち寄りませんか？」

平賀はヴィーガンレストランの看板を示して言った。

※　※　※

レストラン内にはカウンターが二カ所あり、一つは通常の飲食物、もう一つは大麻の販売カウンターであった。

飲食物のカウンターに並び、メニューを見ると、ビールとワイン、ジュネヴァが各々一ユーロと書かれている。

ジュネヴァとは、大麦麦芽、ライ麦、トウモロコシ、ジャガイモを原料とする蒸留酒ジンの原型で、ジュニパーベリーなどの香草で蒸留したオランダ名物だ。

確かに値段は安かった。

店内は結構な人混みで、いかにもヒッピーらしい格好をした者もいれば、近所のおじさん、おばさんといった人達も半数ばかりいる。その大半がビールを飲んでいた。

二人は赤ワインとヴィーガンセットを二つずつ頼んだ。

「食事のお代は好きな額だけ支払って下さい」と言われ、分からないまま六ユーロずつを支払う。

暫くするとカウンターにトレーに載せたワインと食事が並んだ。セット内容は、大豆ミートのハンバーガーとフライドポテト、野菜スープだ。

そのトレーを持って、部屋の隅の方に着席する。

ロベルトは早速、ハンバーガーを一口齧《かじ》り、野菜スープを飲んで、余りの薄味加減と絶妙な不味《まず》さに顔を顰《しか》めたのであった。

無言で野菜スープを飲む平賀に、ロベルトはうんざりした顔を向けた。

「僕はヘールス氏の証言は信用できないと思うよ。彼は中毒患者だし、あの証言だって、薬物による幻覚だろう。神聖なものを卑しめて、僕達を困らせようとしてるんだ」

「確かに、奇妙な話ですが、嘘と決めつける訳にはいきません。私は科学者として、彼の証言の真偽を解明する義務があります。それに彼の話……何処かで聞き覚えがありませんか？」

「聞き覚え？」

「ええ。昔読んだ夢魔の話によく似ていました」

平賀は真顔で答えた。

「夢魔か……。夢の中に現れて、性交を行うという下級の悪魔だね。

男性型の悪魔をインキュバス、女性型をサキュバスという。インキュバスは睡眠中の女性を襲って精液を注ぎ、悪魔の子を妊娠させるし、サキュバスは睡眠中の男性を襲い、誘惑して精液を奪うという。

どちらの悪魔も、狙った人物の理想の異性像を装って現れ、下半身は裸だというから、人はその誘惑に抗《あらが》い難い、と言われている。そして彼らと性的関係を持つと、健康や精神状態の悪化、或《ある》いは死をもたらすと恐れられた。

また、狙った相手の寝室に入る時、彼らは蝙蝠《こうもり》の姿を取るともいうね。

彼らは繁殖力が弱いので、そうやって人間に自分の子を産ませるのだとか」

「不思議な生態の生物とは言えますね」

平賀はポテトを一本、摘《つ》まんで食べた。

「最初の夢魔は、アダムの第一の妻で、ユダヤの伝承に登場するリリスだという説もあるよ。リリスはアダムと平等に扱われることを主張して、エデンの園を離れ、大天使サマエルを始め、アスモダイなどの多くの悪魔と交わった。

カバラによると、サマエルと番《つが》ったサキュバスは四名いて、リリス、エイシェト・ゼヌニム、アグラット・バット・マハラト、ナアマ。いずれも悪魔の女王だ。アウグスティヌスの著書『神の国』には、インキュバスが森の精霊として記述され、しばしば女性を襲って欲望を満たす、という当時の俗信が書かれている。

十世紀の法王、シルウェステル二世は、メリディアナと名乗るサキュバスと関係したことがあると、死ぬ前に罪を告白したそうだ。

サキュバスに襲われた男性は、いわゆる夢精をした状態となるから、夢精はサキュバスの仕業と信じられていたんだね。

ルネッサンス時代には、『インキュバスは本当に女性を妊娠させるのか』という議題が真面目に行われていたという。

その理由として考えられるのは、人々が性に奔放になって、若い女性が父親不明の私生児を抱える例が増えたせいだ、と言われているよ。キリスト教の教義では、婚前交渉がタブーとされているから、女性が望まぬ子を妊娠した時、インキュバスのせいだ、と言い訳にしたからだという。

またインキュバスは、異形の子が生まれる原因ともされたようだね」

ロベルトは浮かない顔で話を切った。

「ロベルト。それで思い出したのですが、現代では夢魔よりも、エイリアンに攫《さら》われて、性交を行い、混血児を産んだと主張する人々が増えているのをご存じですか？」

「エイリアンだって？」

ロベルトが眉《まゆ》を顰《ひそ》める。

「ええ。UFOに攫われて、宇宙人と性交したと主張する女性達が増えているんです。そうして生まれた子は、ヒューメリアンと呼ばれたり、その母親と自称する人達がコミュニティを作ったりしているのだとか」

ロベルトは馬鹿馬鹿しい、という顔で溜息《ためいき》を吐いた。

「まさか君、それを信じているのかい？」

「あり得ないと決めつける論拠はありません」

平賀が生真面目に答えた時だ。彼の携帯が鳴った。

「ホテルからの電話です。私の機材が到着したそうです」

平賀が嬉《うれ》しそうに言う。

「ようやく捜査の始動という訳か。君はいつも通り、科学的な考証をしてくれればいい。僕はね、違った角度から、聖釘《せいてい》を調べてみようと思っている」

「違った角度とは？」

「教会の記録によると、あの聖釘は一六三四年二月に、アーブラハム・フォルデルマンという人物から、聖ファン・クーレン教会に寄贈されたものらしいんだ。

更に、アーブラハムにはブレヒチェという娘とカタリーナという妻がいたことも分かった。

彼らの生年月日や、当時、アムステルダムに居住していたことを手掛かりに、僕はアーブラハムと彼のもたらした聖釘の歴史を手繰ってみようと思っている。

そうすれば、聖釘の出自が分かるかも知れないだろう？」

「確かにそうです。流石はロベルト神父ですね」

平賀は瞳《ひとみ》を輝かせた。

「いや、そこまで言われるのは早いよ。兎《と》に角、調査を続けよう」

「はい」

二人が味のない食事をかき込んでいると、オランダの有名なロックバンド、ショッキング・ブルーの歌う扇情的な音楽が流れてきた。

第四章　アーブラハム・フォルデルマンを訪ねて

1

　ホテルに戻った二人は、バチカンからの荷物を次々と開封し始めた。テーブルやチェストなどに白い布がかけられ、実験道具が並べられていく。フラスコ、ビーカー、試験薬、電子顕微鏡、簡易顕微鏡、用途別の成分分析器、その他、何に使うか分からない小物がずらりと部屋を占拠していった。

　いつもの作業で、部屋はすっかり平賀の実験室と化してしまった。

　平賀は早速、エイクマン司祭から預かった金の粉を、電子顕微鏡で眺めると、今度は粉を成分分析器の一つに入れた。

「どう、何か分かった？」

　ロベルトが様子を窺《うかが》うと、平賀は、まだ考え事をしている様子で答えた。

「金で間違いなさそうです。一見、粉状に見えますが、厚みが均等な平たい箔《はく》状の物の破片だと考えられます。強い光沢があって、表面に凹凸がないところを見ると、グラシン紙によって製造された金箔に似ています」

「金箔だって？」

「三十分もすれば、分析結果が出る筈《はず》です」

ロベルトはコーヒーマシンで二人分のコーヒーを淹《い》れ、ソファテーブルに置いた。

「過去、礼拝中に金粉が降るといった奇跡は、世界中の教会で見られたようだね。あちこちからそういう報告がされているが、眉唾《まゆつば》ものも多いようだ。

例えば二〇一一年十一月十三日、カリフォルニア州レディング市にあるベテル教会において、礼拝中に金の粉が天井から降ってきたことなどは有名だ。ところが、その金粉を集めて顕微鏡で調べると、金粉ではなく、DIYショップで購入できるマーサ・スチュワート社の金のラメ・パウダーであったことが判明した、なんていわれている。

ベテル教会では、羽が降って来ることもよくあるらしい。これは、会堂に天使がいたことの印だそうだ。

更に、ベテル教会の礼拝の中で、突然、宝石が現れたと、真面目に証《あかし》をする人もいる。その宝石を鑑定してもらったところ、八万円の値段がついたらしい。

この他に、手に油がついた、という話もある。聖霊のご臨在の証と、信者たちは受け止めているんだとか……。

ベテル教会のことは僕としては怪しいと感じているけれど、それにしても数多くの教会で金粉が出現するという奇跡報告があることは、今回の奇跡と関係して考えると、完全無視はできないだろうね」

「聖書にも、本来其処《そこ》にない物を出現させるという奇跡は描かれていますから」

「ふむ。イエスの行った五つのパンと二匹の魚を増やし五千人の人々に食べさせる、七つのパンと少しの魚を増やし四千人の人々に食べさせる等も、そういう類《たぐ》いの奇跡だね」

「ええ。近年の例ですと、インドのスピリチュアルリーダーであったサイ・ババという人物は、聖灰や指輪や時計、ネックレスや腕輪などを出現させることが出来たと言われています。それら奇跡の品々は、サイ・ババが手のひらを回転させて空中に出現させたり、河床の砂の中から取り出したり、サイ・ババの住居から遠く離れた信奉者の家で間接的に突然出現する場合があったりしたそうです」

「ふむ。手品か奇跡か、意見は分かれるところだろうがね」

平賀は分析結果を待つ間、パソコンを立ち上げ、証言者の記録を纏《まと》めていった。

文章や写真を取り込み、相関関係のチャートを描くソフトを使っている。

「皆さんの証言から考えるに、三つの光球の出現から移動、消滅の経緯に関しては、概《おお》ね矛盾はありませんね。動画もありますから、事実と確定して良いと思います。

さらに光の移動にともなって、光球とより身近に接触した人々に、目覚ましい奇跡の証言が多いです」

「うん。僕もそれは思った。奇跡的に解釈すれば、神の力により近く接触した人達が、通常ではない奇跡を体験したということになるのかな」

「そういう考え方もありますね。問題は、人々が見たというオレンジ色の、ふわふわと漂う光のほうです」

「どういう問題なんだい？」

「その光の証言に関しては、軌道に矛盾が多くて、余程、高速で飛び回っていて、見た人の認知上にはっきりとした印象を残さなかったのか、複数の個所で、出現しては消えていたと、考えるのが良さそうです。

昨夜の時点で、軌道のシミュレーションをしてみたのですが、オレンジ色の光と奇跡証言には深い関連性は無さそうなのです」

「つまり、どういうことになるのかな？　三つの球体と、オレンジ色の発光体は、同一の性質を持っていないっていうことかい？」

「そういうことになるでしょうか……」

「でも謎の光が現れて礼拝堂を浮遊するっていうだけでも、十分に奇跡的なことじゃないかな？」

「それは確かにそうなのですが」

平賀は、今日の証言を纏め終えた様子で、パソコンのキーボードを叩《たた》く手を止めた。

「メールで確認したところ、聖釘鑑定用の機材は明朝、教会に届くようです」

平賀はそう言うと、今度はパソコンに自らが撮影した金の足跡を映し出した。

それをどんどんとズームアップしていき、夢中な表情で観察している。

画像解析の処理も始めた。

思考中の平賀の邪魔は出来ない。ロベルトも改めて、証言記録のメモを読み返した。

読めば読むほど、信じられない証言が続いている。

天使やキリストの姿を見た。天国へ行って戻ってきた。未来への警告を幻視した。幽体離脱に、動き出した時計、認知症老人の回復、勝手に手足が動き出す現象。

何をとっても、通常の奇跡調査官なら、これらの証言だけで、すぐに奇跡認定を出すところだ。

一体、平賀はどのような決断を下すのだろう……？

ロベルトは、パソコンの前で、目を凝らしている平賀を見詰《みつ》めた。

そうするうちに、成分分析器が解析終了のランプを灯《とも》した。

平賀は分析器から出てきたグラフデータを持ってきて、じっと見つめている。

「結果はどう？」

「データによると、金粉の内容は金が九十四・四四パーセント、銀が四・九パーセント、銅が〇・六六パーセントとなっています」

「純金ではないんだ」

ロベルトが思わず言ったのも、神の残した証ならば、純金である方がそれらしいと思えたからだ。

「そうですね。成分内容としては、四号色と呼ばれている金箔の成分比率と酷似しています。最も一般的な金箔の種類です」

「ふうん……。それは何とも言えない結果だね」

「次の問題は、足跡がついた経緯です。今朝確認したところ、十字架のキリスト像の足裏と足跡の大きさは一致しませんでした。勿論《もちろん》、主は幼子の姿で描かれることも多いですし、幼子の姿で現れたという奇跡も耳にします。

しかしながら、他の何者かの足跡であるという可能性も、排除できません」

「そうだねえ。或《ある》いは、教会の誰かが奇跡の演出の為に、小細工をした可能性は？」

「となりますと、エイクマン司祭、オルトマンス神父、ベーレンズ神父のうちのどなたかということですか」

「まあね。彼らが教会を盛り立てたいと思っているのは、間違いないだろうから。そうなると光球の奇跡も、トリックだった可能性が高くなるだろう。

ところがそうすると、あれだけの奇跡体験の証言は何だったんだ、という話になる」

「ええ。ひとまずシン博士にも、足跡の鑑定を依頼しようと思います」

平賀はパソコンでシン博士を呼び出した。

暫《しばら》くすると、疑わしそうな顔をした博士がモニタに映る。

『何か、私に御用ですか？』

その様子は、相当、平賀に警戒心を持っているようだ。

「実は、今奇跡調査に来ている教会に、小さな金色の足跡があるのです。その足跡のことを貴方《あなた》に分析して頂きたいのです」

平賀の言葉を聞くと、シン博士の顔が、緩むのが分かった。

『それぐらいなら結構ですよ』

「では、詳しいデータをお送りします」

そう言うと、平賀は計測データや、現場写真をシン博士に送信した。

それが終わると、分析器に証言者達の髪の毛をかけ始めた。相当、時間のかかる作業になりそうだ。

平賀は結果を待つ間、今度はフロリーナ・ヘーシンク嬢から預かった腕時計を机の上に置いた。そして、道具箱の中から機械工作の器具を取り出した。

その時計はつや消しの銀色をした女物で、スイスの高級時計ブランドであるパテック・フィリップのロゴが文字盤に刻印された代物である。腕輪の部分には、小さなダイヤモンドが鏤《ちりば》められている。

かなりの品物だとロベルトは見た。

何をするのかと思う間もなく、平賀は大胆にも、器具を使って時計を分解し始めた。

「だ、大丈夫なのかい？　それは大切な形見の品なんだよ。それにかなりの高級品だ」

「大丈夫です。この手のものを分解したり組み立てたりは、子供の頃からよくやっていましたから。お返しする時は、ちゃんと元に戻します」

平賀が淡々と答える。

「な……ならいいのだけれど……」

平賀が検証に熱中している際の、時に危うく感じられる大胆な行動には慣れている。だが、その度にドキリとさせられることも事実だ。

平賀は奇跡の証拠の品ともいえるフロリーナの時計を、慣れた手さばきで、どんどんと解体していく。

「これは、動力に電気、調速機に水晶振動子を使ったクォーツ時計ですね。古い、ぜんまいバネを使用した手巻や自動巻時計と違って、ぜんまいバネに代わる駆動として、ステップモーターを使用しており、電源が必要な為、電池が内蔵されています。クォーツ式時計というのは、人工の水晶に電圧を加えると起きる振動を電気信号に変換し、さらにその信号を回転運動に変えて機械部の歯車を動かします。その各歯車から伝わる力で、針を動かしているんです」

文字盤が外され、内部構造が現れた。

「動作機構は水晶やIC、コイルなどの回路とよばれる電子部品と、歯車などの機械部品の組み合わせでできていて、作動するのに必要なエネルギーは電池から供給されます。

このように、真空カプセルの中に音叉《おんさ》のような形状の水晶が入っています。

水晶は一秒間に三万二千七百六十八振動もするんですよ。それを三つの回路で調整し、ステップモーターを動かす駆動信号に変換しているんです。

そして実は、この三万二千七百六十八という振動数が、クォーツ式時計の正確さのポイントなのです。見た所、構造的には破損している個所がありませんね」

そう言うと、平賀は丸い電池を取り上げた。

「つまり原因はこれだと考えられます。電圧計測器で、電池を調べてみます」

平賀は立ち上がり、戸棚の上に置かれた機械の上に電池を置いた。

そして暫くすると戻ってきた。

「全く電圧反応がありませんでした。つまりこの電池は、空なんです。時計が半年間止まっていたのは、電池切れのせい、という単純な理由です」

「だったら、半年も前から電池の切れていた時計が奇跡の瞬間に動いたというのは、実に不思議な現象じゃないかい？」

「ええ、そうです」

平賀は遠い目をして答えると、今度はロベルトが資料室から持ってきた、教会の改装資料を取り出し、机に置いた。

そしてそれをじっくりと眺め始めた。

時計はまだバラバラのままだ。

「平賀、その時計は直さないのかい？」

声をかけると、上の空の返事が返ってきた。

「ええ……。でも、気になることがあって」

平賀はそう言いながら、パラパラと資料を捲《めく》り始めた。

「ありました」

「何が？」

「祭壇の設計図です」

平賀は資料の一枚をロベルトに差し出した。

「私の調査とこの資料から、祭壇の造りが分かりました。

あの祭壇は、マホガニーの枠と、その内部のステンドクラスで構成されていますが、床に接する底面にはステンドグラスがありません。

側面と前面は、マホガニーの一部を木の床に差し込むような形で、裏面はマホガニー造りで、その中央に祭壇の中にランプや照明を入れる際に使用する、開閉式の扉が設けられています。

中央の大きな磔刑《たっけい》のキリスト像と十字架はブロンズ製で、支柱が長く、最下部は地面の中に埋もれていて、先に四角い重りがついています」

「ああ、成る程ね。あの十字架の重さにステンドグラスが割れないかと心配してたんだが、十字架の下部には重りがあって地面に刺さり、自立しているという訳か」

「そういう構造になりますね」

「それと奇跡に、何か関係が？」

「それは分かりません。

今、分かっているのは、祭壇に三つの溶解痕《こん》があったことです。

それぞれを計ってみたところ、中央には、一番深い部分で約二センチ程の窪《くぼ》み部分が四点三センチ四方にわたってあり、その左、九十・八センチ離れた場所にも、最深部分で一・三センチほどの窪みが、三センチ四方にわたってあり、右、八十四センチの所にこれも最深部分で一・一センチほどの窪みが二・七センチ四方にわたってあったということです。

そしてこれらのガラスが溶解して出来た窪みは、祭壇から出現した三つの光球と関係していると思われます。すなわちガラスを溶かすほどの高エネルギー物質が存在していたことの証明です。現在、明らかになっているのはそのくらいでしょう。

あとは例の聖釘《せいてい》も、さらに検証しなくてはならないと思います。直《じか》に見たり、触れたりすることが出来ないのは残念ですが、出来る限りの検証をしてみたいと思います」

平賀は淡々と、ロボットのように語った。

だが、こんな口調の時の平賀は、徐々に頭が冴《さ》えわたってきている状態なのだ。

ロベルトはそんな平賀の邪魔をすまいと、そっと飲み終えたコーヒーを片付け、シャワールームに向かったのだった。

2

翌朝、聖釘鑑定用の機材到着を待って、二人は教会を訪れた。

午前九時半に到着した荷物を解くと、小型とはいえ、X線透過検査装置は電子レンジほど、蛍光X線分析装置はコピー機ほどのサイズがある。

二人はそれを教会の最後列に置いてもらい、いくつかのベンチを片付けた。

専門機材のものものしい姿に、エイクマン司祭らは目を白黒させている。

「では、聖釘を持って来てください」

エイクマン司祭にお願いをすると、彼は渋々といった表情で、ガラスケースに入った木の小箱を持ってきた。

平賀が聖遺物をガラスケースごと、検査装置の内部に入れ、X線をかける。

モニタにその内部が映し出された。

小箱にきっちりと収まる、長い金属のようなものが入っているのが見てとれる。

角度を変えて再びX線をかける。その形は、四角い頭を持った太い釘のようだ。

「これは間違いなく、釘ですね」

平賀は確かめるように言うと、その形状や大きさを計測し始めた。

それが終わると、怯懦《きょうだ》の目で平賀を見ているエイクマン司祭を振り返った。

「エイクマン司祭、次なる調査の為、ガラスケースを開け、木の小箱を取り出したいと思います。是非とも、許可をお願いします」

平賀の言葉に、エイクマンは唸《うな》り声をあげた。

「そのようなことは、この私でさえ、一度たりともしたことがございません」

「はい、それは分かっています。それに私は木箱を開けるつもりはありません。木箱を開けてはならない、という教会の教えに従います。

しかしながら、ガラスケースを開けてはならない、という規則はないかと思うのです」

「いや、しかし……」

「エイクマン司祭、木箱に入っているのが釘と分かった今、更なる調査が必要です。それが確かに聖釘かどうか、という調査です。

司祭もご存じのように、聖釘とは、イエス・キリストが磔《はりつけ》にされた際、手足に打ちつけられた釘です。

最初に発見されたのは、三二八年頃のことです。コンスタンティヌス一世の母親ヘレナが、ゴルゴタの丘の跡地、現在の聖墳墓教会付近で聖十字架とともに発見したとされています。

その時は、三本が見つかり、一本はローマのサンタ・クローチェ・イン・ジェルザレンメに、もう一本はミラノのドゥオモに、最後の一本は諸説があり、一説ではモンツァに残されたロンバルディアの王冠製造の際に中に組み込まれたと言われています。

ロンバルディアの王冠はヨーロッパで最も古い王冠の一つであり、聖釘を引き伸ばして制作されたということで、鉄王冠という名称で呼ばれています。

鉄王冠は、聖遺物と王冠という両面を持つために、かつてはランゴバルド王国と中世のイタリア王国の象徴の一つとなって、様々な権力者の手に渡り、歴史に強い影響を与えました。ナポレオン・ボナパルトも、イタリア王になった際に使用しており、現在はモンツァの大聖堂に保管されていて、一般公開もされています。

また、ウィーンのホーフブルク王宮内宝物館にも、中央部に聖釘が針金で固定されている聖遺物としての聖槍《せいそう》があって、こちらも有名です。

もともとよりキリストを磔刑にした際の詳しい描写は聖書に記されていません。ですが、素直に想像すれば、その手足を打ち付けた釘は、三本か四本と考えられます。

その一方で、聖釘と呼ばれるものは、各地のカソリック教会に祀《まつ》られています。カソリック百科事典によれば、世界中で祀られている聖釘は三十本は下らないだろう、と言われているのです。

エイクマン司祭、私はこの度の奇跡を起こしたまさにこの聖遺物が、ゴルゴタの丘の跡地で発見された三本のうちの、一本である可能性を考えています。

少なくとも、大変特別なものには違いないでしょう。ですから是非、調査の許可をお願いします。司祭は真実を知りたくありませんか？」

熱の籠《こ》もった平賀の言葉に気圧《けお》されるようにして、エイクマンは小さく頷《うなず》いた。

「……宜《よろ》しいでしょう。但し、木箱は開けないように」

エイクマンは鍵束《かぎたば》から小さな鍵を選び出し、ガラスケースを開いた。

「有り難うございます」

平賀はケースから小箱を取り出し、蛍光X線分析装置にかけた。

グラフで表わされる分析表に目を投じる。

その間ロベルトは、ガラスケースの方を明るい場所でまじまじと見た。

ステンドグラス部分は、ステンドグラスが本格的に作られ始めた、中世ヨーロッパの技法、鉛線技法で作られている。断面がH形をした鉛線でガラス片を組み立て、一枚のガラス絵に仕上げる技法だ。

この構造の特徴は、鉛線の太さが五から十ミリと太いため、ガラス片にあまり繊細な細工が出来ないことである。

従って細かな絵画表現をする為に、ガラス片に金属酸化物とガラス粉を混ぜた顔料を使って絵付けをするのが普通だ。この作業が所謂《いわゆる》「ステイン(着色する、汚す)」に相当し、ステンドグラスの語源にもなっている。

しかし、ロベルトはそこに微《かす》かな違和感を覚えた。

「平賀、聖釘の成分はどうだった？」

「鉄製ですね」

「このガラスケースも、その機械にかけてくれないかい？」

「ええ、分かりました」

平賀は頷き、ロベルトが差し出したガラスケースを装置にかけた。

「一番多い金属成分から順に言ってくれればいいよ。どうせステンドグラスに微量の金属成分が数種類、あれこれ混じっているだろうから」

「分かりました。検出される金属はですね。ええと……。まず鉛が五十九パーセント。銀が二十八パーセント。銅が九パーセント……。この三つが含有量一パーセント以上の金属です」

「有り難う」

ロベルトは傍らでハラハラと見守っているエイクマン司祭に訊《たず》ねた。

「このガラスケースは、いつ作られたものなのですか？」

「教会に寄贈された時から、そのままの筈《はず》ですが」

エイクマン司祭は不思議そうに答え、言葉を継いだ。

「それよりこの機械は、いつ撤去して頂けるのです？」

「申し訳ありませんが、僕達が帰るころにバチカンへの返送手続きをすると考えておいて下さい」

「……そうですか。奇跡認定というのは、何やら大変な手続きが必要なのですね」

エイクマン司祭は溜息《ためいき》交じりだ。

「重大な案件ですからね。少し忍耐が必要です」

ロベルトの言葉に、エイクマン司祭は苦い顔で頷いた。

3

鑑定結果をそこまで聞くと、ロベルトは別行動に出ることにした。

目指す場所は、アムステルダム公文書館だ。

最早《もはや》乗り慣れた列車でアムステルダム中央駅へ行く。

運河沿いに南へと歩くと、新教会と王宮が見えてくる。そこから観光客で賑《にぎ》わうショッピングストリートを通り、ミュージアムの脇を通り抜ける。そしてムント広場に着く。ムント広場には塔があり、鐘の音が響いていた。

広場の周囲にはレンガ造りの建物や、花で飾られた橋などがあり、良い眺めだ。

さらに少し歩いた先に、公文書館は建っていた。重厚な四角い建物である。

オランダの公文書館は創立から二百年余りの歴史を持っており、二〇〇二年の組織変革を経て、今では「好奇心もしくは疑念をもつ市民のために、学術研究者のために、通りすがりの人のために」を標榜《ひょうぼう》して一般人に公開されている。

ここでは誰もが、地方史や歴史的アーカイブズを調べられるようになっているのだ。

ロベルトは入館してまず、一六三四年付近の街の市民記録を調べてみることにした。

館内にはパソコンが並んでいるコーナーがあり、誰もがそのパソコンからキーワード検索で、古い公文書を閲覧することが出来る仕組みだ。

一六三四年の住民記録の項目を探し、アーブラハム・フォルデルマン、ブレヒチェ・フォルデルマン、カタリーナ・フォルデルマンと家族の名前で検索をかけてみる。

検索はヒットした。

それによると、アーブラハム・フォルデルマンの一家は、当時、『黄金の盾』と呼ばれる地域に居住していた。

そして一六三四年の十二月三日に娘は死亡しており、アーブラハムはその三ヵ月後、妻のカタリーナは五ヵ月後に相次いで死亡している。

そこから推測すると、娘がウイルス性の流行《はや》り病か何かで死亡し、家族も感染して死んだのかも知れなかった。

教会に至宝まで寄贈したのに、神の威光は届かなかったということだろうか。

埋葬された墓地名は、『ヒバリの巣共同墓地』となっている。

ロベルトは、それらをメモして、今度は一六三〇年代のアムステルダムの古地図を検索した。

色とりどりに区分けされたアムステルダムの古地図が現れる。

その地図を見てみると、拡張中のシンゲル運河沿いに凸凹の多い城壁が建ち、凸凹部分に風車が一基ずつあったようだ。

色分けされた区画ごとに、名称がついている。

ロベルトはその中から、『黄金の盾』と『ヒバリの巣共同墓地』の名を探し出した。

そして運河や建造物の配置を確認し、現在の地図の上で、二つの場所の大体の位置を割り出した。

そこまでは、さして労力を要するものではなかった。

アムステルダムは、中央駅を中心に市内に網の目状に運河が広がり、その運河沿いには港町として栄え始めた十三世紀頃からの街並みが、今もよく残されているからだ。

『黄金の盾』の地区は、旧市内の南端に位置する細長く小さなエリアにあった。

『ヒバリの巣共同墓地』は、シンゲル運河の外側、南東部にある。

『黄金の盾』の区域で、アーブラハムの個人情報を見つけるのは難しいだろうが、『ヒバリの巣共同墓地』には何か手掛かりがあるかも知れない、とロベルトは思った。

長年の経験と勘から、教会や墓地というものは、古い記録や歴史の痕跡《こんせき》を保持している可能性が高いからだ。

ロベルトは街を走るトラムの路線を確認し、『ヒバリの巣共同墓地』の方へ向かって行ってみることにした。

一旦《いったん》、公文書館を出て、近くの駅からトラムに乗る。

そうしてシンゲル運河の外側、南東部のエリアへと至った。

『ヒバリの巣共同墓地』は、現代の地図に当てはめると、シンゲル運河とアムステル川が交差する、東側の三角形をしたエリアの中にある。

特に主だった建物はないが、三角地帯に帯のように広がる細い路地を挟んで、古く背の低い建物が、びっしりと並んでいる。路地を隈《くま》なく歩き回ったロベルトは、ようやくそれらしき一角に遭遇した。

そこは家々が並ぶ住宅地に突如として現れた、草むらのような空間であった。

ひと気のない一角だが、確かにそこには、過去そこを行き交った人々の匂いや足音、囁《ささや》き声の木霊《こだま》のようなものが漂っている。

風に草木が騒ぐ音が、微《かす》かな水流のように聞こえ、それを包むようにして蝉の鳴き声が響いている。

ロベルトの目は、長い草の中に墓石らしきものを見つけた。

彼はそれに引き寄せられるようにして、叢《くさむら》に分け入り、草を押し分けて、爬虫類《はちゅうるい》の皮膚のようにざらざらに風化した墓石を確認し始めた。

名前がハッキリと読み取れる墓石もあれば、途中で名前の部分が欠けて分からないものもある。

それでも黙々と墓石を確認していくと、どうやらアーブラハム・フォルデルマンを表わすものと思われる『……bra…m Vorder……』という文字列を発見した。

だが他の部分は土埃《つちぼこり》や砂、風化によって読み取れない。

ロベルトは急いで近くのスーパーを探して、ミネラルウォーターと柔らかな布を購入し、再び墓へと舞い戻った。

丁寧に表面を拭《ふ》いていくと、アーブラハムの後ろに『Katharina』の薄い文字、娘のブレヒチェを記しているだろう『Bre…tje』の綴《つづ》りが現れる。

さらにロベルトが、手にしていたミネラルウォーターを墓石に注ぎ、墓石の埃《ほこり》や砂を落としていくと、灰色に薄惚《うすぼ》けていた墓石は水を吸って黒々と蘇《よみがえ》り、砂がこびりついていた一角に、刻まれた紋章が浮かび上がった。

紋章は半分崩れていたが、鋏《はさみ》らしき形が見て取れる。

どうやら貴族や教会の紋章ではない。アーブラハムが営んでいた商家の紋章か、或《あ》いはギルドの紋章かも知れなかった。

中世オランダには、勤労者と中小企業者向けの相互保険の歴史があった。

十四世紀初めに誕生したギルド（同業組合、職人組合）は、必要に応じて相互補助組織を規則化していき、十六世紀以降、少なくともアムステルダムには、ギルドが独自の金庫を設立して、必要な会員に貸し付けを行ったことが知られている。

アーブラハムが存命していた十七世紀には、更に多くのギルドが存在し、会員制の共済組織が急速に展開された歴史がある。

ギルドの目的は、単なる生産価格の調整ばかりでなく、雇用条件の改善や困った時の物質的精神的支援策をも含んでいた。

疾病保険金庫も存在していたし、ボランティアの関与は、共同行為化や義務化されていた。また、葬式代、病気費用、怪我、老齢金などの支給金、さらに補助的な給付として未亡人や孤児に対する給付も行われていたのである。

従って、病魔に襲われたであろうアーブラハム一家は、当然、彼が所属していたギルドから援助を受けたであろうし、一家が病魔で短期間に死に絶えたとなれば、その葬儀をギルドが行ってもおかしくはない。

ロベルトは、墓に刻まれた紋章をスケッチブックに写し取ると、その紋章が何であるかを調査する為に、公文書館に戻ることにした。

公文書館に戻ってまず手をつけたのは、街に存在した商家の紋章を調べる作業である。

これらの資料は余り豊富とは言えず、ロベルトがスケッチした紋章に似たものを探すことはできなかった。

あえて言うなら、一軒の仕立て屋が、鋏と針の描かれた紋章を使っていたが、紋章に描かれている鋏の角度がまるで違った。

次にロベルトは、市に登録されたギルドの資料を検索した。

まず大きなギルドとしては、十六のギルドが存在していた。

製靴ギルド。紋章には、上部に皮切りの刃物。中央に靴。そして靴を貫く針が描かれている。

漁師ギルド。紋章には二匹の魚が背中合わせに縦に並んだ図が描かれている。

肉屋ギルド。紋章は、牛の頭の下に、交差した肉切り包丁である。

石工ギルド。紋章は、四つに区切られた紋章の一つ一つに、コンパス、三角定規、石を削る斧《おの》、シャベルが描かれている。

鉄工ギルド。紋章は、中央に蛇。右に金槌《かなづち》。左に金鋏《かなばさみ》だ。

ロベルトは他にも布屋、紡績、塗装、粉挽《こなひき》、大工、屋根工、仕立て屋、製パン、鞍馬屋、毛織工、染物屋といった当時の主要ギルドの紋章をつぶさに調べたが、スケッチに該当しそうな紋章は見当たらなかった。

こうなると、有象無象にある小さなギルドの紋章を、かたっぱしから当たっていくしかない。

虱潰《しらみつぶ》しの検索が始まった。

中小様々に百二十四あるギルドの紋章を確認していく。

なかなかに労力を要する作業であった。

時間がみるみる経過していく中で、ロベルトはようやく、スケッチの紋章と重なり合うギルド紋を見つけることが出来た。

紋章の中で左に傾いて描かれている鍬の角度が一致する。ギルド紋には右下にスコップらしきものが描かれていた。

ギルドの内容に関しては詳細な記録はなく、ただ『聖ドロティア組合』という名称だけが分かる。

中世の画家や薬剤師の組合であった『聖ルカ組合』と似たようなものだろうか？

聖ルカ組合とは、近代初期のヨーロッパ、特にネーデルランドで画家など芸術家のギルドのほとんどに共通してつけられた名称で、芸術家の守護聖人ルカにちなんでいる。

中世のギルドは、教会と密接な関わりがあり、集団ごとに守護聖人を持ち、その祝日などに会合を行うのが通例であったのだ。

ロベルトは、聖ドロティアに思いを馳《は》せた。

聖ドロティア。またの呼び名は、カエサリアのドロテア。ローマ帝国皇帝ディオクレティアヌスによる最後の大迫害の殉教者と伝えられている。カソリック教会と正教会の聖人であり、正教会では聖致命女ドロフェヤと表記される。

最も古いドロティアについての記述は『ヒエロニムスの殉教者伝』にある。

ドロティアは美しい少女だったという。カッパドキアでキリスト教信者として捕えられ投獄されたが、その間に牢番《ろうばん》であった二人の女性を改宗させ、総督を怒らせた。

その為、ドロティアは県知事の前に連れ出され、信仰を試され、拷問を受けたのちに死刑を宣告される。

西暦三一一年二月六日。カエサレア・マザカの刑場に向かう途中、非キリスト教の法律家テオフィロスはドロティアに「キリストの花嫁よ、花婿の庭からいくつか果物を私に持ってきてみるがいい」と嘲笑《ちようしよう》した。

するとドロティアが処刑される直前、何処からともなく幼い男の子が現れて、彼女のヘッドドレスは果物と天上のバラの香りで満たされたという。

彼女はそのヘッドドレスを、自分を嘲笑したテオフィロスに送った。

奇跡に驚いたテオフィロスは、キリストへの信仰を告白し、拷問台にかかって殉教することとなった。

ドロティアの記念日は、殉教した二月六日である。

ドロティアにちなんだコミュニティには、現在でも修道女が社会活動を行う「聖ドロティアの姉妹の会」があり、学校教育や宗教教育、恵まれない人々や貧者への救済活動などを行っている。

聖人としての守護分野は、ビール醸造業者、花嫁、新婚夫婦、花屋、園芸、庭師、助産師等である。

絵画においてドロティアは、天使や輪で表現され、果物や花、特にバラの花籠《はなかご》を持ち、花の冠を被《かぶ》った乙女として描かれる。

他にも、死刑執行前にひざまずく姿や、幼子キリストと共に果樹園でりんごの木の下にいる姿等が、多くの有名な芸術家によって描かれていた。

ロベルトがそんなことを回想していると、閉館のチャイムとアナウンスが聞こえた。

アーブラハム・フォルデルマンが商人であったとしたら、商品取引の公文書が残っていてもいい筈《はず》で、それを調べるつもりだったが、調査は明日に持ち越しだ。

やれやれ、時間を忘れて昼食を摂《と》りそこねてしまった

何か買って帰らないと……

ロベルトが公文書館を出ると、夕闇が淡い夕焼け空に、微細な霧のように溶け込み始めていた。

何処からともなく、生ぬるい薬のような匂いと背徳的な空気が流れ込んでくる。

ロベルトは、神父服の襟を正し、足を速めた。

4

ユトレヒト中央駅のスーパーでコッペパンとクロワッサン、シリアルとミルク、チーズ、ハム、ミニキュウリ、ゆで卵のスプレッドなどを購入したロベルトは、ホテルへ戻った。

すると、部屋には既に平賀が帰っていて、顕微鏡を覗《のぞ》き込んでいた。

「やあ、只今《ただいま》。早かったんだね」

「お帰りなさい。今日は祭壇内部を詳しく調査しましたが、内部のステンドグラスには溶解した痕《あと》は見られませんでした。中にはLED電球が取り付けられていました。あとは金色の足跡を拡大スコープで撮影し、虫眼鏡で観察するなどしました」

「何か収穫はあったかい？」

「ええ、それなりに。そちらは？」

「こっちもアーブラハム・フォルデルマンの墓が発見出来て、彼が所属していたと思われるギルド名が割り出せた」

「それは一歩前進ですね」

「ああ、この調子で調べが進むといいんだけどね。ところで君は、昼食を摂ったかい？」

「いえ。すっかり忘れていました」

「そうだと思った。実は僕も忘れていてね。簡単なサンドウィッチでも作ろう」

ロベルトは備え付けのペティナイフを使って、チーズとハム、キュウリと卵、二種類のサンドウィッチを作り、胡椒《こしょう》を振った。コーヒーを淹《い》れ、ミルクをたっぷり混ぜる。

「はい、出来たよ。僕の方の書机で食べようか」

「有り難うございます」

二人が食事を摂っていると、パソコンの着信音が響いた。

平賀はパソコンの前に行って送信元を確認した。

「シン博士からですね」

平賀が受信をクリックすると、マスクをしたシン博士の顔が、パソコンの画面に大写しになった。

『ご依頼頂いていた、足跡の解析が出ました。

まず調べてみた所、成年男子の身長と足の長さの関係は、身長＝七〇・一一＋三・七八×足の長さ。さらに身長と足幅の関係は、身長＝百十三・一四＋四・六八×足幅と、されていることが分かりました。これはあくまでも警察などが使う平均的な計測による数字です。身長に比べて足が大きかったり、小さかったりする場合もあり、確実な数字ではありません。

ですが、他に計測する方法が無いので、これらを基に足跡の持ち主の身長や体格を推測することにしました。

まず、足跡の大きさは十八・三センチでした。そこから計算すると、この人の身長は、百三十九・二八四センチとなります。さらに足幅六・八センチから計算すると、身長は百四十四・九六四センチとなります。

この五・六八センチの身長差を、誤差の範囲とみなすか、あるいは足幅が長いことから、やや太り気味の体格をしていると見なすかは、難しいところです。

身長から言えば、子供のような体格と言っていいでしょうね。取りあえず、この数値の中間をとって、身長百四十二センチ程の人間が、床にある歩幅通りに歩いたとしてみます。

その場合のシミュレーション画像を送ります』

すると場面が切り替わり、人間の姿が、立体的な線で表わされた3D画面となった。

床には、足跡のマークがあり、それを3Dの人体模型が踏みながら歩いていく。

それを見ていた平賀は、思わず身を乗り出した。

「これは、随分とぎくしゃくした歩き方ですね」

平賀の疑問の声に、シン博士の声が答える。

『そうです。身長や足の長さに比べて、歩幅の間隔が均一でなく、不自然なのです』

ロベルトもモニタを覗き込み、時には飛び跳ねるように、時には片足が悪いようにして歩く人体模型に見入った。

「どういうことでしょう？」

平賀が首を傾げる。

するとパソコンの画面に、再びシン博士が現れた。

『私もそこに興味を惹《ひ》かれまして、人間のように二足歩行をする動物の歩き方と比べてみたのです。比較したのは、時々、二足歩行を行うチンパンジーやゴリラ、小型猿等とです。すると、結果として猿類が二足歩行をする時は、3Dでお見せしたような、不器用な歩行になってもおかしくないということが分かりました』

すると今度は、パソコンの画面にチンパンジーが歩いている動画が映し出され、その足跡をたどった画像が出てきた。

確かに歩行のばらつき具合が、教会の足跡のものと似ている気がする。

「じゃあ、あの足跡をつけたのは、猿の一種だと言う訳ですか？」

ロベルトが画面のシン博士に訊《たず》ねると、博士は静かに首を横に振った。

『ところがあの足跡は、猿類とは異なった特徴を示しているのです。猿は物を足でも摑《つか》む行動様式をしている為に、人間に比べて親指と他の四本の指が大きく離れています。人間の手と同じようにです。しかし、この足跡にはそういう特徴がありません。足跡の特徴から言えば、極めて人間に近いものです。

つまり、足の裏は人のよう、歩行は猿類に近く、低身長であるということになります』

「つまりどう考えればいいのかな？」

ロベルトが訊ねると、シン博士の目元が嬉《うれ》しそうに微笑んだ。

『私が知る限り、そういう特徴を持った生物は一つしかいません。猿人や原人ですよ』

「つまり、アウストラロピテクスやホモ・エレクトスの足跡だと言いたいんですか？」

ロベルトが驚いて訊ねると、シン博士は深く頷《うなず》いた。

『アウストラロピテクスやホモ・エレクトスの身長は、およそ百四十から百五十センチであったとされています。身長的にも丁度、合うんじゃないでしょうか？　これはとても驚異的な発見かもしれませんよ。教会に、猿人や原人の足跡が残っているなんて。現代にいるはずのない生物としては、これは未確認動物即ちクリプティッドの発見になるかもしれません。なんてロマンチックなんでしょう。現代に生き残った猿人……。とても興味がそそられます』

ロベルトの脳裏には、小さな猿人が教会の中を歩き回っている奇妙な光景が、ぐるぐると渦巻いた。

ロベルトは首を振り、隣の平賀に問い掛けた。

「平賀、君はどう思う？」

「足跡がキリスト像のものでなかったことは確かです。計測によると、キリスト像の身長は、百十・三センチで、足の裏の長さは、四・二センチでしたから」

「キリスト像の足跡じゃないからって、君も猿人の足跡だと思うのかい？」

「いえ、クリプティッドという言葉を聞いて、私は宇宙人を思い浮かべました。宇宙人の中には、人のような足の形をしていて、歩くのが不器用な類《たぐ》いのものも存在しているのではないかと」

平賀は真剣な顔だ。

『まあ、そうですね。猿人タイプの地球外生命体という可能性も否定はできません』

シン博士も澄まし顔で答える。

ロベルトは二人のぶっ飛んだ会話に頭を抱えた。

「ご検証有り難うございました。シン博士」

平賀の言葉にシン博士は満足気に頷き、パソコンの画面から消えた。

ロベルトは一つ溜息《ためいき》を吐くと、足跡の謎の解明は平賀に委《ゆだ》ねようと腹を括《くく》り、宇宙人や猿人のことは頭の中から追い出した。

それより明日の段取りのことを考えながら、残ったサンドウィッチを食べることにした。

平賀の方はというと、サンドウィッチを半分ほど残したままで、パソコンの前に座り、何か作業を始めている。

ロベルトはサンドウィッチの残りに、そっとナプキンをかけた。

※　※　※

平賀は、今日撮った特殊なマイクロスコープでの足跡の断片画像を、パズルのように組み立てて、一つの足跡として完成させた。

マイクロスコープの画像では、金の粒子が肉眼で見えるぐらいに拡大されているので、足跡の大きさは、元の百倍程度になる。

その百倍の画像を、つま先の部分から右から左に向け、上から下にと観察していく。

指には、指紋と同じく足紋があった。

長い時間をかけて、じっくりと観察を終えた平賀は、足跡は、土踏まずの部分が深くえぐれた形をしていることや、足の指のつけ根近くに、金箔《きんぱく》が縒《よ》れたような線が数本あることに気がついた。

何故、そこが縒れているのでしょう？

平賀は暫《しばら》く考え込んでいた。

そこで辿《たど》り着いた答えは、足跡の持ち主の足裏には、深い皺《しわ》があって、その痕が残っているのではないかという結論であった。

平賀は急いで靴と靴下を脱ぎ、自分の足の裏を確かめてみた。

足の裏の皺の様子を見てみると、縦の真ん中に枝状の縦線が入っていて、土踏まずの所に、外側から斜めに走る横線が七本ある。

足跡の皺のあととは全く違っている。

(個人差があるのでしょうか？　ロベルトにも見せてもらいましょう)

そう思って、初めて部屋の中を見渡すと、ロベルトはツインベッドの一つで、バスローブに着替えて眠っていた。

改めて時計を見ると、午前二時を過ぎている。

(仕方ありませんね。申し訳ありませんが、こっそり見させてもらいましょう)

平賀は眠っているロベルトにそっと近づき、足元のブランケットを捲《まく》り上げた。

ロベルトの素足が現れる。

平賀はその足の裏を、じっくりと観察した。

やはり自分の足の裏と同じように、縦の真ん中に枝状の縦線が入っていて、土踏まずの所に、外側から斜めに走る横線が何本かある。

(ふむ。この足の裏の皺の入り方は、やはり現生人類の共通のようですね)

平賀は、そっとブランケットを戻した。

そこで猿類の足の裏を画像で検索してみる。

それを見ていると、猿の足の皺は、さすがは物を握る役目をしているだけあり、人間の掌《てのひら》の皺の様子によく似ていた。

だが、教会についていた足跡の皺の特徴とは異なっている。

次に猿人の足のことも様々な分野の研究論文を当たって検証してみたが、総合して、現在の人の足にほぼ近い状態であったことが分かった。

ということは、皺も同じ様なものだろう。

とすると、この特徴的な皺が刻まれた小さな足跡は、現生人類のものでも、猿人や猿のものでもなさそうだ。

(だとすると一体、どんな足なんでしょう?)

平賀は描画ソフトを立ち上げて足跡のデータを取り込み、そこにいくつもの皺を書き込んで睨《にら》み込んだ。

5

朝、ロベルトが目を覚ますと、平賀がパソコンの前に突っ伏して眠っていた。

そっとベッドを起き出し、平賀の傍へと近づく。

パソコンの画面には、横から見た足の図と、足の裏の図が書き込まれていた。

足を横から見た図は、いやに指が長く、その指が、ぐっと折れ曲がって足の下の方に付く形になっている。

足の裏の図はというと、指のつけ根に四つの肉球の様なものが並んで付いている。

ロベルトは首を捻《ひね》りながら、優しく平賀の肩を叩《たた》いた。

「平賀、大丈夫かい?」

平賀は、もぞもぞと体を動かすと、頭を上げ、ロベルトを振り返った。

まだ眠そうな目をしている。

「朝だけど、コーヒーでも淹《い》れようか？」

「はい。お願いします」

「ところでその図は？」

「教会の足跡のことを考証し続けていたんですが、最終的にこんな足になってしまいました」

「随分と個性的な足だけど、それで何か答えは出たのかい？」

「少なくとも、地球上にこのような足を持つ生物はいないということだけは分かりました。お陰で、色々な動物の足の仕組みについて学ぶ事は出来ました……」

「そうかい。じゃあ、僕はコーヒーを淹れておくから、君はシャワーでも浴びたらどうだい？」

「はい。そうします」

平賀は、ぼうっと立ち上がり、そのままバスルームへと入っていく。

ロベルトは、備え付けのコーヒーメーカーで、コーヒーを淹れる準備をした。昨日、買っておいたシリアルとミルクをテーブルに置く。

平賀がバスルームから出てくる。

ロベルトはコーヒーをテーブルにセットした。

平賀がコーヒーとシリアルの置かれたテーブルに大人しく座る。

「それで今日は、どんなアプローチでいくつもりだい？」

「足跡の謎はさておき、光球の出現が自然現象である可能性を確かめてみたいと思います」

「自然現象ね……。僕の方は聖釘《せいてい》のことを今日も調べてみるよ」

「はい。お願いします」

平賀は食事を終えると、小道具を様々に取り出し、それを鞄《かばん》に詰め、大急ぎで部屋を出ていった。


ロベルトはのんびりと食事をしながらコーヒーを飲んだ。アムステルダム公文書館の開館時間には、まだ間があったからだ。

食事を終えるとシャワーを浴び、時間を見て、部屋を出た。

昨日と同じ道のりで、アムステルダム公文書館へと向かう。

開館時間丁度に着き、パソコンの並んだ閲覧者スペースへと足を運ぶ。

そこで商業記録を検索する。

当時の公証人が記録した商品取引の公文書が現物の写真つきで、データとして残っていた。取引商品名と、売人の名前、買取人の名前が書かれた契約内容書である。

ロベルトは、早速、アーブラハム・フォルデルマンの名を、その中から探し始めた。

商品取引の公文書は多岐に亘《わた》っていて、興味深いものの中には、画家レンブラント・ファン・レインの作品ならびに彼の所持作品の公競売記録があった。

場所はバレント・ヤンスゾーン・シュルマン宅において、一六五八年に行われた競売で、レンブラントは、六百ギルダーの売上げを手にしている。

レンブラントは、波乱の画家である。

アムステルダムの画商の勧めで、町の名士が集まる解剖学講義の様子を集団肖像画（トゥルプ博士の解剖学講義）として描くと、たちまち注目され、オランダ総督からの依頼など、次々に絵の注文が舞い込むようになった。私生活も充実し、裕福な妻と結婚する。

そんな彼の最も有名な作品といえば、『フランス・バニング・コック隊長とウィレム・ファン・ライテンブルフ副隊長の市民隊』、通称『夜警』である。

その出来映えと斬新《ざんしん》な構図で圧倒的な輝きを放ったこの作品は、弟子であるホーホストラーテンによれば、「火縄銃手組合本部の集会所でこの絵の横にかけられた作品は皆、トランプ・カードのように（平坦《へいたん》に）見えた」という。

ちなみに本来は昼間の情景を描いたものだが、それが夜の自警団だと勘違いされたのは、絵画が長年の塵《ちり》や埃《ほこり》の為に色彩が暗くなったせいである。

現在では、オランダ黄金時代の絵画の代表作として、アムステルダムの国立美術館に展示されている。

絵の発注者フランス・バニング・コックは、アムステルダムの名士であった。平和な時代にあって、彼の率いる市民隊（自警団）は、パレードや射撃コンクール以外の仕事があまりなく、社交クラブのようなものになっていた。

しかしコックは、町を守り、連邦共和国を作った市民隊の輝かしい歴史を記録しようと、レンブラントに集団肖像画を注文したのである。

そうして一六四二年に完成した絵は、十六人の火縄銃手組合による市民隊が出動する瞬間を描いている。

黒い服に隊長の印である赤い飾り帯を斜めにかけたフランス・バニング・コック隊長と、その右横の黄色の服を着たウィレム・ファン・ライテンブルフ副隊長は、隊を率いて動き出そうとし、周辺では銃に火薬を詰める隊員や銃を構える隊員が銃の技量を示し、鼓手がドラムを構え、後ろでは旗手のヤン・フィッシェル・コーネリッセンが隊旗を掲げる。その下では犬が吠《ほ》えたて、左には少年が走り回っている。

各隊員はそれぞれ異なった方向に身体を向け、多様な表情を見せており、隊員の動きが交錯して画面に躍動感を生み出している。いずれも身体の一部分しか画面に写されておらず、全身が描かれているのは三人のみだ。

レンブラントは、明暗法を用いて群像にドラマチックな表情を与えた。強い日光が斜め上から差し込み影を作ることで、群像の中から三人の主要人物、すなわち中央の隊長と副隊長、そして中央左奥の少女を浮かび上がらせたのだ。

その少女は、火縄銃手組合の象徴物をさりげなく身に着けている。

彼女の帯にぶら下がった鶏の爪は火縄銃手の象徴であり、死んだ鶏は打ち倒された敵の象徴でもあり、黄色は勝利の色でもある。鶏の後ろの銃も火縄銃隊を象徴する。また彼女の手には、自警団の盃《さかずき》がある。

なお『夜警』の対価は、千六百ギルダーで、一人百ギルダーずつを支払ったと言われている。この時代、オランダで集団肖像画がよく描かれたのは、その方が資金集めが楽だったからであり、画家も儲《もう》かったからである。

カルヴァン派が台頭し、教会に宗教画を飾ることを禁じた為に、この時代の画家達は教会というパトロンをなくし、様々なジャンルの絵画に挑戦していった。

歴史画、肖像画、農民の暮らしを描いた風俗画、風景画、都市景観画、動物が描かれた風景画、海洋画、植物画、静物画などもこの時代に生み出されたのである。

ヨーロッパの他国でバロック絵画が流行し、理想化した対象や壮麗な画面構成が描かれる中、オランダでは写実主義の影響を強く受けた絵画が好まれた。

ともあれ、『夜警』によって不動の名声を築いたレンブラントだが、悲劇は足許《あしもと》に迫ってきていた。

まず、愛妻サスキアが結核と思われる病で倒れ、幼い息子を残して亡くなってしまう。

そして彼の絵が美術評論家や蒐集家《しゅうしゅうか》から好まれる一方で、一般客はレンブラントの注文の多さや気儘《きまま》さに閉口し、遠離《とおざか》っていった。

レンブラントは隠遁者《いんとんしゃ》のような生活を送るようになり、絵の為に必要な骨董品《こっとうひん》や古着、夥《おびただ》しい数の版画、メダル、矢や槍《やり》や短剣などを買い漁《あさ》った。

そしてやがては借金を抱えることとなる。

一六五三年頃には、ヤン・シックスから千ギルダー、アムステルダム市長と商人のイサク・ファン・ヘルツビークから各四千ギルダーを借り、結果、レンブラントの全財産が借金の担保に取られてしまう。

一六五六年には、家にある三百六十三点の財産目録が作成され、競売にかけられて、とうとう一文無しになってしまうのだ。

それでも彼の借金癖は直らなかった。

妻の死後、長らく彼を支えた愛人も亡くなり、レンブラントは「彼の暮らしはとてもつつましかった。夕飯は少しばかりのパンとチーズか、ニシンの燻製《くんせい》だけですませることもあった」と言われる程に困窮し、住居、食事、援助の全てを一人息子に頼っていたが、その息子も又、死亡してしまう。

それから僅《わず》か一年後、レンブラントは六十三歳で永眠したのである。

(おっと、こんなことにかまけている場合じゃない。目的は、アーブラハム・フォルデルマンだ)

ロベルトは気を取りなおし、商品取引の公文書を読み続けた。

ようやく出てきた最初の「アーブラハム・フォルデルマン」は、売買した商品や年から見て、同姓同名の別人であろうと考えられた。

延々と続く資料を読む。

その中に、さらに二人、三人とアーブラハム・フォルデルマンの名が出てきたが、これも本人ではなさそうだった。
四人目に、ロベルトはようやくそれらしき人物に辿《たど》り着いた。

一六三一年四月二日
売人アーブラハム・フォルデルマン
商品名 Grote koning（偉大なる王）、価格は、二万三千ギルダー

なんとレンブラントの夜警の、十五倍近い値段だ。
買取人は、エデュアルト・デ・ブラーン、とある。
続いてもう一つ、それらしき公文書を見つけた。

一六三二年三月十六日
商品名 Viceroy（総督）、価格は、四万一千ギルダー

なんと、レンブラントの絵の、二十五倍以上だ。
買取人は、またもエデュアルト・デ・ブラーン。
そしてついに、一六三三年四月八日の記録に、聖遺物の確かな手掛かりが見つかった。

売人アーブラハム・フォルデルマン
商品名Koning der koningen（王の中の王）、八万三千ギルダー
買取人エデュアルト・デ・ブラーン

一ギルダーといえば、現在の十一ユーロと同等ぐらいだ。

単純計算すれば、八万三千ギルダーは九十一万三千ユーロ（約一億一千万円）である。

アーブラハム・フォルデルマンの商品取引記録を見ていると、彼が裕福な商人であったことも確かだが、どうやら彼の得意客であったエデュアルト・デ・ブラーンという人物は、とんでもない大物である可能性が高い。

そしてなにより、Koning der koningen（王の中の王）を買っている。

ロベルトは再び住民登録書で、エデュアルト・デ・ブラーンという人物を探してみることにした。

エデュアルト・デ・ブラーンは、検索で直ぐにヒットした。

その人物は子爵で、家系図まで出てきた。

その家系図を辿ると、オラニエ＝ナッサウ家に繋《つな》がっていることが分かる。

オラニエ＝ナッサウ家とは、十六世紀後半にはオランダの大半の州の総督を兼ねていた家柄で、国随一の名門である。

デ・ブラーン家は、その支流に当たっていた。そして、教会の聖遺物と同じ名の

Koning der koningen（王の中の王）なる品を所持しているという。

　住所は、『黒い馬の蹄鉄《ていてつ》』と記されている。

　ロベルトは、古地図のデータにアクセスした。

『黒い馬の蹄鉄』は、アムステルダムのヘーレン運河が走る西の区画にあった。

　そこに小さな城らしき建物が記され、デ・ブラーン城と書かれている。

　現代の地図と重ね合わせて見ると、そこには私設の貴族生活博物館という建物があった。

　どう考えてもデ・ブラーン家と所縁《ゆかり》のある所に違いない。

　ロベルトは、其処《そこ》へと向かうことにした。

6

　その建物はコンクリート打ちのモダンな建物であった。

　ガラス戸の玄関の上に、薄い鉄板で作られた『貴族生活博物館』のロゴが掲げられている。

　扉を開いて入ると、入り口脇にチケット売り場があった。

　ロベルトはそこでチケットを売る店員に訊《たず》ねた。

「失礼、こちらの博物館は、デ・ブラーン子爵家に所縁のあるものですか？」

「ええ、デ・ブラーン子爵家が、実際に使っていた品々を展示しています」

「貴女《あなた》はデ・ブラーンと何かご関係が？」

「いいえ、そんな……。私はただのチケットの売り子です。こちらのオーナーは現在、ベルギーに在住しているんです」

どうやら、デ・ブラーン子爵本人の話は聞けそうにない。

そこで、十ユーロのチケットを購入し、展示場へと足を踏み入れた。

警備員が二人、部屋の角に立っている。

一階にはディスプレイ・キャビネットが数多く置かれていた。

ディスプレイ・キャビネットとは、当時の貴族が自慢のコレクションを引き立たせてくれる家具として、競って取り入れた家具である。そのキャビネットは扉が木製でなくガラス製で、当時は高い技術が必要とされたため、高価な品物であったが、戸棚の中に、コレクションを並べて客人に見せることが出来るのだ。

ディスプレイ・キャビネットの中には、様々な品が並んでいた。

最も多いのは、陶器類である。

コーヒーセットや皿が、ずらりと並んでいる。

それらは何れもマイセンの物と思われた。中世に流行した東洋柄、多くは花鳥風月が描かれている。

銀の食器やフォーク、ナイフ。細かい細工のあるバカラのグラス等が続く。

生活必需品が終わった後は、金と宝石で彩られた懐中時計。

羽根ペン等の文房具品と封蠟印《ふうろう》。娯楽として楽しまれた万華鏡。寄木《よせぎ》細工と大理石で作られたチェスのセットなどもある。

中国や日本製のものと思われる、陶器の動物や大きな花器のコレクションの一角もあった。

そして一階の一番奥のショーケースには、指輪や腕輪、イヤリング、ネックレスといった宝飾品が展示されていた。

その細工の優美な曲線具合や金の色合いからして、それらはルネッサンス様式のものであろうと思われた。

宝飾品のコーナーが終わると、二階に続く螺旋《らせん》階段が現れる。

階段を上り、二階へと向かう。

二階は、英仏風のドローイング・ルームを再現していた。ドローイング・ルームとは、訪客を招き入れる応接間のことだ。

暖炉を中心にしてシンメトリーにキャンドルスタンドとソファが置かれている。

さまざまなデザインのソファと椅子がゆったりと、見栄え良くレイアウトされていた。

三人掛けのソファやパーソナルチェアを組み合わせ、カクテルテーブルやランプテーブルが品よく配置されている。

家具はライトグレーやクリーム色などの淡い色に金箔《きんぱく》を押したものが多く、カブリオールレッグ（猫脚）と呼ばれる曲線の脚を持ち、陶磁器や金メッキ金物との組み合わせといった特徴があった。オーナメントの主なモチーフはアカンサス、貝殻、渦巻、婦人像などであり、アシンメトリーのデザイン手法が用いられている。

所謂《いわゆる》、中期ジョージアン様式とよばれるものだ。

壁面には、コンソールテーブルがあり、テーブルランプが置かれている。

その隣には、陶磁器と真鍮《しんちゅう》の鋳造との組み合わせが特徴的な、シノワズリーの猫の置時計があった。

シノワズリーとは、ヨーロッパで流行した中国趣味の美術様式で、中国をイメージし、非対称の縮尺や、漆など独特の素材や装飾を用いた様式が特徴である。

ヨーロッパでシノワズリーが流行し始めたのは、十七世紀半ばから後半頃と伝えられる。

それが十八世紀の中頃にロココ趣味と融合し、人気が最高潮となったのだ。

テーブルから少し離れた所に、ブロンズで作られた、高さ五十センチ余りの天使像の燭《しょく》台《だい》がペアで飾られている。

そうかと思うと、ブロンズ製の実物大の犬が置かれていた。

ルイ十五世様式の、ゆったりとした安楽椅子もある。

マホガニー製で、トップから脚にかけてまで、ゴージャスな彫りが施されており、座面の周りには鋲打《びょううち》がされている。フレンチアンティークらしく、座面はリネン風の貼り座で、それが、より彫刻の美しさを際立たせている。

その横には、ネオ・クラシック様式のサロンチェアがある。

古代ギリシャを基調としたシンプルな新古典主義のスタイルで、椅子の背もたれに竪琴《たてごと》のデザインが施されていた。

奥には、当時使われたと思われる火縄銃が展示されていて、壁に掛けられたプレートに貴族生活の説明文がある。

『労働とはおよそ無縁の貴族にとって、パーティは何よりも大事な生活の一部であった。友人や知人たちとあり余る時間を退屈せずに過ごすために、パーティでは、様々な遊びが催された。

馬に乗って行う狐狩りなどのハンティングや、野鳥を射撃するシューティング、川でのフィッシングなどの屋外スポーツが貴族の嗜《たしな》みとされた。

そして屋内では専ら、ダンスやゲームを楽しむのだ。

カードゲームやチェス、ビリヤード、バックギャモンなどが並ぶ、ゲーム専用の部屋が設けられ、ゲームテーブルや食後酒を楽しむためのバーキャビネットが置かれた』

説明プレートの横には、昔のデ・ブラーン城のゲーム専用部屋と思われる絵画が飾られていた。

そのコーナーを過ぎると、三階に続く螺旋階段が現れた。

ロベルトは螺旋階段を上った。

そこは、多くの絵画が集められたフロアであった。

宗教画、肖像画、生活画、風景画等様々な絵画が、四方の壁に所狭しと飾られていて、その一つ一つに、書かれた年代と、絵のタイトルが添えられている。

ロベルトは、入り口から順に絵画を鑑賞していき、一六三〇年代に描かれたとされる絵画の一角で足を止めた。

二十枚近くある大小の絵画の中に、五つの肖像画があった。

何れも同一人物を描いたもので、タイトルは同じ『エデュアルト・デ・ブラーン子爵の肖像画』だ。

絵画の人物の服装は、当時マントと呼ばれたケープに、柔らかく垂れさがった折り返しの襟の短い上衣《うわぎ》、膝下丈《ひざしたたけ》の半ズボン姿。半ズボンは、レースの付いたリボンや飾りボタンで裾《すそ》を膝下で留め、その上から「カノン」と呼ばれるレースの膝留めをつけている。靴は爪先《つまさき》の尖《とが》った、膝丈のブーツである。

それぞれ違う色の服で、人物の顔立ちに刻まれる年輪も違っていることから、数年おきに描かれた肖像画であることが分かる。

だが不思議なことに、絵の構図が全く同じだ。

花が飾られた大きな花瓶を左後ろに配置し、人物は、杖《つえ》をついてサロンチェアを右側において立ち、誇らしげに正面を見ている。

ロベルトは、これらの絵を、じっくりと観察して、あることを直感した。

（これはもしかしたら……。否《いや》、まだ確信は持てないな……）

ロベルトは事の経緯の辻褄《つじつま》を合わせようと思索に耽《ふけ》った。

そして聖釘《せいてい》のもう一人の保持者であるはずの、エデュアルト・デ・ブラーン子爵のことを、もう少し調べてみようと思った。

（手始めにやるべきことは、子爵の子孫に連絡を取ることだな……）

※　※　※

その頃、平賀は違うアプローチで調査を進めることに決めていた。

その為に、鞄《かばん》から方位磁石を取り出す。

それを手に持って、ゆっくりと祭壇に近づいた。

祭壇中央にある磔刑《たっけい》のキリスト像の周囲で、方位磁石の針を見る。

予想していた通り、針が不自然に揺れ動いた。

これは、磔刑のキリスト像が磁気を帯びている証拠だ。

平賀は一つの仮説に思い至った。

ごく稀《まれ》にだが、自然現象として光球が出現することがある。球電現象である。

球状になった十センチから百センチ大の暖色あるいは青白い光が、空中を浮遊する現象のことだ。プラズマの塊という説もあるが、事例や目撃例も極めて少ない為、科学的には原因不明とされている。

この教会に現れた光球が球電現象であったなら、近くにある金属は磁気を帯びる可能性が高い。

つまり光球が、球電であったと考えても矛盾は無さそうだ。

しかし、問題は球電が出現した原因である。

現代の科学でも、球電の原因は特定されていない。

科学的立証が出来ない事象である以上、球電が起こったことが奇跡であるとしても、矛盾はしないのだ。

だが、それにしても球電が何故、教会に限って出現したのかは知りたいところだ。

一つ確かなことは、球電現象が電気と関係していることだけである。

平賀は奇跡の起こった夜、送電設備の爆破があったことと何か関係があるのではと疑ったが、それならば停電したエリアで、他にも球電現象が起こっていなければ説明がつかない。

何故、教会にだけ球電現象が起こったのだろう。

平賀は考えに煮詰まり、まだ何か自分が掌握していないことがあるのではないかと首を傾げながら、教会の隅々まで見て回っていた。

這《は》いつくばって礼拝堂の床中を観察し、信者が座る席の裏側まで見て回り、柱の影から、調度品に至るまで観察した。

聖域柵の脇にある事務室への扉を開き、その中も観察した。すると、まず彼は事務室のコンセントの怪しさに気がついた。

必要以上の電源タップがコンセントに取り付けられているのだ。

平賀は首を傾げながら、持ってきた作業工具を使って、電源タップのカバーを外してみた。

中に盗聴器と思われる物がある。

(誰かが教会を盗聴していた？　どういうことでしょう……)

続いてエイクマン司祭に鍵《かぎ》を開けてもらい、司祭室も調査した。

やはりこちらの部屋の電源タップにも、盗聴器が仕掛けられている。

次に平賀が調べたのは、固定電話だ。

受話器を解体してみたが、異常はない。しかし、電話線を辿《たど》っていくと、小さなモジュラーコネクターが、意味の無い繋《つな》がれ方をしている。

そこで、モジュラーコネクターのカバーを取ると、それは電話線に挿入するだけで電話線を伝わる通話内容を半永久的に電波発信することが出来る盗聴器であった。

電話機本体又は壁面電話コンセントジャックから電話線を引き抜き、その間に挿入すると通話内容を電波で発信するという代物で、仕掛けた場所から百メートルから百五十メートル以内の場所で、盗聴器用受信機を使用し、会話の電波を受信すると音声を聞く事ができる。

（これは、ますます妙ですね……）

続いて平賀が礼拝堂内のコンセントを調べると、天井のシャンデリアから壁伝いに延びた電源ケーブルが、床近くのコンセントにささっているのが確認できた。アースが床についている。

しかし、そこには何の仕掛けもなかった。

平賀は再びエイクマン司祭に鍵を開けてもらい、二階の部屋もくまなく調査した。そうして不自然な壁面に気付き、隠し階段を発見した。

その後、平賀は祭壇脇の電源タップにも盗聴器を見つけ出した。

エイクマン司祭らは、怪しい動きをする平賀のことを、こそこそと耳打ちし合いながら見ていたが、夕刻になると平賀に近付いて来た。

「本日、これより集会が行われますので、これ以上の調査はご遠慮頂きたい」

「そうですか、分かりました」

平賀は盗聴器設置という事実をどう受け止めるべきか考えあぐね、ロベルトに相談することにして、その日の調査を終わらせることにした。

調査道具を仕舞っていると、いつの間にか集会が始まっている。

エイクマン司祭や信者達が熱い口調で何事かを語っていたが、それがオランダ語であったので、平賀には意味が分からなかった。

第五章　教会の秘密

1

ロベルトがホテルに戻ると、平賀は既に帰っていた。真剣な表情でパソコンを見ている。

どうやら自分が戻ってきたことに気付いていない様子だ。

熱中して何かを調べているのだろう。

ふと机の上を見ると、ヘーシンク嬢に借りてバラバラに分解されていた時計が、綺麗《きれい》に元の形に戻っている。

ロベルトはホッとしながら、平賀の邪魔をしないよう、なるべく音を立てずに動き、書机に座った。

カチャ、カチャとパソコンのキーを打つ音だけが、暫《しばら》く響く。

そうして小一時間程経ったところで、調べ物の区切りがついたのだろう。平賀が大きく伸びをした。

「只今《ただいま》、平賀」

ロベルトが声をかけると、平賀は驚いた表情で振り返った。

「ロベルト、いつの間に其処《そこ》に？」

「もう一時間ぐらい前からこうしていたよ」

「全く気付きませんでした」

「だろうね。ところで何を調べていたんだい？」

「奇跡が起こった日の、気象状況を調べていたんです」

「気象状況か。何か分かったのかい？」

「ええ、多少は。奇跡が起こった日の夜は曇り空で、翌朝の九時頃から十一時にかけて、強い雨が降っていたようです」

「その気象と奇跡に関係がある訳かい？」

「まだ何とも言えませんが、可能性を探っています。ロベルト、貴方《あなた》の方の調査は進んでいますか？」

「教会に、聖釘《せいてい》を寄贈したアーブラハム・フォルデルマンは商人で、一六三三年四月八日に、『Koning der koningen（王の中の王）』を、八万三千ギルダーという高額な値段で、エデュアルト・デ・ブラーン子爵に売っていることが分かったよ。八万三千ギルダーと言えば、現在でいう九十一万三千ユーロだ」

「子爵に売った？　それって、聖釘が二つあったということですか？」

「ああ。流れとしてはそうなるね」

「でも世界で数本しかないだろう聖釘が、一人の人物の許《もと》に二本集まるなんて、確率的には非常に低いですよ」

「僕もそう思う。だから、ベルギーにいる子爵の子孫という人物に何とか連絡を取って、『Koning der koningen（王の中の王）』のことを訊《たず》ねてみたんだ」

「どうでした？」

「家宝の中に、『Koning der koningen（王の中の王）』という品は存在しないと言われたよ。

　エデュアルト・デ・ブラーン子爵に関しては、何しろ三百年以上前の祖先なので、詳しいことは分からないらしい。ただ、非常に商才に長《た》けた人物であったらしいことと、エデュアルト・デ・ブラーン子爵の時代に受け継がれた家宝が多いという話を聞けたんだ。

それで僕は公文書館で、エデュアルト・デ・ブラーン子爵に関する資料がないかを調べてみた。

　調査して少し見えて来たのは、エデュアルト・デ・ブラーン子爵は、いくつかの商家に貸し付けを行って利子を得ていたことだ。

　持っていた領地はそれ程、多くはなかったけれど、領地の殆《ほとん》どを裕福な商家に貸し出している。その利子と家賃だけで、年間四十万ギルダーの収入を得ていた。やはり、かなりの経営手腕を持っていた人物だと思われる。

　それに商品の先物取引のようなことをしていた痕跡《こんせき》もあった。優れた投資家でもあったようだね。

エデュアルト・デ・ブラーン子爵がかなりの目利きであったことは、彼の残した家財道具や宝飾品からも見て取れる。

けど、そんな人物が大金を叩《はた》いて買ったのだとしたら、『Koning der koningen（王の中の王）』がちゃちな聖釘の模造品であったとも考え辛《づら》い……」

ロベルトの話を真剣に聞いていた平賀であったが、突然、ハッとした顔をした。

「そうだ、ロベルト。大切な事をお話しするのを忘れていました」

「どうしたんだい？」

「実は私、盗聴器がしかけられているのを発見したんです」

「聖ファン・クーレン教会にかい？」

「ええ、私が見つけただけで、電源タップ型の盗聴器が三つあり、司祭室の固定電話にもモジュラーコネクター型の盗聴器が取りつけられていました」

これにはロベルトも驚いた。

「盗聴器だなんて、穏やかじゃないな……」

「そうでしょう？　一体、何が目的で誰が取りつけたのでしょう」

「其処は色々と考えられるね。例えば企業なんかだと、社員が日頃どんなことを喋《しゃべ》っているのか聞く目的で、経営者が盗聴器をしかけることもあるそうだし、夫婦なら一方の浮気を疑ったものが盗聴器を家に仕掛けたりもするらしい。

或《ある》いは、全くデバガメ的な目的で、無関係な第三者が特定の家や施設を盗聴するなどということも聞くね」

「つまり盗聴器を仕掛けた人物像は、そう簡単に推測できないということですね。でもただの盗聴マニアなら、人の秘密を盗み聞きできる懺悔室《ざんげしつ》などに仕掛けないでしょうか？　ところが、懺悔室には盗聴器は無かったんです」

「ふむ。事によっては、エイクマン司祭が仕掛けたという可能性も否めないだろうね」

「何のためにですか？」

「例えばそう……。教会に来る信者の話を盗聴して、その人々に適した対応をするとかさ。インチキ占い師や、教祖などはそういう手口を使うだろう？　実際、誰が仕掛けたかは分からないけれどね」

「何にしても気になります」

「そうだね。明日は僕も君と一緒に教会へ行くよ。そうして彼らから話を聞き出してみよう」

「それは助かります。貴方の調査のお邪魔で無ければ」

「構わないよ。僕の方も思考が行き詰まっていて、これからどうしようかと考えていたところだから」

「是非、お願いします」

平賀はひたむきな子供のような瞳《ひとみ》で、ロベルトをじっと見た。

※　※　※

翌朝、平賀とロベルトは、聖ファン・クーレン教会に二人で向かった。

出迎えたエイクマン司祭に、改めて聞きたいことがあると伝えると、二人は司祭室に案内された。

エイクマンと向かい合い、テーブルを挟んで平賀とロベルトが座る。

「改めてお話があるとは、どういうことなのですか？」

エイクマン司祭が、不安そうに訊ねてきた。

「えっと……昨夕の集会は随分と盛り上がっていたようですが、どのような内容をお話しされていたのでしょうか？」

平賀が切り出す。ロベルトはその間、スケッチブックを開き、メモを書いていた。

「ああ……それがですね、信者のアンソニー・バンロー氏の家に泥棒が入ったんです。それが隣人の仕業だという話がありまして」

「そうだったんですか」

そんな会話をしている間に、ロベルトがスケッチブックをエイクマンの前に置いた。

『この部屋は盗聴されているので、筆談をお願いします』

「えっ……」

エイクマンは驚きに目を丸くした。

『ご存じなかったのですか？　貴方が仕掛けたのでは、ないのですね？』

ロベルトがメモを書く。

『まさか、私はまるで知りません。本当に盗聴器などがあるのですか？』

エイクマンは余白で問い返した。

『今から平賀がその場所を示します』

ロベルトが平賀に目配せをする。平賀は頷《うなず》き、席を立ってその部屋のコンセントを指差した。

電源タップの一つを取り外し、カバーを開く。

『これが一つ目の盗聴器です』

ロベルトがメモを書いた。

『私にはよく分からないのですが』

エイクマンが困惑して答えると、平賀は別の電源タップを取り外し、カバーを開いて横に並べた。

エイクマンは俄《にわ》かには信じられないという表情であったが、二つの電源タップの構造が違うことを認めた。

『確かに、この二つは違うようです』

続いて平賀は、固定電話のモジュラーコネクターを取り外し、エイクマンの前に置いた。

『こちらも盗聴装置です』

『どうしてこの部屋の盗聴を？』

エイクマンの言葉に、平賀は首を横に振った。

『それは分かりません。ただ、このモジュラーコネクターと、電源タップが何時からあったのか、エイクマン司祭はご記憶でしょうか？』

するとエイクマンも首を横に振った。

『そんなものを気にしたことがありませんので、分かりません』

『司祭室に二つ、事務室、祭壇にも一つの仕掛けがありました。心当たりはありませんか？』

平賀の問いに、エイクマンは呆然《ぼうぜん》として首を捻《ひね》った。

「さあ……」

『貴方《あなた》を監視している誰かがいるのかも知れません。この教会に、普段見かけない人物が、通って来たという記憶はありませんか？』

エイクマンは暫《しばら》く考え、ペンを取った。

『この教会に通って来るのは、殆ど地域の住人です。聖遺物巡礼の日以外は、地域外から人が来るようなこともありません。見慣れないと言えば、ホームレスのような男性が、教会に長時間いたことがあります。そのくらいでしょうか』

『これらの盗聴器は、一つ百ユーロはする代物ですから、ホームレスが悪戯《いたずら》に仕掛けたとは考え辛いです』

『であれば、私には心当たりがありません』

『逆に、地域の信者とのトラブルはなかったでしょうか？』

平賀の問いに、エイクマンは不審そうな顔をした。

『と言いますのも、これらの盗聴器は、盗聴内容を聞くのに、いずれも半径百メートルから、百五十メートルの距離までにいる必要があるのです。寧《むし》ろ、盗聴していた人物は、近くに住んでいるという可能性が高いとも考えられます』

平賀のメモに、エイクマンは長い間考え込み、強張《こわば》った顔を横に振った。

『エイクマン司祭、盗聴器を取り外しても構いませんか？　それとも、犯人をあぶり出す目的で、着けたままにしておきますか？』

『外して下さい。気味が悪いので』

エイクマンの答えを聞くと、平賀は盗聴器の部品を分解し、電源から電気を供給できないようにした。

「ここは、これで大丈夫です」

平賀の言葉に、エイクマンがほっとした顔をする。

「他の盗聴器はどうします？　外しますか？」

「ええ、是非そちらも外して頂きたい」

「分かりました」

平賀は立ち上がり、祭壇の方へ歩いていった。ロベルトがその後を追う。

「これで良かったのかい、平賀？」

ロベルトが小声で話しかけると、平賀はくるりとロベルトを振り返った。

「貴方から見て、エイクマン司祭は嘘を吐いているようでしたか？」

「いや、そうは見えなかった」

平賀は事務室と祭壇脇の電源タップを解体し、盗聴器の部品を鞄《かばん》に仕舞い込んだ。

「仕掛けられた盗聴器の位置から見ますと、エイクマン司祭を狙った者。もしくは教会の業務について知りたがっている者の犯行が疑われます。そうしますと、教会関係者、特に二人の神父が怪しいということになります」

「成る程……」

盗聴器の件は、一旦《いったん》の決着がついたが、ロベルトの頭の中は、整理したいことで一杯だった。何もかもが未整理な状態で、書きかけのメモの切れ端のように辺り一面に散らばっていた。

2

バタンと扉の音がして、血相を変えたエイクマン司祭が部屋から出てきた。

ロベルトが目で追っていると、エイクマンは神父二人と何事かを話し、オルトマンス神父を伴って教会を出て行く。

不審に思ったロベルトは、教会に残ったベーレンズ神父の許《もと》に駆け寄った。

「どうかしたんですか？」

するとベーレンズは、怒ったような顔でロベルトを見た。

「この教会に盗聴器が仕掛けられていたというのは、本当ですか？」

「え、ええ。その意味は分かりませんが」

「私達には、犯人が分かりました」

「心当たりがおありなのですね？」

ロベルトの言葉に、ベーレンズはじっくりと頷いた。

「ハーリド・ビン・サウードというテロリストです。この教会を憎む人物です」

「ハーリド・ビン・サウード？　名前からして、ムスリムですか？」

「その通りです。あの奇跡の日に地下の送電設備を破壊し、停電を起こしたのも、彼の一味に決まっています。信者のバンロー氏に至っては先日、多額のお金を盗まれたんです」

そう言えば、昨夕の集会でそんな話があったと、エイクマン司祭が話していた。ロベルトがそう思う間にも、ベーレンズは語り続けている。

「ユトレヒトが燃えるという啓示がエイクマン司祭に下って以来、我々はこの町の安全について、何度も語り合ってきました。今こそ我々は団結し、卑劣なテロリストと戦わねばなりません」

ベーレンズは固く拳《こぶし》を握りしめた。

「戦う……？　何をなさるつもりです？」

「テロリスト達に、町から出て行ってもらうのですよ」

「お怒りは分かりますが、落ち着いて下さい。相手がテロリストなら、まず警察に相談するべきでは？　第一、サウード氏がテロリストという証拠はあるのですか？」

ロベルトの冷静な言葉に、ベーレンズは顔を顰《しか》めた。

「証拠も何も、そうとしか考えられないじゃありませんか。盗聴器まで仕掛けられて、黙っている訳にはいきません。貴方がたには分からないでしょうが、これは私達の町の死活問題なのです」

ベーレンズは頑《かたく》なに言い張った。

ロベルトは一つ、深呼吸をした。

「成る程、よく分かりました。では、せめて僕にも何か手伝わせて下さい。同じ神父として、教会を脅かす者がいるなら、黙って見過ごす訳にはいきません」

ロベルトの真摯《しんし》な態度に、ベーレンズは表情を緩めた。

「お分かり頂けて良かったです。では、私と一緒にいらして下さい。エイクマン司祭から教会の番を命じられ、私ももどかしい思いをしていたのですが、貴方がたが一緒に来られるなら、私も司祭様に合流できます」

ベーレンズは嬉《うれ》しげに言った。

(成る程ね。エイクマン司祭は、平賀が教会で何をしでかすか見張らせておく為に、彼に留守番を命じたんだろうな)

ロベルトはそんな思いをおくびにも出さず、柔らかく微笑んだ。

「ええ、是非ご一緒させて下さい。平賀も呼んで来ます」

「はい。私も戸締まりの確認を済ませて来ます」

ベーレンズが踵《きびす》を返す。

ロベルトも平賀の許に行き、事情を話した。

「盗聴器の犯人がテロリストですって？」

平賀は目を瞬《しばたた》いた。

「少なくとも、ここの神父達はそう考えてるんだ。君はどう思う？」

「可能性はありますが、詳しい話を聞かないと、判断のしようがありません」

「そうだよね。だから、今からベーレンズ神父と一緒にエイクマン司祭達の許へ行き、事情を聞こうと思うんだ」

「ええ、賛成です」

こうしてベーレンズ神父を先頭に、三人は教会を後にした。

平賀達が辿《たど》り着いたのは、教会から百五十メートルほど離れた、ゲール通りだ。近くにレンガ色のモスクのドームが見えている。

小さめのアパートが建ち並ぶ中、一軒の家の前に二十名余りの人垣が出来ていた。

「もう皆さん、集まっておられるようですね」

ベーレンズは小走りに、人垣へと近付いて行った。

エイクマン司祭は手に拡声器を持ち、とある家に向かって語りかけている。

『私は聖ファン・クーレン教会の司祭、トロイ・エイクマンだ。

我々はムスリムのテロ行為をこれ以上、看過しない。

ハーリド・ビン・サウードよ、我々は君がした悪事を知っているぞ。

そして我々は、一歩たりとも怯《ひる》みはしない。

我が神がユトレヒトの町を、そして我が教会を聖別されたからだ。

テロリストは直ちに、ユトレヒトから退くがよい！』

「退け！」

「出て行け！」

「ユトレヒトが燃えるぞ！」

「神の罰が下るぞ！」

信者達が拳を振り上げ、シュプレヒコールをあげる。

平賀は眉《まゆ》を寄せ、両手を広げて、エイクマンの真っ正面に立ちはだかった。

「エイクマン司祭、危険な行為はやめて下さい。まずは話を……」

しかし、平賀の声はかき消され、シュプレヒコールはより高らかになっていく。

「邪魔をするな」

一人の信者が呟《つぶや》き、ドンと平賀の肩を押した。

その時、平賀の背後で建物の扉が開いた。ムスリムの男達がぞろぞろと出てくる。

「一体、何の騒ぎなんだ！」

たちまち言い争いと小競り合いが始まり、平賀の小さな身体がもみくちゃになる。

一方ロベルトは、信者の列にいるアンソニー・バンローを見つけた。奇跡の体験者で、亡くなった妻と会ったと証言した男だ。

ロベルトはバンローの肩を叩《たた》き、話しかけた。

「バンローさん、貴方《あなた》の家はこの近くですね？」

「ああ、すぐ隣だ」

バンローが険しい顔で頷《うなず》く。

「貴方の家から、多額のお金が盗まれたとか」

「間違いない。奴らの仕業だ。そうとしか考えられん。あいつらは以前からチラチラと、儂《わし》の家を覗《のぞ》き込んだり、夜中にこそこそと集まったりと、おかしな行動ばかりしているんだ」

「今から貴方の家に行き、詳しい話をお聞かせ願いたいのです」

「今だと？」

「そうです。主の僕《しもべ》として、バチカンの神父として、今、行動しなければならないんです」

ロベルトの真剣な眼差し《まなざ》に、バンローは小さく頷いた。

「ふむ、神父様がそうまで言うのなら、分かった」

ロベルトは地面に倒れていた平賀を起こし、共にバンローの家へと入った。

「まず何が起こったのか、話して下さい」

ロベルトと平賀はソファに座り、バンローと向き合った。

「二日前のことだ。儂は大口の仕事の小切手を受け取り、このテーブルに置いた。そして仕事の打ち合わせから戻ると、小切手は盗まれていた」

バンローは鋭い目で、騒がしい窓の外を睨《にら》み、テーブルを叩いた。

「小切手ですか。どのような小切手です？」

平賀が訊《たず》ねる。

「普通の……紙幣ぐらいの大きさの、緑色の小切手だ」

「それが消えたのは、二日前の何時頃のことです？」

「顧客が小切手を持って来たのは、朝の十時過ぎだ。儂は十時半に家を出、戻ったのは約一時間後だった」

「結構、短い外出だったんですね。しかも白昼堂々の犯行という訳ですか」

「うむ」

バンローは苦虫を嚙《か》み潰《つぶ》したような顔で頷いた。

「戸締まりはされていたのですね？　鍵《かぎ》は壊されていましたか？」

「戸締まりはしたし、鍵は壊れていなかったが、隙を見て合い鍵でも作られたのだろう」

「成る程。では、このテーブルの何処に小切手を置いたのです？　その時、テーブルの上に置かれていた物は何と何でしたか？」

するとバンローは近くのマガジンラックに手を伸ばし、新聞と雑誌を取ってテーブルに置いた。机の引き出しからは老眼鏡を取り出し、テーブルに置く。

「だいたい毎朝、こんな感じだ」

「成る程。一寸《ちよつと》、拝見します」

平賀は雑誌を一頁ずつ捲《めく》り始めた。

「何をしてるんだい？」

ロベルトが訊ねる。

「無くなったのは一枚の薄い小切手です。もしかすると、雑誌の間に挟まっているのではないかと思いまして」

平賀の言葉に、バンローはフン、と鼻を鳴らした。

「それはとっくに儂も調べた」

「万が一、見落としがあるかも知れません。あと、二日前の新聞は何処です？」

バンローに案内され、平賀はキッチンの新聞置き場に行った。二日前の新聞を捲る。

ロベルトはマガジンラックの雑誌を一冊ずつ調べていった。

雑誌の殆《ほとん》どは建築関係の専門誌だ。バンローの仕事関係だろう。しかし一冊だけ、女性向けのファッション誌が入っている。

ロベルトは、バンローに娘がいたことを思い出した。

「ロベルト、そちらに小切手はありましたか？」

平賀の声が聞こえる。

「いや、こっちには無かった」

「そうですか。新聞の方も駄目でした」

平賀は困り顔で、ソファに戻って来た。

ロベルトは向かいのソファに腰を下ろしたバンローに問いかけた。

「こちらの家には時々、娘さんが通っておられませんか？」

「ああ、たまに儂の面倒を見に来るが……。まさか神父様は、娘を疑うのか？」

バンローは怖い顔をした。

「いいえ。もし、二日前に娘さんがこちらに立ち寄ったとすれば、何か変わったことに気付いたかも知れません。それは訊ねてみられましたか？」

するとバンローは首を横に振った。

「あの子は少し体調を悪くしていてな。そっとしておいてやりたいんだ。儂から電話など……」

「ええ、鬱《うつ》状態になっておられたのですね。しかし、それなら一層、ご心配でしょう。一度、これを機にご連絡されては？　僕自身も娘さんが心配ですし、快癒をお祈りさせて頂きたいのです」

ロベルトの言葉に勇気付けられ、バンローは携帯電話を手に取った。

「おお、アレックスか……。体調はどうだ？　おお、それは良かった……。一寸、訊ねるがお前、二日前の昼頃に、うちに立ち寄ったりは、しなかったか？　何？」

バンローはそこまで言うと、驚いた顔でロベルトを振り向いた。

「そうか、うちに来てたのか。知らなかったぞ。留守をしていて悪かったな」

どうやらロベルトの勘は当たっていたようだ。

「いや、その、今、バチカンの神父様がうちにいらしていてな、お前に聞きたいことがあるそうだ。替わっていいか？」

バンローはそこで携帯をロベルトに差し出した。

『娘のアレックスです。神父様、私に聞きたいことって、何ですか？』

アレックスの明るい声のトーンに、ロベルトは安堵《あんど》した。

「突然すみません。僕はバチカンの神父で、ロベルト・ニコラス。バンローさんのお悩みのことで、家にお邪魔させて頂いているところです」

『そうですか、有り難うございます。それで、父の悩みって？』

「実は二日前の午前十時半から十一時半までの間に、バンローさんの小切手が盗まれるという事件が起こりまして、丁度その頃にこの家を訪ねていらしたアレックスさんなら、何か気付いていないかと」

『小切手が盗まれた？』

「ええ、或《あ》るいは紛失したのかも知れません。貴女《あなた》はテーブルの上に置かれていた小切手を目撃なさいましたか？」

『いいえ、私は見ていません』

「貴女は何時頃に、この家を訪ねたのでしょう？」

『昼前の……十一時過ぎだったと思います』

「テーブルの上はご覧になりましたか？」

『特に意識して見てはいませんが、小切手を見た覚えもありません。私はただ、父を訪ねてインターホンを鳴らし、反応がないので、合い鍵で中に入り、部屋がそれほど散らかっていなかったので、父は元気なのだろうと安心して、帰ろうと思ったんです』

アレックスは二日前のことを思い出しながらなのだろう、ゆっくりと語った。

「ええ、それで？」

『そうしますと、エトが……ああ、父の飼ってるコザクラインコが、鳥籠《とりかご》から出ておりましたので、餌で釣ってインコを捕まえ、籠に戻して、父の家を出ました』

「バンローさんは、コザクラインコを飼っておられるのですか」

『ええ。私が子どもの頃から、もう何代もいます。玄関の窓際に鳥籠があるでしょう？』

その言葉に、ロベルトは玄関の窓際を見た。鳥籠は置かれていないが、確かに不自然な空きスペースがある。

「今日は窓際にはいませんね」

『では、父の書斎か寝室にいるのでしょう。今はエトとヘニーの二羽がいるのですが、エトは賢い子で、時々、籠から脱走するんです。父の管理が甘いのでしょうけど』

「参考になりました。他に気付いたことや、行ったことはありますか？」

『いえ、特には』

「そうですか。アレックスさん、貴女がご病気であったと、バンロー氏から伺いました。貴女の快癒と一層のご健康を、神父として心よりお祈り申し上げます」

『あら……。ご丁寧に有り難うございます、神父様』

ロベルトは電話を切り、平賀とバンローを交互に見た。

「二日前の午前十一時前後、インコがこの部屋にいたらしい。バンローさん、インコを飼っておられるのですよね？」

「インコですって？　是非、その子を見せて下さい」

平賀はテーブルに身を乗り出し、バンローを見詰めた。

「あ、ああ。今日は外が五月蠅《うるさ》くなると思って、儂《わし》の書斎に置いているんだ」

バンローはまんざらでもない様子で答え、スタンド式の鳥籠をリビングに持って来た。中には美しい緑の羽と胸元の赤い毛を持つ、二羽のインコが入っている。

「この二羽のインコは、親子ですか？　番《つが》いですか？」

平賀が訊ねる。

「オスのエトが一人で寂しそうで、メスのヘニーを迎えたんだ」

「成る程、番いですね」

平賀は穴が空くほど、インコの籠を見詰めた。

「少し、巣材がヘタっている気がします」

平賀はいきなり鳥籠の戸を開き、中に手を突っ込んだ。すると一羽のインコが羽ばたき、平賀の手を激しく突《つつ》いた。

「とても攻撃的です。そしてメスの方は巣から出てきません。もしかすると、妊娠の可能性があるかも知れません」

そして、奥の巣材の中には緑色のゴミのようなものが混じって見えます。これはインコの嘴《くちばし》に千切られた、小切手ではないでしょうか？」

平賀の言葉に、老眼鏡をかけたバンローとロベルトも鳥籠を覗《のぞ》き込んだ。

確かに、巣の中には緑色の紙の細かい切れ端が沢山見える。

「何だって……。それじゃあ……」

バンローは真っ青になり、窓から通りの喧噪《けんそう》を見た。

「はい。お金を盗まれたというのは、只《ただ》の勘違いでした。早くこのことをエイクマン司祭達に知らせないと、取り返しのつかないことに……」

平賀はそう言いながら、外へ駆け出した。ロベルトとバンローもその後に続く。

「皆さん、争いはやめて下さい！」

平賀が大声で叫んだ。だが、熱くなっている人々の耳には届かない。

するとバンローはエイクマン司祭の手から、もぎ取るように拡声器を取った。

『静かに！　皆、聞いてくれ！　儂の金が盗まれたのは、儂の勘違いだった！　小切手は家の中にあったんだ！』

キーンと割れるような機械音が辺りに響き、次の瞬間、エイクマン司祭と信者達の驚きの視線がバンローに集中する。

『皆、すまない！　ムスリムの皆さんにも、申し訳ない！』

バンローは深々と頭を下げた。

「し、しかし……停電のテロのことや、盗聴器のことは……」

オルトマンス神父が、未《いま》だ信じられないという顔で呟《つぶや》く。

「その調査はこれからです。ただ、何の証拠もなしに今、ここで争うことは間違いです」

平賀がキッパリと答えると、エイクマン司祭や信者達は、力なく項垂《うなだ》れた。

その時、一人の少年がバンローに近付き、微笑んだ。

「もういいよ、おじさん。僕も母さんから叱られてたのに、何度もおじさんの家を覗きに行ってごめんなさい。でもいつか、あの綺麗《きれい》な鳥を間近で見せてくれたら嬉《うれ》しいな」

3

すっかり意気消沈した信者達は糸が解《ほど》けるようにしてその場を離れ、平賀とロベルト、神父達は教会に戻った。

「どうも……お見苦しい所をお見せしてしまいました」

エイクマン司祭は、平賀達に詫《わ》びた。

「いいえ。町を守り、教会を守ろうとした皆さんのお気持ちは分かります。それに、バンロー氏は二十年前、ムスリムの男性の無謀運転で奥様を亡くしておられる。様々な思いが偶々《たまたま》、あのような形になって爆発したのでしょう。

第一、悪い泥棒が存在しなかったのは、良いことです」

ロベルトが穏やかに答える。

「そう言って頂けると、救われます」

エイクマンは小さく溜息《ためいき》を吐いた。

その隣でオルトマンス神父とベーレンズ神父は目配せをし合っていた。

「神に仕える私達が、隣人を疑ってしまった。その反省の意味を込めて、私達は今からしっかり教会の掃除に励もうと思うのです。平賀神父、そろそろ祭壇の掃除をしても構いませんか？」

オルトマンス神父が平賀に訊《たず》ねる。

「ええ。採取すべき物は採取し終わりましたから、大丈夫ですよ」

平賀が頷《うなず》くと、二人の神父は事務室から掃除道具を持って来て、祭壇を拭《ふ》き始めた。

埃《ほこり》を拭《ぬぐ》い、丁寧に水拭《みずぶ》きをした後、アルミ缶に入った薬品を塗っていく。

平賀は興味深そうに、二人の掃除の様子を見詰めている。

「一寸《ちょっと》お訊ねしますが、その薬品は何ですか？」

平賀はアルミ缶を指さして訊ねた。

「ガラスコート材です」

「拝見します」

平賀は床にしゃがみ、コート材のラベルを確認したり、蓋《ふた》を開けて匂いを嗅《か》いだりした。

「いつもこれを使っているのですか？」

「ええ、そうです。マホガニーの部分は水拭きをし、ステンドグラスの部分は最後にコート材をかけると、美しさが保たれるのです」

「成る程……」

平賀は暫《しばら》く黙り込んでいたが、今度は突然、エイクマン司祭を振り返った。

「エイクマン司祭にお訊ねします。この教会には、まだ私の知らない何かが隠されている気がします。今こそ全てを話して下さい」

するとエイクマンは少し顔を顰《しか》めたが、やがて観念したように小さく頷いた。

「司祭室でお話ししましょう。付いて来て下さい」

エイクマンが鍵《かぎ》を手に、司祭室へ入って行く。平賀とロベルトもその後に続いた。

司祭室には重厚な机と椅子、ソファセット、大きな本棚が三つ置かれている。

エイクマンは二人にソファを勧め、自分も向かいに腰をかけた。

「これからお見せするものは、代々の司祭しか知らない教会の秘密です。どうかお二人にも、秘密はお守り頂きたい」

「ええ、分かりました」

平賀とロベルトが頷く。

「では……」

エイクマンはゆっくりと席を立ち、一つの本棚の前に立った。そして、本の仕切り板を三枚、取り外して床に置いた。

それから本棚に手をかけ、体重をかけて押すと、驚いたことに大きな本棚はスライドし、床に地下へと向かう階段が現れる。

「仕切り板が、鍵の役割を果たしていたのですね」

平賀は瞳《ひとみ》を輝かせた。

「ええ。ここは、カソリック禁止令時代に、神職者や信者が摘発された時、隠れる場所として作られたものです。聖遺物やイコンも、ここで保管されていたのです」

エイクマン司祭はそう言うと、机の引き出しから懐中電灯を取り出して、地下への階段を照らし、降りていった。

平賀も鞄《かばん》から懐中電灯を取り出し、ロベルトと共にその背中を追う。

地下室の大きさは四メートル四方程度だろうか。照明らしきものは無い。

懐中電灯が舐《な》めるように地下室を照らしていくと、その光の中に、木造の二段ベッドや瓶詰の食料品が並んだ棚などが浮かび上がった。

続いて照らされたのは人の背丈ほどもある黒く巨大な旧型金庫で、古めかしい鍵穴があいている。ウォード錠といわれるものだ。

どうやら中世の形式のものを未《いま》だに使っているらしい。当時、ダイヤル式の金庫はまだなく、金庫は破壊に強い大型のものが使われていた。

ウォード錠の構造は、錠の内部に「ウォード」と呼ばれる障害物が設置されて回転を妨害し、正しい形状の鍵が挿しこまれた場合のみ、その障害に邪魔されることなく回転して施錠・開錠が可能となる、というものだ。

時代と共に形状が複雑化して、中世には、鍵の模様の精巧さや美しさを次第に競うようになり、渦巻模様、組み合わせ文字、注文主の紋章などを施した様々な鍵が誕生した。そして、鍵を次の世代に継承する文化が生まれた。

そうした鍵を継承する文化と共に、鍵作りの職人にも、芸術的で優美なものを作る者が現れ、時計はそうした職人が作り始めたともいわれている。

「随分、古い金庫なのですね。貴重な骨董品《こっとうひん》のようです」

ロベルトが言うと、エイクマンは嬉しそうに頷いた。

「普段、聖遺物はこの金庫に保管しております」

「成る程」

一方、平賀は小難しい顔で、ゆっくりと室内を歩き回っていたが、くるりとエイクマンを振り返った。

「ここ以外にも、隠し部屋はあるのでしょうか？」

「いいえ」

エイクマンが首を横に振る。

「私の気のせいでしょうか。何だか微《かす》かに、風の音が聞こえる気がします」

平賀の言葉に、エイクマンはハッとして顔を上げた。

「そう言えば……私自身、気にも留めていず、忘れかけていた場所があります」

エイクマンは金庫の前を横切り、部屋の突き当たりにある棚の所まで歩いていった。

壁にピッタリと付いて大きな棚が三つ並んでいる。

「この真ん中の棚を動かしたいので、手を貸して下さい」

「ええ」

平賀とロベルトは、棚に置かれた缶詰類や雑多な物を取り出し、隣の棚や床に並べていった。

それから棚の段に手をかけて持ち上げる。

「少し前へ運んで下さい」

二人はエイクマンに言われた通り、棚を運んだ。

すると不思議なことに、棚に隠されていた壁面に、絵画が飾られている。

縦百八十センチ、横百四十センチ程度の絵で、風車と運河が描かれていた。

エイクマン司祭は、その絵画に手をかけ、壁から取り外した。

するとそこにはぽっかりと、縦百五十センチ、横百センチ程度の穴が空いている。

「これは……？」

「いざという時、逃げる為に使用された穴だと、先代司祭から聞いております。しかし、二百年以上、使われたことはありません」

「成る程。坑道のような造りですね」

平賀は懐中電灯を翳《かざ》して、穴の内部を観察し始めた。

穴の両側には鉄の柱が間隔を置いて建てられ、天井には落盤を警戒したのだろう、薄い鉄板が貼られている。

平賀が穴に上半身を突っ込み、そのまま中へ入ろうとすると、エイクマン司祭は慌ててそれを止めた。

「おやめなさい。危険ですよ。二百年も使われておらず、老朽化した抜け穴です。何が起こるか分かりません。それに、出口ならとうに埋め立てられていますよ」

平賀は一旦《いったん》、穴から身体を出して振り返った。

「この道は、どこへ続いているのですか？」

「私もそこまでは……。森に続いていたとだけ、聞いております」

「そうですか……」

平賀は暫く無言で考え込んだ後、いきなりポケットからメジャーを取り出した。

そして地下室の採寸をし始めたのだった。

階段から部屋の突き当たりの穴までを測り、一人で階段を上っていき、上でも採寸をしているようだ。

ロベルトとエイクマンがそれを追って行くと、平賀は司祭室の採寸をしていた。

それが終わると、司祭室を出て行き、礼拝堂を測っている。

そうして又突然、ピタリと動きを止めた。

「何か分かったのかい？」

ロベルトが話しかける。

「ロベルト、それを確かめる為に、やはり私はあの穴に入ってみようと思います」

「だが、危険だろう」

「ええ。それでも確認しなければなりません」

「そうか。なら、僕も入ろう。二人なら危険を回避できる確率が高くなる筈《はず》だ」

「有り難うございます。では、リスクを回避する為の装備を用意しなければ。一度、ホテルに戻って情報を整理し、シン博士に必要な物資を送って貰《もら》おうと思います」

平賀はすたすたと歩き始めた。

ホテルに着くと、早速、パソコンからシン博士に電話をかける。

『お呼びでしょうか』

無表情のシン博士の顔が、モニタに映し出される。

「ええ。実は私とロベルトは、穴に潜らなければならなくなりました」

『穴に？』

シン博士の眉間《みけん》に皺《しわ》が寄る。

「はい。その為に必要な物を手配し、送って頂きたいのです」

『え、ええ。それは私の職務範囲ですので、どうぞ』

シン博士がペンとメモを構える。

「まず、防災用の丈夫なヘルメットで、電灯がついたものを二つ。

トンネル作業用の服と手袋、長靴を各二個。

小型の鶴嘴《つるはし》を二つ。小型のロープ杭《くい》を十本と金槌《かなづち》一つ、釘抜《くぎぬ》き一つ。フックが二カ所についた安全帯を二セット。これらの道具は全て腰に巻いて持てるように、腰袋や工具差しに入れて下さい。

遭難を想定して、一週間分の乾パン、一リットルの水を六本。携帯用酸素ボンベ二つ。救急医療キット二つ。

有毒ガスの探知機を一つ、酸素濃度計を二つ。あと、私の私物ロッカーに入っている軍用GPSもお願いします」

『分かりました。直ぐに手配します』

「他にも一つ、探して頂きたい機材があります。後ほどメールをお送りします。なるべく早くに送って下さい」

『勿論《もちろん》、善処しますが……。それにしても、ものものしい装備ですね。貴方《あなた》という人は、危険なことに首を突っ込まなければ、気が済まないのですね』

シン博士は捨て台詞《ぜりふ》のように言うと、プツリと電話を切った。

「随分な重装備なんだね」

二人の会話を聞いていたロベルトが話しかける。

「古い坑道に潜る場合、落盤はもとより、可燃性ガスや有毒ガスの発生、貧酸素化、そして足許《あしもと》の崩落などを考慮する必要があります。これでも最低限の装備です」

「そうか。軍用GPSというと？」

「はい、以前、ローレンに送って貰ったGPSのことです。なにしろ地下通路ですから、通常のGPSでは信号を感知できません。それに私の推測ですと、恐らく軽い電波障害が起こる可能性があります。その点、ローレンのGPSなら使えるかも知れません」

「成る程ね」

ロベルトは改めて、平賀がかつての右腕であったローレンに寄せる信頼は、絶対的なものだと感じたのだった。

4

翌日の昼。バチカンから急行便で、荷物一式が届いた。

二人は作業服を着て装備を固め、リュックを背負った。

凡《およ》そ、神父とは思えない姿である。そしてそのまま教会へと向かった。

司祭室の扉をノックすると、エイクマン司祭が驚き顔で二人を迎える。

「これから、穴に潜ります」

平賀は元気一杯に宣言した。

「危険と申し上げた筈です。おやめ下さい。何故、そこまでして……」

困惑するエイクマンの脇をすり抜け、平賀は本棚の前に立って、棚板を三枚外した。

本棚をスライドさせると、階段が現れる。

平賀は懐中電灯を翳し、地下へと下りて行った。

「エイクマン司祭にはご心配をおかけし、申し訳ありません。何とか教会にご迷惑をおかけしないよう、出来るだけの装備を調えてきました。

ですから僕達は大丈夫です。必ず無事に戻ります」

ロベルトは宥《なだ》めるように言って、平賀の後を追った。

地下室の棚は、移動したままになっている。壁には絵画がかかっていた。

その絵を壁から取り外すと、穴が現れる。

「平賀。僕が前を行こう。体力的に多分、その方がいいだろう」

「そうですか。では、お願いします」

ロベルトはベルトに安全帯をつけ、一つのフックを手に持った。もう一つのフックは平賀のベルトと結んでおく。

リュックと酸素ボンベは、腹側に抱えるようにして負う。

そこまでの準備が終わると、ロベルトは大きく身を屈《かが》めて穴に入った。

すぐ後から、平賀が付いて来るのが分かる。

ロベルトは腰袋からロープ杭を取り、金槌で壁に打った。杭の頭は丸い穴状になっているので、そこに安全帯のフックをかける。

続く平賀が同じ場所を通る時、ロベルトの安全を確認したら、釘抜きで杭を抜き、前のロベルトに手渡す。これを繰り返すことで、足許の崩落事故を防ぐのだ。

時々、GPSで現在位置を確認したり、毒ガス検知器をチェックしたりする。

行き詰まるような時間が、延々と続いた。

秘密の抜け道は、想像以上に長く、ずっと這《は》いずる姿勢を続けているので、あちこちの筋肉が軋《きし》むようだ。

ロベルトが時計を確認すると、既に穴に潜って四時間半が経過していた。

「少し休憩しないか？」

「そうですね。まだ先は長そうです」

二人はリュックから水を取り出し、乾パンをつまんで少し休憩を取った。

ここまで無事なのは幸いだが、何処まで進めばゴールに着くのか分からない、狭くて暗い穴である。

ロベルトは息苦しさを覚え、襟元のボタンを一つ外した。

休憩が終わって再び進んで行くと、今度は道が左方向に大きく曲がった。

そして又、真っ直ぐな道になる。

「平賀、記録はちゃんと取れているかい？」

「はい。地図上に、GPS信号が発信された経路を保存しています」

平賀は恐れを知らぬ様子で、淡々と答えた。

（とにかく進むのみか……）

ロベルトはひたすら無心になり、懸命に穴の中を進んだ。

穴に入ってから凡そ六時間が経過した頃だ。大気中の酸素濃度が少し低くなり、二十パーセントを切った。

「平賀、酸素濃度が十九・五に落ちた」

「十六パーセントを切るまでは大丈夫です。十六パーセントを切ったら、行きと帰りの時間を計算して、酸素ボンベを使用しましょう」

ろ過して吸着された……


「分かった」

酸素濃度計を気に留めながら、尚《なお》も進んでいく。

それから三十分程進むごとに、酸素濃度は、〇・五パーセントずつ落ちていった。

ついに酸素濃度が十六・六パーセントになった時、平賀がロベルトに呼び掛けた。

「酸素ボンベを使いましょう。約二時間半は持ちますから、ここから一時間、行けるところまで行って、引き返すのが良いと思います」

「ああ、分かった」

ここまで頑張って、ゴールに着けないというのは残念だ。しかし、永遠に潜り続けている訳にもいかない。

（さて、どこまで進めるのか……）

時計を見ながら危惧《きぐ》していると、丁度五十分後、ロベルトが穴の突き当たりに到達した。

エイクマン司祭の言った通り、出口は埋め立てられている。

「ここは、どの辺りだい？」

ロベルトの言葉を受け、地図で確認していた平賀は、嬉《うれ》しそうな声で言った。

「フーベルグ国立公園の中です。きっと此処《ここ》が、抜け道の到着点に違いありません」

二人はゴールに行きついた事を喜び、再び来た道を引き返した。

帰り道は、行きよりは心理的に安心できたが、体力的には厳しい道中であった。二人は短い休憩を何度も挟みながら、前へ進み続けた。

どうにか元の地下室まで戻り、穴から出ると、椅子に座って舟を漕《こ》いでいるエイクマン司祭の姿が、二人の目の前にあった。

「エイクマン司祭。どうして此処に？」

平賀の声に気付いたエイクマンは、薄目を開いた。

「おお……無事に戻られたのですね。余りにお帰りが遅いので、事故にでもあったのではと、心配だったのです」

「ご心配をおかけしました」

「それで、何か分かりましたか？」

「はい。抜け道の先が、フーベルグ国立公園まで達していると分かりました。司祭が聞いていた話は正しかったのです。森の中ですよ」

平賀はニッコリ微笑んだ。

「そんなに遠い所まで……」

エイクマンは目を白黒させている。

「司祭もお疲れでしょう。僕達も疲れました。帰ってゆっくり休みましょう」

ロベルトの言葉に、平賀とエイクマンは大きく頷《うなず》いた。

平賀とロベルトが教会を出ると、夜明けであった。

まだ静かな街並みに小鳥の声が響き、清々《すがすが》しく新しい空気が満ちている。

それは今まで穴倉に籠《こ》もっていたロベルトの肺を浄化していき、彼を蘇生《そせい》させるかのようだった。

ロベルトと平賀はどちらからともなく伸びをして、思い切り深呼吸した。

朝焼けの眩《まぶ》しい光の下を二人は歩き、ホテルに着くと、ベッドに倒れ込んだ。

5

ロベルトが目覚めると、午後一時過ぎであった。

平賀は相変わらず、パソコンに齧《かじ》り付いている。

「君、ちゃんと寝たのかい？　シャワーは？」

「寝ましたよ。シャワーは今から、浴びようと思っていたんです」

平賀は振り返らずに答えた。

「本当かい？　で、今日の予定は？」

「抜け道のルートをなぞり、地上を歩いてみたいと思います。教会から抜け道の突き当たりまでの距離は、およそ十八・四キロです。先程、シン博士に頼んでいた機材も到着しましたので、いつでも行けます」

平賀は振り返り、苦も無さそうにニッコリと笑った。

「十八・四キロか……。五時間程度はかかるだろうね。飲み物と食事も調達しないと」

すると平賀は不思議そうな顔をした。

「食事は昨日の乾パンがありますし、水は冷蔵庫にありますよ」

「やれやれ……。今日も大変になりそうだ。さっさとシャワーを浴びるとしよう」

ロベルトは立ち上がった。


ロベルトが乾パンと水の入ったリュックを背負い、平賀は首から双眼鏡を吊《つる》し、黄色い機械を手に持った。

二人はまず、当然ながら聖ファン・クーレン教会にやって来た。

平賀が地図を確認しながら、教会の周囲を歩き、ある場所で立ち止まる。

「抜け道の始発点はこの辺りです。昨日進んだ道と地図を合わせながら、出来るだけ正確に歩いていきましょう」

平賀はそう言うと、道路を無視して、奇妙な斜め歩きを始めた。

地下は通れても、地上には建物などが建っていて、通れない場合もある。

そんな時は、出来るだけ近くの道を歩くことになる。

平賀は何を観察しているのか、双眼鏡や手にした機材を見ながら歩いている。

「どうだい、何かお目当ての物は見つかりそうかい？」

「いいえ、まだですね。こんな街中で見つかるとは思っていないのですが、一応、念の為です」

平賀は短く答えて、黙々と歩いて行く。

時にはトラムの線路の上を、時には車が往来する国道を横切り、或《あ》るいは高速道路の橋桁《はしげた》の下を縫うようにして歩く。

いつ交通事故にあってもおかしくない状況だ。

ロベルトは、往来する車や自転車、人々に気を配っていたが、平賀はそれには無関心な様子である。

途中で幾度か、ロベルトは危険を感じて平賀の歩行を止めた。

(これは一人で歩かせなくて、良かった……)

歩き始めて三時間近くが経ち、ロベルトは額にびっしりと汗をかいていた。

「平賀、少し休憩を取らないか？」

「ええ、構いませんが」

平賀は小径《こみち》にあるベンチに向かってトコトコと歩いた。

二人はベンチに座り、ロベルトは水と乾パンをリュックから取り出した。

二人で乾パンを齧りながら、水を飲む。

「ずっと気になってたんだが、その機械は何なんだい？」

ロベルトは平賀が抱えている黄色い機械を指差した。

「磁気測定器です。正確に磁気を測る場合、もっと優れた機材があるのですが、そうなると大型で持って歩けません。こちらの携帯タイプは、電線の磁気にも反応してしまうという欠点があるのですが、理論的にはこれでも測定可能な筈《はず》なんです」

「何の測定だい？」

「地面に、星状の磁場の乱れがあるかどうかです」

そう答えると、平賀はまたすっくと立ち上がった。

そうして歩き始める。

やがて、幾つかの危険な道のりを通ってきた二人の目の前に、萎《しお》れた草原地帯が開けた。

その向こうに深緑が広がっている。

「どうやらここからが、フーベルグ国立公園です」

平賀は草原の中へと足を踏み入れた。

暑さのせいだろう、足元の雑草は、萎れて茶色くなっているものも多い。

風が吹くたびに、かさかさと乾いた音が、辺り一帯に響いた。

平賀は真っ直ぐ、森へと向かって行く。

森の上空には、鷹《たか》らしき大型の鳥が、大きく弧を描いて飛んでいる。

やがて繁った葉と枝が無尽に交差する深い森が、目の前に現れた。

その中へ足を踏み入れると、涼気が足許《あしもと》から立ち上り、しんと辺りが静まり返る。

時折、強い日差しが思い出したかのように、頭上の葉の間から降り注いだ。

昨日の疲れが残っているのか、ロベルトは軽い眩暈《めまい》を感じた。

平賀は黙って歩き続けていたが、森が途切れ、小さな野原になった場所でとうとう立ち止まった。

「この辺りが抜け道のゴールに近い場所です。どうやら目当てのものが、ありそうです」

平賀は両手を地面について、這《は》いつくばった。

その目は地面に釘付《くぎづ》けになっている。

ロベルトが傍らへ歩いて行き、平賀の視線の先を見ると、辺りの草が黒く焼け焦げた跡がある。

「おや。誰かが焚《た》き火《び》をしたのかな？」

ロベルトは首を傾げた。

平賀は無言で立ち上がり、磁気測定器を地面の焼け焦げ部分に近づけながら、測定器の示す数字を確認し、周辺をぐるぐると歩き出した。

そうして、何度も測定器の数値を観察しては、移動する。

やがて、平賀は納得した表情で頷いた。

「間違いありません。地面の草が焦げた周辺に、大きな星状の磁場の乱れが観測されます」

「それはどういう意味なんだい？」

「地面に大きな星状の磁場の乱れがあるということは、其処《そこ》に大きな雷が落ちたという証《あかし》なんです」

「ここに雷が？　それと奇跡が関係あるのかい？」

「理論的には、教会に光球が出現した原因が、説明可能になります。ですが、まだ推論でしかありません」

平賀はそう答え、再び地面に目を落とした。

「あっ」

その時、平賀が短く叫んだ。ロベルトは、その推論とやらを聞きたかったが、どうやらタイミングを逸してしまったようだ。

「どうかした？」

「ええ。ロベルト、私はさっき無意識に拳《こぶし》を握って、相撲の立ち合いのような姿勢で、地面に押し当てていたようです。此処《ここ》の地面は柔らかいようで、その痕《あと》が残っています」

「それが何か？」

「とても重要な発見です。ロベルトも、これを見て下さい」

平賀が地面についた窪《くぼ》みを指さしたので、ロベルトも平賀の傍らに座り込んだ。

平賀の拳の痕が、地面に曲線を描いている。

平賀はその曲線の上方から少し離れた地面に、人差し指で五つの穴を開けた。

すると、それは丁度、小さな人の足跡のような形になった。

「何だか懐かしい遊びだね。子どもがよくやっている」

「ええ、こんな簡単なことが分からなかったなんて……。ロベルト、教会の黄金の足跡は、こうやって作られたのですよ」

「えっ？」

「あの教会の足跡にも、これと同じような数本の皺《しわ》らしき痕があったんです。そして、土踏まずは大きく凹み、足指のつけ根に縒《よ》れた皺がありました。

シン博士のシミュレーション動画の人物がおかしな歩き方をしていたのも納得です。

あれは生き物の足跡ではなかったんです」

「つまり、誰かの悪戯《いたずら》ってことになるのかい？」

「意味は分かりません。でも、あの足跡が人為的に作られたことは、間違いありません。

恐らくは拳を握った状態で、小指と小指球の側を床に押しつけ、その際接地する部分に糊《のり》のようなものを塗っておいたのです。そして、人差し指にも糊を塗って、床に押し当てた。その上から、金箔《きんぱく》を押し当て、刷毛《はけ》で擦ると、糊のついていない部分は剝《は》がれ、糊の部分に金箔が残ります。

しかし、人の拳には皺があり、その部分の糊が付着しなかった。だから、あの足跡の皺の金箔は縒れていたんです」

「そうか……。そんな幼稚な手に、うっかり嵌《は》まってしまうとはね」

ロベルトは大きな溜息《ためいき》を吐いた。

「それにしても、平賀。誰が何の目的で、そんなことをしたんだろう？」

「分かりません。ですが盗聴器の一件といい、聖ファン・クーレン教会には不審なことが多いです」

「ふむ……そうだね」

「ここで考えていても仕方ありません。早速、金の足跡の検証をしましょう。画材店で金箔と糊を買って、実験です。帰り道はトラムを使いましょう」

平賀の言葉に、ロベルトはほっと胸を撫《な》で下ろした。

「そいつは助かるよ。昨日といい、今日といい、キツかったからね」

二人は携帯のマップで画材店と、近くのトラムの駅を探した。

※　※　※

ホテルに戻ったロベルトは、一旦《いったん》、ここまでの調査結果をレポートに纏《まと》めることにした。

平賀はというと、金箔と糊を持ってバスルームに籠《こ》もり、実験している様子だ。

そうして暫《しば》くすると、バスルームから飛び出して来た。

「これから一寸《ちょっと》、教会へ行って来ます。やはり現場で実験結果を確認したいので」

「そう。行ってらっしゃい。気を付けるんだよ」

「はい、行って来ます」

バタバタという足音が遠離《とおざか》り、室内は静まりかえった。

ロベルトは纏めたレポートをバチカンのサーバにあげ、シャワーを浴びて、ベッドに寝転んだ。

(僕はこんなに疲れているのに、平賀はどうしてあんなに元気なんだ?)

そんなことを思いながら、ウトウトと微睡《まどろ》んでいた時だ。

パソコンがメールの呼び出し音を立てた。

欠伸《あくび》を嚙《か》み殺しながら起き上がり、モニタを見ると、差出人は「文書解読部、ダニオ・マルコ」とある。

ロベルトは確かに、聖徒の座の文書解読部に所属しているし、差出人のメールアドレスも奇跡調査官が使っているもので間違いない。ところが、文書解読部内に「ダニオ・マルコ」なる人物は存在しない。少なくとも、ロベルトは知らない。

訝《いぶか》しく思いながら、メールを開く。

『やあ、ロベルト君。とあるネットの掲示板に投稿された画像を送る。

君なら当然、この謎が解けるだろうね』

メールはたった二行だった。しかし、その人を食ったような上から目線の文面には、よくよく見覚えがある。

ローレン? そう、これは恐らくローレン・ディルーカからだローレンはバチカンの強固なサイバーネットワークを築いた天才ハッカーだ。今はバチカンから脱走して行方不明だが、何処にバックドアを仕掛けていてもおかしくない。

それにしても、普段なら必ず平賀に連絡を寄越すローレンが、どうして自分にメールを送ってきたのだろう、とロベルトは首を傾げた。

こんなことは、初めてだ。

ロベルトは、そのメールに添付された二十八枚の写真を慎重に見ていった。

添付写真は雑多な内容で、雑誌の切り抜きのような画像から、パブで写したと思われる画像、かと思えば、建設現場の立て看板の写真、他にも様々ある。

日付は、去年のクリスマスから今年の六月十九日まで。

六月十九日といえば、聖ファン・クーレン教会の聖遺物巡礼の前日だ。

奇跡と何かの関係があるのだろうか……。

ローレンめ、平賀になら親切に協力するくせに、
僕にはこんな謎かけをしてくるなんて……
まるで僕を試そうとでもしているみたいじゃないか
そこまで考え、ロベルトは確信した。
そうだ。ローレンは恐らく自分を試しているのだ。ローレンと対等に話が出来る人間か

どうかを判断する為に。

だとすれば、平賀には内緒で、この謎かけを一人で解かねばならないだろう。

もし、平賀の力を借りたなら、それは忽《たちま》ちローレンの知るところとなるだろうし、気分を害した彼が次にどんな手に出るか、それは分かったものではない。

すっかり目を覚ましたロベルトは、利き目にモノクルをつけ、目の前の画像を一つずつ、丁寧に観察し始めた。

6

「ロベルト、教会に残った足跡と、私が作った足跡の特徴が一致しました！」

ホテルのドアが開き、平賀が嬉《うれ》しそうに言いながら、駆け込んで来た。時計を見ると、
画像を見始めてから一時間余りが経っている。

「そう、それは良かったね」

ロベルトはモノクルを外し、パソコンの画面をそっと消しながら微笑んだ。

「ロベルトは何か調べ物をしていたんですか？」

平賀が小首を傾げる。その様子を見るに、やはりローレンは、平賀に連絡を取っていな
いようだ。

「いや、特に何でもないよ。これまでの調査を纏めていただけさ」

「そうですか。取りあえず、足跡の謎はこれで解けました」

平賀は鞄《かばん》を床に置き、パソコンを取り出しながら言った。

「だけど、誰がそれをしたかは分かっていないよ。それに……」

ロベルトは少し考えて、コーヒーメーカーの前に立った。

「今、少し時間はあるかい？」

「ええ、一段落といったところです」

「じゃあ、コーヒーを淹《い》れるよ。そしてもし良ければ、昨日から君が調べているものについて、そして教会に出現した奇跡の光球について、君の推論というやつを聞かせて欲しいんだけど」

「はい、分かりました」

平賀は椅子に座り直し、背筋を伸ばした。

ロベルトがコーヒーを淹れ、平賀に向き合うようにして、窓辺のソファに座る。

平賀はコーヒーを一口飲んで、話し始めた。

「昨日からの調査で分かったことは、教会に現れた光球が、球電現象だった可能性が非常に色濃くなった、ということです」

「球電現象？　何だい、聞き慣れない言葉だな」

「球電現象とは、自然界でごく稀《まれ》に発生するもので、球状になった十センチから百センチ大の暖色あるいは青白い光が空中を浮遊する現象のことです。ただし、事例や目撃例が極めて少ない為、科学的研究は殆《ほとん》ど進んでいません。

一説によれば高熱を伴うとも、高電圧が発生するとも言われています。

球電現象の目撃例が少ない理由は、それが大抵、雷雨の時に出現し、かつ居住区以外の場所で発生する確率が高いから、と考えられています。

私はまず、教会の磔刑《たっけい》のキリスト像が磁気を帯びていることを確認しました。

それからあの隠し通路のゴールである場所に、落雷の痕《あと》を確認できました。

それらのことと、奇跡の起こった日の天候が夜は曇りで、翌日の朝方に激しいにわか雨が降ったこと。つまり天候が不安定であったことから考えて、あの日、フーベルグ国立公園に雷が落ちた、という可能性は比較的高いと思うのです。

あの草原の焦げ痕の場所には、新しい草は生えていませんでした。ですから、落雷が非常に近い時期に起こったとは言えるでしょう」

「けどさ、その球電現象とやらは、居住区以外の場所で発生するんだろう？　どうして教会に発生したんだい？」

「はい、ごく稀に、風雨が全くない状況での目撃例も存在します。そうした場合、遠方で、落雷が起きていたというケースが多いのです」

「そうなんだ」

「はい。私もよりによってあの教会で何故、極めて稀な球電現象が起こったのか、色々と仮説を考えましたし、論文なども調べました。

まず、これまで唱えられた球電の発生原理については、次の通りです。超電導プラズマを原因とする原理。輪状電流モデル原理。核崩壊反応モデルの原理。プラズマモデルの原理。誘導性モデルの原理。交換相互作用モデルの原理。帯電した気泡モデルの原理。気化したケイ素モデルの原理などです。

一つ一つご説明しても構わないのですが、今回はこの奇跡に関する私の推論からお話ししたいと思います」

「ああ、それは僕にも有り難い。頭が痛くなりそうだからね」

「私は教会に出現した球電は、気化したケイ素モデルの原理に適《かな》っていると思います」

「早速、それを説明してくれないか。簡単で構わないからさ」

ロベルトはコーヒーの香りを吸い込み、一口飲んだ。

「はい。気化したケイ素モデル説を唱えたのは、オーストラリア連邦科学産業研究機構と、オーストラリア国立大学の研究者達です。彼らが注目したのは、『球電が窓の近くに現れた』という目撃談が複数あった点でした。

有名な例としては、戦闘機や飛行機のコクピットのガラス風防越しに球電を目撃したとか、窓の内側から発生したというケースがあります。

ガラス窓というのはケイ素化合物です。球電をケイ素の燃焼とするなら、どのような条件で起こりえるか、研究者達は様々な理論を組み立てたのです。

まず一つの説として考えられたのは、雷が地上に落ち、高熱と光を放った後、通過経路に帯電したイオンの帯が残る、というものです。

そうした場合、正イオンと電子は、ほぼ瞬間的に結合し、帯電しない分子となり、残りのイオンは地面に引き寄せられます。

ですが、一部のイオンが窓ガラスなどの絶縁体の外側に凝縮し、ガラスの片側に電場を作りますと、それがガラスの反対側に誘電現象を起こし、ガラスの部屋側に自由電子が集まります。

そのエネルギーが充分に大きい場合、周囲の空気を構成している分子の電子を弾《はじ》き飛ばし、それと共に光子《こうし》を放出し、光り輝く球になるというものです。

その研究論文は、球電の発生を数学的に説明した論文として、初めてのものでした。しかし、この理論に基づいて、実験室で球電現象を再現し、検証する為には、一億ボルトの電位差を作り出す装置が必要で、かなり不可能に近い作業になるとのことです。

他にも、ケイ素を球電の原因とし、別のアプローチをした科学者がいます。

イスラエルのテルアビブ大学の科学者です。

彼は電子レンジのマグネトロンを利用し、電磁波をケイ素化合物であるガラス、シリコン、また半導体であるゲルマニウムで出来たセラミックの一点に集中させました。

すると、セラミックが溶けて気化したものが、直径三センチほどの、クラゲのように震えて浮かぶ火の玉となって出現したんです。

これが実験室で初めて作り出された球電で、数十ミリ秒の間、存在していたということです。私の考えですが、半導体であるゲルマニウムとケイ素化合物であるガラスを混合させることで、電磁波を当てた時、セラミック内部での電気伝導性が高くなり、ガラスの中のケイ素が帯電し、それが気化して球電となったのでしょう。

実験者達も、落雷による影響で、地中に含まれているケイ素が一瞬に蒸発し、微粒子となって大量に空中へ放出された際、集まり合いながら燃焼し、熱と電気を帯びながら火の玉のような球体を形作ったものが球電だと結論付けました」

「えっと……一寸《ちょっと》いいかな。セラミックのような固い物質が、電子レンジで気化するものなのかい？」

「はい。ロベルトは電子レンジで物が温まる仕組みをご存じですか？」

「確か、食品なんかに含まれる水分が震える、とか聞いたことがある」

「そうです。電子レンジが物を温める仕組みは簡単で、食べ物などに必ず含まれる水分の水分子に、マグネトロンからマイクロ波を照射すると、電界が発生し、電界の反転に応じて電気双極子である水分子が回転、振動し、互いに摩擦しあって熱を発生するのです。

この現象を電子レンジの誘電加熱といいます」

「その……電気双極子っていうのは？」

「電気双極子とは、大きさの等しい正負の電荷が無限小の間隔で対となって存在する状態のことです」

「へえ……そうなんだ。凄《すご》いんだね」

　ロベルトは自分が愚かな質問をしたと後悔した。

「はい。とにかくマグネトロンの照射を受けた分子は回転、振動して摩擦熱を帯びやすいと覚えておいて下さい」

「まあ、そこまではね」

「それでですね、元が電気双極子である水ではなくても、ある分子が強い電場の中におかれると、電子と原子核はそれぞれ反対方向に力を受けて分極します。

つまり誘起双極子モーメントという、他動的に電子分極子になる状態が生じ、熱を発して蒸発するのです」

「一寸、専門的な部分は分からないんだけど、つまり君はあの教会の祭壇のステンドグラスが、落雷の何らかの力を受けて蒸発し、球電が生まれたと言ってるのかい？」

　ロベルトの言葉に、平賀は少し考え、頷《うなず》いた。

「ごく簡潔に言えば、そうなりますね。但し、その為には様々な条件が必要でした」

「条件というと？」

「例えば遠くの落雷が原因で、聖ファン・クーレン教会の祭壇に限って、球電現象が起こる理由が不可解でした。教会よりもずっと落雷に近い場所に、ガラスは山のようにあるからです。

　しかし、あの教会の隠し通路、そして土中に突き立てられた磔刑の十字架とキリスト像、さらに祭壇のステンドグラスを磨いたというガラスコート材。そして勿論《もちろん》、あの日の気象条件。それらが整った結果、球電発生の条件が満たされたんです」

平賀は瞳《ひとみ》をキラキラと輝かせた。

「まだ話がよく見えないんだけど……」

「では、落雷からご説明します。

雷というのは、電流の強さとしては、数万から数十万アンペア、電圧としては一億から十億ボルトという、途方もない電気エネルギーの塊です。

その巨大な電気エネルギーが奇跡の夜、地面に直撃したと仮定します。

通常、地面に落ちた雷のエネルギーは徐々に拡散して無くなるものですが、もしも電話回線や信号線、同軸ケーブル、電力線などに落雷した場合、いずれかの回線を伝って、建物の内部にもエネルギーが侵入するという現象が起こります。

落雷のもたらすこうしたエネルギーを雷サージと言いますが、建物の内部に直接、雷サージが侵入することになるんです。

私達がフーベルグ国立公園で発見した落雷の跡は、鉄の柱がむき出しになっている聖ファン・クーレン教会の隠し通路を通り、教会の地下へ到達したんです。電気伝導体である鉄骨に雷サージ電流が流れ、瞬く間に教会内部へと侵入して来たんですよ」

「ああ、成る程……。鉄で囲まれた隠し通路自身が、電気を通すケーブルのような役割を果たしたという訳か」

「はい。そして、私があの地下室や礼拝堂をメジャーで計測したところ、あの地下室は祭壇のほぼ真下にありました。

だから落雷の電流は、地面に刺さったブロンズの十字架へと流れ込んだんです。

すると、建物や大地への落雷による大地電位の上昇によって、接地から逆流してくる過電流、即ち逆電流が、十字架を駆け上がることになります。

大量の雷サージが流れた十字架は、ステンドグラスに接していました。

そしてステンドグラスの表面で被膜を作っていたガラスコート材に、雷サージによる過電圧が印加されたんです」

「ガラスコート材に？」

「はい。あのコート材の成分には、アンチモンドープ酸化錫《すず》の超微粒子などが含まれており、電気伝導率が非常に高かったのです。

こうしてステンドグラスの表面に高電圧がかかり、沿面放電が起きます」

「ほう……」

「沿面放電というのは、絶縁物上に置いた電極に高電圧をかけると、絶縁物の表面に沿って放電が起こる現象です。高電圧下で使用される絶縁物の機器などが、沿面放電によって壊れることもあるんです。

ガラスも例外ではありません。

ステンドグラスの表面に雷サージのような大きい電流が流れ、沿面放電が起こった場合、瞬間的にアーク放電が生じ、そのエネルギーでステンドグラスの表面が帯電し、蒸発、気化した。そしてそのエネルギーを貰《もら》った分子が、球電現象を発生させた。

それがあの奇跡の日の光球現象だったんです」

「ふむ……。あの光球の正体は、気化したステンドグラスという訳か」

「はい、そのように考えられます。あの祭壇が球電発生器として作用したんです。

球電の目撃例を見てみますと、球電には赤から黄色の暖色系の光を放つものが多いとされています。しかし、白や青、或《ある》いは色が変化するケースもあるようなんです。

珍しい例では、灰色やごく稀に黒、金属の光沢を持つものもあるのだとか。

恐らくその色の違いというのは、気化した分子の内容によるのでしょう。

今回の場合はステンドグラスでしたから、様々な酸化金属分子なども混ざっていた筈です。それが虹のような様々な色彩を次々に纏《まと》う光になったのだと考えられます。

ちなみに球電の大きさは十センチから三十センチ程度のものが多いと言われますが、今回のように一メートルを超えるものの目撃例もあります。

私が計測したステンドグラスの溶解痕《こん》の体積から考えると、固体が気化する際に体積が膨張することも考慮すれば、あの奇跡の光球の大きさになり得ます。

そうして発生した球電は、気化によって分子間の距離が広がり、膨脹して、空気より軽くなって宙に浮いたのです。

これまでの研究によれば、球電というものは激しく発熱・放電・プラズマ化している物体といわれ、又、電気を帯びた金属、例えば洗濯機のようにアースのついた家電等に引きつけられるという性質を持つことから、教会の天井にあったシャンデリアに引きつけられて移動し、そこで電気エネルギーを失って消えたのです」

平賀は語り終え、満足そうにコーヒーを飲んだ。

「よく分かったよ、有り難う。だけどさ、あの奇跡が球電現象だったとしても、それと同時に三人の神父や多くの信者達が奇跡体験をしたという説明にはならないんじゃないかい？」

ロベルトの言葉に、平賀はニッコリと微笑んだ。

「そう、そこですよ、ロベルト。私もそこが知りたいのです。その謎を解くために、更なる調査が必要です。明日からはそちらに取り掛かる予定です」

平賀の声は弾んでいる。

「また教会に通うのかい？」

「いえ、一寸別の方法を考えています。その為の機材も今朝、手配しました」

「そうか。じゃあ、そっちの調査は君に任せたよ。僕の方は、聖遺物の件を追ってみる。又、公文書館通いをするよ」

ロベルトはそう言ったが、公文書館に今まで以上の手掛かりがあるとも思えなかった。

それより先にやるべきは、ローレンから送られてきた写真の謎を解くことだろう。

あのローレンなら、自分達が今追っている奇跡のことを知り、ヒントになるメールを送ってきたに違いない。ならば、あの写真の中に何かの情報がある筈だ。

それは、平賀には知らせたくないような危険な情報の可能性もあった。しかし、危険を恐れてローレンの挑戦を退けるという選択肢も有り得ない。

ロベルトは平賀に知られず写真の謎を解く為に、図書館に行こうと考えたのだった。

第六章　残された謎

1

翌朝、二人は久しぶりにゆっくりと朝食を摂《と》った。チーズとハムとキュウリのサンドウィッチ、そしてロベルトが朝市で買った蟠桃《バントウ》と呼ばれるフルーツだ。

平賀は朝食を終えるとパソコンの前に移動し、調べ物を始めた。

「じゃあ、僕は行ってくるよ」

「はい。私は機材待ちですので、このままホテルに居ます」

「そう。お互い、いい結果が得られるといいね」

ロベルトは自分のノートパソコンを持ち、公文書館に向かうふりをして、図書館に向かった。

目指すのは旧市街北部にある図書館だ。

旧市街は店舗からカフェ、公共施設までアンティーク建築を活用した施設が多い。特に旧運河沿いとドム塔の付近は、絵葉書やガイドブックの写真にもよく登場するエリアで、年間を通じて各国からの観光客で賑《にぎ》わっている。

その一角にユトレヒト・セントラル図書館がある。

アンティークなバルコニーがある瀟洒《しょうしゃ》な外観は、図書館という堅いイメージとは違ったお洒落《しゃれ》な雰囲気を醸し出していた。建物の中は出入り自由だ。

ロベルトはステンドグラスが見事だという最上階に上がった。

見上げると、ブルーとブラックを基調とした、二等辺三角形の幾何学的な模様のステンドグラスが八枚連なって、八角形の天井を形造っている。

確かにシンプルな美ではあるけれど、
教会のステンドグラスの豪華さには敵《かな》わないな……

ロベルトはそんな事を考えながら、番号が三百まで振られた長いテーブルに腰を下ろした。

パソコンを開き、改めてローレンから送られてきた画像を開いていく。

画像を拡大や縮小させながら観察していたロベルトは、画像の中に必ず意味不明な活字が写りこんでいるのに気付いた。

それらをよくよく見てみると、活字はどれも同じフォントで綴《つづ》られているようであったが、画面から文字だけを抜き出して並べ比べてみると、ほんの少しだけフォントの形が変わっているものがある。

これは、もしかするとフォントコードだろうか？

フォントコードとは、秘密のメッセージを送りあう為に闇サイトで使われていると噂の暗号である。メッセージの謎を解く鍵《かぎ》はフォント、即ち文字の形にあるのだ。

フォントコードは、所謂《いわゆる》ステガノグラフィーの一種である。

ステガノグラフィーとは、秘密の情報を別のデータに埋め込んで、特定の相手にだけ情報の抽出方法を教える手法だ。

起源は古く、ヘロドトスの歴史書に、木の板に書いた文をワックスで隠した例が挙げられている。また、使者の毛を剃《そ》った頭に刺青《いれずみ》を施し、髪の毛が生えるのを待って、相手側に送り、相手側は毛を剃って、文章を読み取ったという史実もある。

現代のフォントコードのやり方は、次の通りだ。

ヘルベチカやタイムズ・ニュー・ローマンといった一般的なフォントに、コロンビア大学の研究者が開発したフォントコードと呼ばれるソフトを使用すると、ほんの少し、文字を太らせたり、幅や高さ、曲がり具合等を変形させたりすることができる。

その変形させたフォントに、本来とは別の意味を与えたり、別の読み方をさせたりする暗号コード表を当てはめることで、相手にメッセージを送るという仕掛けである。

勿論《もちろん》、テキストエディター間でテキストをコピーペーストすれば、埋め込まれた秘密のデータは消えてしまう。

ローレンは、ネットの掲示板に掲載された画像を送った、と言っていた。掲示板は、不特定多数の人々が気軽に利用するものだ。

ローレンから送られた画像が一メガ以下であることから、特殊で複雑なフォントコードというより、もっとシンプルなコードである可能性が高い。

ロベルトはそう考えつつ、画面を凝視した。

フォントコードにおいて一般的に、大文字のＩやＪのように単純な形の文字は、多少いじると分かりやすいので大体、そのままにするのがセオリーだ。しかし、小文字のａやｇならエッジや曲線が多く、どこか一部を太くするなどの加工が容易となる。

ロベルトは隠された情報を探し出す為に、変形されたフォントを画像から抜き出した。

思った通り、大文字には変形が見当たらない、小文字には変形がある。

ひたすら変形されたフォントを抜き出して印をつけ、元の文章と合わせてテキストで打つ。そうして出来た文字列を日付ごとに区分けして観察する。

非常に細かな作業であった。あっという間に二時間余りが経過する。

それが終わると、今度は解読の手掛かりを見つけなければならない。

単純なフォントコードであれば、ロベルトが日頃パソコンに入れている暗号学習ソフトのアルゴリズムを使えば見破れそうだ。

ロベルトは十二月二十五日の日付がついた二つの写真に写るフォントを見比べ、その冒頭付近に同じ配置の十五文字の文字列を見つけた。

この日にちなんだ十五文字の言葉といえば、『merry christmas』の可能性が高い。

これで、m,e,r,y,c,h,i,s,t,aの十文字のコードを手にしたことになる。

アルファベットは二十六文字。残りは十六文字だ。

ロベルトは打ち込んだテキストを暗号用ソフトにかけた。

ソフトが演算を開始する。

ロベルトは一寸した調べ物をしたり、軽い読書をしたりしながら、ソフトがはじき出した文章に目を通していった。

そうして数時間かけて、ソフトは意味を持つ文章を作り上げた。

それは、「ハイド」と「コウモリ男」というコードネームを名乗る二人の間で取り交わされた、ある闇取引の内容であった。

ロベルトは大きく目を見開いた。


そうか、そういうことだったのか……。

ロベルトは、恐らくローレンが監視しているだろうバチカンのサーバに、見出《みいだ》した文字列をアップした。

すると、間もなくパソコンにメッセージランプが灯《とも》った。

『おめでとう、ロベルト君。依頼人と請負人についての情報を提供しよう。
依頼人ハイドは、この手の買い付けを幾度となく行っているコレクター。
私はその正体を知っているが、君達では手出しが出来ない相手だ。
コウモリ男を名乗る請負人は、エトヴィン・カウペルス。
この種の取引を過去五回行っているプロフェッショナルで、ユトレヒト在住だ。
住所はリンデ通り一五九七番。
彼のネットの買い物履歴からハッキングで割り出した。以上である』

ロベルトは詳しい事情をローレンに訊《たず》ねようと、そのメールに返信したが、返信先は無くなってしまっていた。

仕方ない。だが、ローレンのお陰で、最低限の情報は知ることが出来た
とにかく、この結果を平賀に知らせなければ……
平賀はきっと驚くぞ
何故ローレンが自分に連絡を寄越さなかったかと、怒るかも知れないな

ロベルトはパソコンを畳んで、足早に市立図書館を出た。

時刻は既に昼過ぎだ。

広場を通りかかると、其処此処《そここ》から美味《おい》しそうな匂いが漂ってくる。

ロベルトは初日に買ったパンネンクーケンの味を思い出し、同じ店に立ち寄って、シャンピニオン茸《たけ》とアウデ・カースのパンネンクーケンを購入したのだった。

2

ロベルトはにこやかにホテルのドアを開いた。

「只今《ただいま》、平賀」

ところが、中は真っ暗である。

「平賀？　留守にしてるのか？」

呼びかけながら部屋の灯《あか》りを点《つ》ける。

次の瞬間、ロベルトの目に飛び込んで来たのは、窓際のソファにぐったりと倒れ込んでいる平賀の姿であった。しかもその頭部には、見たこともない金属製のヘッドギアが装着されている。

「平賀、一体どうしたんだ！」

ロベルトは平賀に駆け寄った。

こういう場合、下手に揺さぶるのは悪手かも知れない。

ひとまずロベルトは、危険そうなヘッドギアをそろりと平賀の頭部から外した。

そのヘッドギアは、ダイヤルやメーターがついた四角い箱状の機械とコードで接続されている。

「何だこれは……。まさかガルドウネに何かされたのか……？」

ロベルトは呆然《ぼうぜん》と呟《つぶや》いた。平賀の頭脳を狙っている秘密結社ガルドウネなら、何をしでかすか分からない。拷問でもされたのか。それとも奇妙なヘッドギアを用いて、平賀の脳に影響を及ぼすようなことでもしたのだろうか。

ロベルトは真っ青に血の気が引くのを覚えながら、平賀の手首に触れ、脈を取った。

脈はあった。

呼吸もしている。

ひとまず、平賀は生きていた。

ロベルトは冷蔵庫からミネラルウォーターを取り出すと、バスルームに入り、ハンドタオルを冷水に浸して絞った。

それを目を閉じたままぐったりしている平賀の額に押し当てる。

「平賀、平賀、しっかりするんだ、頼むから目を覚ましてくれ！」

悲壮な声で呼びかけていると、平賀の瞼《まぶた》が微《かす》かに動いた。

「平賀、僕だ、ロベルトだ。大丈夫かい？　此処がどこだか分かるかい？」

優しく話しかけた瞬間だ。平賀の両目がパチリと開いた。かと思うと、上半身を勢いよくがばりと起こし、大きく目を見開いてロベルトを見た。

「凄《すご》いですよ、ロベルト！　私は信じられない体験をしました。

まず最初の体験は、チクチクした頭皮への刺激です。それが十五分ばかり続いたかと思いますと、すうっと身体の力が抜けて、リラックスした気持ちになりました。

さらに暫《しばら》くすると、今度は頭の前から後ろへかけて、ヒヤリと逆毛が立つような不思議な感覚が生じたのです。

そうして普段よりも視界がクリアになったような気がしました。

空中には小さな蝶《ちょう》が無数に舞っていました。キラキラと輝いて、大変美しかったです。

それと同時に、何だか意味もなく楽しいような感覚が沸き起こり、さらに奇妙な形をした浮遊物体が、目の前を飛び交い始めたんです。

ぼうっとそれを眺めていますと、その光は摩天楼のような形になり、気付くと私の目の前にニューヨークタワーがそそり立っていたんです。

次の瞬間、私の身体は摩天楼を追い越して、光のトンネルの中を抜けていくような光景が辺りに広がりました。

まるで高速道路を車で走り抜けていくように、様々な光景が現れては消え、やがて私は緑豊かな草原に立っていたんです。

空には美しい虹《にじ》がかかっていました。

その草原にテーブルと椅子があり、母が座っていました。

母は微笑んでいて、何故だか大きなフォークでショートケーキを食べていたんです。

美味しそうなので、私も食べたいと話しかけますと、母はフォークで刺したケーキを私の口元へ持って来ました。

甘くて美味しい味が口一杯に広がった、その時です。

雷のような轟音《ごうおん》と閃光《せんこう》と共に、自分が爆発した感覚があり、一瞬、自分は死んだかと思いました。でも貴方《あなた》の声が遠くに聞こえて、目が覚めたんです」

平賀は唐突に、そして夢中な様子で一気にそこまで語った。

「一体、何を言っているんだ？　君、気は確かなのかい……？」

ロベルトは心配げに訊ねた。

「どうかしましたか、ロベルト？　ああ、何の前置きもなく、あんな話をしてしまったからですか。

驚かせてすみません。実は私、経頭蓋《けいとうがい》磁気刺激法を実験していたんです」

「経頭蓋……何だって？」

「経頭蓋磁気刺激法です。TMSとも略される機械で、電磁石によって生み出される急激な磁場の変化を用い、弱い電流を脳内に誘起させることで、脳内のニューロンを興奮させるなどの効果を持つ、鬱病《うつびょう》などの治療法です。

電気ショック療法のような、患者に負担の大きい療法に替わって、国によっては鬱病治療の主流になりつつある機械なんですよ。

さらにこの方法によって、最小限の不快感で脳活動を引き起こすことにより、脳の回路接続の機能を調べることも出来ます。鬱病治療以外にも、様々な用途があるんです。

基本的にはファラデーの電磁誘導の法則の応用ですね。それによって、頭皮や頭蓋骨《ずがいこつ》などの絶縁組織を通過して、電流を流すことができるのです。

その仕組みは、コンデンサからの放電によってヘッドギアに内蔵されたコイルに電圧がかけられ、その巻き線に急速な電流の変化を生じさせます。

それによってコイルの平面に直交するように磁場が生まれ、その磁場は頭皮や頭蓋骨を通過して脳内に到達するんです。

さらに脳内に生じた誘起電流は、皮質表面への電気刺激と同様に、その付近の神経細胞を活性化します」

平賀は丁寧に説明したが、ロベルトは頭を抱えた。

「すまないが、まだ理解が追いつかないよ。君が倒れていたショックが大きくてね」

「えっと、簡単に言えば頭部を電磁場で刺激することで、ファラデーの電磁誘導の法則が働き、脳内に電流を流す装置といったところです。それによって、脳細胞やニューロンが活性化し、興奮するんです」

平賀は嬉《うれ》しそうに答えた。

「成る程ね……」

「磁場は通常コイル表面で約二テスラ。皮質内で〇・五テスラ。それによって流れる誘起電流上昇時間は、原点からピークまで七十から百ミリ秒というのが安全な基準なのですが、私は調子に乗って電圧を上げすぎてしまったようです。

要は過剰刺激によって、少し意識が飛んでしまったのですね」

ロベルトはハアッと大きな溜息《ためいき》を吐いた。

「全くもう、心配させないでくれよ。部屋は真っ暗だし、君は謎の装置を頭につけてぐったりしているし、何があったかとハラハラしたよ」

「心配をおかけしてすみません。でも、とっても重要な発見をしたんですよ」

平賀は子どものように目を輝かせた。

「それはゆっくり聞くからさ、先に食事でも摂《と》ろう。僕を驚かせた罰として、君にもしっかり食べてもらうからね」

ロベルトはウインクをしてそう言うと、ドア付近に落とした紙袋を拾い、コーヒーメーカーの前に立ったのだった。

※　※　※

大きく切り分けたパンネンクーケンを平賀に渡すと、平賀は目を閉じ、小さな口でそれに齧《かじ》り付いた。まるで動物の食事を見ている気になってくる。

「ねえ、君は最近、一寸痩《ちょっとや》せたんじゃないか？　またロクに食事を摂っていないんだろう？　冷蔵庫にはシリアルとミルクだって入ってるってのにさ」

ロベルトが説教めいた口調で言う。

平賀は叱られた猫のように首を縮め、「すみません」と、小声で詫《わ》びた。

「いいよ、もう。それよりゆっくり噛《か》んでしっかり食べよう」

「はい」

二人は暫く無言でパンネンクーケンを味わった。

生地は甘塩《あまじょ》っぱく、チーズには深い味わいがある。シャンピニオン茸《たけ》の味と食感もいい。

「これは美味《うま》いね」

「ええ」

平賀が食べ終えたのを見届けると、ロベルトは新しくコーヒーを淹《い》れ、ソファテーブルの上に置いた。

「じゃあ約束通り、君の発見を聞くとしよう」

「はい。私が言いたかったのは、奇跡の証言者達に何が起こったか、です。

私は彼らの髪の毛を調べましたが、一人を除き、薬物反応は出ませんでした。

それに教会のウォーターサーバーからも、ボブ・ホーヘンボーム氏が差し入れたビスケットからも、異常な物質は検出されませんでした。

そこで私は、球電自体が彼らに奇跡体験をさせたのではないかと考えたのです」

「球電が奇跡体験をさせた？」

「はい。球電の主な性質として知られているのは、激しく発熱、放電していることです。つまりあの奇跡の夜、球電が発生した礼拝堂の空中には、電流が交錯していたと考えられるのです。

電流があれば、それと垂直方向に電磁場が発生します。

リアルな奇跡体験をしたと証言した方々は、皆さん一様に、球電が自分の近くに来た時にそれが起こったと証言なさいました。

その時彼らは、球電から発生した電磁場の中にいたことになるのです。

インスブルック大学の物理学者アレクサンダー・ケンドル博士とジョセフ・ピア修士の研究に、雷雨の際に起きる様々なタイプの電磁場を解析したものがあります。それによりますと、ある一定のクラスの長時間にわたる連続的落雷は、医療現場で使われる経頭蓋磁気刺激法と同様の性質を持つそうです。

勿論《もちろん》、雷だけがこうした現象を引き起こすのではありません。高圧線などから生じた電磁場が、経頭蓋磁気刺激法と同じような性質を持つことも分かっています。

充分な強さを持ち、時間的に変化する磁場は、脳内に電場を誘起します。

それによって視覚野のニューロンの活動が活発になり、眼内閃光を引き起こすという研究もあるんです」

「ふむ……。球電によって発生した電磁場が、あたかも経頭蓋磁気刺激法のように、奇跡の目撃者達の脳を活性化させた、という訳かい？」

「はい」

「眼内閃光というのは？」

「機械的あるいは電気的もしくは磁気的な刺激による網膜の興奮で生じるもので、よく知られている現象は、指で眼球を圧迫して網膜を刺激した結果、光が目に差し込んでいないのに光を知覚する、というものがあります」

ロベルトは試しに自分の目を閉じ、指で押さえてみた。

確かに、強く圧迫した部分に白い光のもやもやが見える。

「確かに、光が見えるね」

「そうでしょう？　但し、電磁場由来の眼内閃光は、指による圧迫とは違う理論で生じるものです。

ロベルト、渡り鳥に磁場を視覚で見る力があることはご存じですか？」

「いや、知らないな」

「地球を股《また》にかけた『渡り』でも行き先を誤ることのない渡り鳥達には、細胞レベルでナビゲーションシステムが備わっているんです。

最近明らかになったのが、スーパーオキシドと呼ばれる活性酸素の働きで、これが感光性タンパク質と結びつくことで、鳥の目の中にコンパスが生成され、地球の磁場が見えるようになるのです。

鳥の目の中には、クリプトクロムという光受容性タンパク質が含まれています。クリプトクロムは青色光を受容して、植物の気孔の開閉や開花時期を制御するものとして知られていますが、また同時に磁気受容分子ではないかとも言われているのです。

鳥の磁気コンパスは、このクリプトクロムの働きで環境における光から影響を受け、光のうち緑色から青色下では正常な渡りを示すのですが、黄色や赤色の光下では示さなくなることが分かっています。

その仕組みは、光子が目の中のコンパスにぶつかった時、その状態にある電子が分子の中で別々の部位に散らばり、地球の磁場の変化に従う形で各々回転します。そうした電子の働きの為に、コンパスの化学的状態が異なるものとなるのです。その結果、鳥の視覚神経細胞を伝わる信号の流れに変化が生じ、磁気の受容に影響が現れます。

クリプトクロムはこうした生化学的反応によって、弱い磁気変異を感じ取る仕組みを持っているのです。

しかし普通の人間は、磁場を目で見たりは出来ません」

「まあ、そうだね」

「ですが、実は人間にもまた、磁気を感知する能力があるのです。

東京大学とカリフォルニア工科大学などの共同研究チームが行った実験があります。研究チームは地磁気を遮断した室内で、十八歳から六十八歳の男女三十四名の頭部を地磁気と同程度の強さの磁気で刺激するという実験を行いました。

その結果、磁気の向きに応じて脳波が無意識のうちに異なる反応を示し、このことから人類もまた、地磁気を大まかに感じ取る能力があると判断されたのです。

カリフォルニア工科大学のジョセフ・カーシュヴィング教授は、自らが行った実験によって、磁覚に関する研究としてはこれまで不可能であった再現や立証が可能になったと語っています。

生物において磁覚がどのような仕組みで得られるかについては、現在二つの理論があります。一つは網膜にある青色光受容体、クリプトクロムが磁覚にも関係しているという説。もう一つは、体内に含まれるマグネタイト（磁鉄鉱）が、コンパスの針の役割を果たすという説です。

前者については、渡り鳥と同様に、イヌやキツネ、霊長類など人間以外の哺乳《ほにゅう》動物の網膜に磁気センサーがあることが明らかになっています。

同様にヒトの目にもクリプトクロムが存在し、ヒトの脳の中にもマグネタイトが点在していることは明らかになっています。ただ、それらは地球の磁場のような弱い磁気に関しては、潜在的に脳が感じることはあっても、目では見えません。

ところが、経頭蓋《けいとうがい》磁気刺激法の臨床使用では、患者や被験者が視野内に様々な色や形の光を見たという報告が多数あるのです。

私達が調査した三つの光球は、実在したものです。

しかしながら、証言者達が見たというオレンジ色の球体は、証言内容がバラバラでした。

私はそのオレンジの光こそ、球電によって引き起こされた幻視だと考えています」

「成る程、理屈は合っているね」

「はい。球電は大きければ大きい程、エネルギーを持っていると考えられています。今回のように一メートルもの球電ともなると、通常の経頭蓋磁気刺激法より、ずっと強い電流を奇跡の証言者達の脳内に流したと考えられます。

そうしますと眼内閃光《せんこう》が起こるほか、例えば脳の高次視覚野や高次聴覚野に電流が流れて活性化され、その場にいないような先祖の霊が見えたり、お告げのような声が聞こえたりすることがあり得ます。天使や幽霊のようなものを見たとか、キリストや聖母の姿を見た、お告げの声を聞いたという証言者は、高次視覚野や高次聴覚野に強い刺激を受けた人々なのでしょう。

球電が消えていく瞬間に人の姿のように見えたのは、恐らく思い込みだと思います。

例えばベーレンズ神父が描いたような、一筆書きのようなシンプルな人の形には、偶然なったのかも知れません。しかし、あの奇跡の夜には、エイクマン司祭を筆頭に、多くの方が『キリストの姿を見た』と証言しました。

そんな話を聞いたり共有したりしているうちに、つい、自分も見たような記憶が後から生まれた可能性が高いのだと思います」

「では、未来を幻視したエイクマン司祭や、天国を体験したというオルトマンス神父。船に乗って時空を旅したと語ったベーレンズ神父の体験とは？」

「まずこの三人に言えることは、神父席が祭壇に最も近く、それ故に球電の電磁場の影響を強く受けただろう、ということです。

要するに脳全体に強い電流が駆け巡り、脳細胞が一斉に興奮したことによって、一種のショック状態、脳のパニック状態が引き起こされたと考えられます。

エイクマン司祭の見た幻視は不思議なものですが、司祭が日頃から教会の将来や町の将来を憂えていたらしきことから推測すれば、最も悪い未来の幻を見たということになるでしょうか。

オルトマンス司祭の体験は、典型的な臨死体験に酷似しています。

私は臨死体験というのは、心拍停止して死にかけている体をなんとか起動させようとして、脳が過活動することから生まれるものだと考えているんです。

脳の過活動によって生まれる幻視、幻聴、異常知覚。そういったものが、ある種のパターン的な幻覚を見せるのが臨死体験というわけです。

実際、人間の脳波が心拍停止してから数分間、通常時より非常に激しく上下することは医学的に立証されています。

あと、臨死体験に関する調査を数多く行ったとされるコネティカット大学心理学ケネス・リング教授の調査では、臨死体験者のおよそ二十四パーセントが『体験後に腕時計が止まってしまうようになった』『電子機器を誤作動させるようになった』と証言しているんです。

その事からも、臨死体験が人間の生体を取り巻く電磁気力に何らかの変化を与えたことが推測できます。

ならば、逆に電気ショックによって、臨死体験に至ったとしても可笑《おか》しくはありません。人間というのは、知覚器官から入ってきた電気刺激を脳が受け取って、外界で何が起こっているかを判断しているだけですから、同じような電気刺激が脳に流れた場合、それが実体を持って現実に存在するものなのか、幻覚によるものなのか、判別は出来ないんです。

ベーレンズ神父の体験は、精神飛行と呼ばれるものに似ています。これは推測に過ぎませんが、彼は歴史やスペクタクル映画などがお好きなのかも知れませんね。

興奮し、活性化した脳が映画のような映像を作り上げたと考えられます。

あともう一点。

いくら教会では携帯を切る習慣や教えがあったとはいえ、奇跡の動画や写真を撮影した人が一人しかいなかったことも、皆さんの脳がパニックを起こしていたと考えれば辻褄《つじつま》が合います。

しかし、球電の影響が最も少なかった最後列のベンヤミン・ボス氏だけは、パニックを起こさず、動画を撮ることが出来たのでしょう。

他の方々の説明に移る前にロベルト、貴方《あなた》も是非、経頭蓋磁気刺激法を試してみて下さい。百聞は一見にしかず、というやつです」

平賀はニッコリ微笑み、ヘッドギアを手に取った。

「本当に大丈夫だろうね？」

「今度は電圧を上げ過ぎない様に注意します。さあどうぞ」

平賀が有無を言わせず機械のスイッチを入れる。どうやら逃げ道はなさそうだと観念して、ロベルトは大人しくヘッドギアを被《かぶ》せられた。

平賀が部屋の照明を絞って薄暗くする。

近くで、平賀が機械を起動させている雰囲気が伝わってきた。

「まず、運動野を刺激してみます」

平賀の言葉があって暫《しばら》く経った時だ。ロベルトは、自分の意志とは関係なく、腕が勝手に上がったり、足が蹴《け》り上がったりするのを体験した。


こんな風になるのか……


ロベルトは驚きを禁じ得なかった。

「ロベルトは今、身体が勝手に動いたと証言したアフネス・バウマンさんと同じ体験をなさっています。アフネスさんは、髪を後ろで纏《まと》め、金属製のかんざし的なものを挿していました。その金属に電流が流れやすかったとも考えられます」

「成る程……」

「では次に、視角野と体性感覚野を同時に刺激してみます」

すると今度は、視界に色が見えたり、頬に触られた感じがしたりする。

「ね、面白いでしょう？」

「いや、どちらかと言うと不気味だよ」

ロベルトは苦笑いで答えた。

「では、頭頂葉と後頭葉の境界にある角回という部位を刺激してみます」

その途端、なにやらゾワゾワゾワと、寒気のようなものを感じると共に、異常な感覚に襲われた。

自分のすぐ後ろに、背後霊のように誰かがべったりと、くっついている気配がする。

ロベルトが右手を上げると、ソレは同じ様に右手を上げた。左手を上げてみると、ソレも同様に左手を上げる。

「誰かが背後にいて、自分と同じ動きをしている様に感じませんか？」

「ああ、凄《すご》く奇妙な感じだ」

「それは貴方自身なんです。所謂《いわゆる》ドッペルゲンガーですね。次に右側の角回を刺激してみます」

平賀の声がそう告げた瞬間だ。

ロベルトの身体はふわりと浮かび上がり、天井近くに達した。そうして自分がソファに座っている姿が見えてきた。

実に奇怪な感覚だ。ロベルトは息を呑《の》んだ。

「これは……幽体離脱というやつか」

「はい。今、貴方が体験しているのは、ヤスペル・アーレンツ氏が経験したのと同様の幽体離脱です。実は、脳には幽体離脱を生み出すための回路があるんです。

幽体離脱とは、自分を外から客観視することでもあります。

例えば体操選手のインタビューなどで、しばしば『競技中に自分が今、どのような体勢をしているか、俯瞰図《ふかんず》で客観的に見える』と答える人がいます。優れた運動選手の多くは、こうした感覚を持っているようです。それも広い意味での幽体離脱といえるでしょう。

脳には自らを客観視し、周囲に適応していこうと働きかける回路があるんです。

この回路を外部へのモニタとして利用している生物は、視界の中に動く物体が見えた時、それが敵なのか、自分に対して危害を与えるのか、判断できるでしょう。

そして霊長類の多くはそれを他者の行動の模倣、つまり真似をするという能力へと進化させたのです。

さらに人間は他者を模倣するだけでなく、自分を他人の視点に置き換えて眺めてみたり、想像してみたりすることが出来ます。他人の眼差《まなざ》しを内面化する機能を保持しているのが、脳の角回なんです」

平賀は生き生きと語っている。

「あのさ、平賀。この装置のことはよく分かったよ。でも、僕はとても気持ちが悪いから、もう実験は止めてもらえないだろうか……」

ロベルトが遠慮がちに言うと、平賀は目を丸くした。

「えっ⁉　そうなのですか？　てっきり楽しんで下さると思ったのですが、すみません。でしたらヘッドギアを外して下さい」

「有り難う。助かったよ……」

ロベルトはホッとしながら、ヘッドギアを外した。

平賀が機械の電源を切って立ち上がり、照明を元の明るさにする。

「貴方に分かって頂きたかったことは、脳の電気刺激によって、どれだけリアルな幻覚を見るかということです。この装置は、人の脳の狙ったところにだけ電気刺激をする機能になっていますが、球電の場合は予測がつきません。

恐らく脳全体に刺激があったのでしょうが、人の脳に偏在するマグネタイトの位置は、人それぞれです。恐らくマグネタイトが多くある部位に、より一層の電気刺激があったと考えられます。

例えば聴覚野にマグネタイトが多くある人は、歌を聞いた、という具合にです。

ボスハールトさんのご一家は、夫が天使を見、妻のエリーセさんは天使の合唱を聴いた、娘のフェロメナさんは合唱を聴き、かつ球電が消える時にしっかりとキリストの姿を見たと仰《おっしゃ》いました。

それはボスハールト氏が視覚に長じ、エリーセさんは聴覚に、そしてフェロメナさんは両親からの遺伝によって、視覚と聴覚に長じていたと考えてみればどうでしょう」

平賀は冷静な顔で言いながら、ソファに座った。

ロベルトは冷めたコーヒーを一口飲み、少し考えた。

「確かに僕は今、色んな幻覚を見たし、奇跡の体験者と同じような経験もした。でもさ、現実に起こった奇跡もあっただろう？

例えば、足の悪いヤーナ・アッセルさんの足の調子が良くなったとか、父親が重い認知症から回復したと語ったデイヴィ・クラーセン氏。あとは、母親の形見の時計が動き出したというフロリーナ・ヘーシンク嬢の証言はどうなるんだい？」

「そうですね、ヤーナ・アッセルさんの場合、一年前に右足首を骨折して以来、足腰が悪くなったとのことでした。レントゲン上では治癒している筈《はず》なのに……。それがどういう状態かと考えますと、怪我をした足を庇《かば》って歩き方に変化が起き、足腰に負担がかかっていたと思うのです。

ところが奇跡体験の際、イエス様とゆっくりゆっくり海岸を歩く幻覚を見た。それがイメージトレーニングの役割を果たし、元の歩き方を取り戻したのではないかと推測できます。

ヤーナさんは、骨折後のリハビリを病院でこなしていたでしょうが、リハビリ期間が過ぎると、どうしても我流の歩き方になってしまいます。それが脳刺激によって、リハビリ時に教えられていた正しい歩き方を思い出したんでしょう」

「成る程ねえ……一理あるね」

「次に、フロリーナ・ヘーシンク嬢の時計に関してですが、これは至って単純です。彼女の時計は電池切れを起こして止まっていました。でも、ほんの少しだけ、電池が残っていたとしたら？　電池残量が僅《わず》かだと、時計は止まることがあります。彼女の時計には、ほんの少しのきっかけを与えれば動き出せるだけのエネルギーが残っていた。そこに球電の発する電流が流れ込んだと考えられます」

「ふむ……。では、デイヴィ・クラーセン氏の認知症の父親の一件は？」

「二通り考えられますね。デイヴィ・クラーセン氏の父親は、奇跡の日、補聴器をつけていたでしょう？　補聴器は電子機器ですので、球電によって電流が流れ込み、その電流によって、耳の奥に垂直に磁場が形成されます。その磁場は記憶を司《つかさど》る海馬や視床下部、偏桃体等に誘導電流を流したのです。

前頭葉と側頭葉に電流刺激を与えると記憶が蘇《よみがえ》るという実験を、米ボストン大学の脳科学者らが発表しています。

それによりますと、自然に記憶力が低下する六十代から七十代の被験者に対し、電気的刺激を脳に送ると、二十代の被験者と同程度に記憶力が回復したのだとか。

他にも、人間に対する実験ではありませんが、アルツハイマー病モデルマウスの脳神経細胞を刺激することで、失われた記憶を取り戻すことに成功したと、日本の理化学研究所の研究チームが発表しています。

理化学研究所では、光遺伝学という実験手法でそれを行いました。

この手法は、標的とする神経細胞のオンとオフを光照射で制御可能にする技術で、光を受けて細胞を活性化させる機能を持ったタンパク質を、遺伝子組み換えにより神経細胞に強制的に発現させるというものです。

記憶の痕跡《こんせき》は海馬の『記憶エングラム』と呼ばれる細胞群に保存されているのですが、研究チームはアルツハイマー病のマウスの脳にある記憶エングラムに青色光を照射し、この細胞を直接活性化させたんです。

すると、アルツハイマー病のマウスが記憶を思い出したということです。

それによって、アルツハイマー病の状態にあるマウスは正常に記憶を作っているものの、記憶を思い出せないという状態にあるだけで、記憶エングラムを刺激することで失った記憶を取り戻せることが分かりました。

デイヴィ・クラーセン氏の父親も、海馬に電気刺激を受けたことによって、『記憶エングラム』が活性化し、一時的に過去の記憶を取り戻したと考えられるのではないでしょうか？」

「興味深いね。で、もう一つの説とは？」

「単純に脳全体への刺激によって、脳内のA10神経が活性化したのではないでしょうか。

A10神経は脳幹の神経核から始まり、視床下部、大脳辺縁系を通り、大脳新皮質の前頭連合野、側頭葉へ達し、感情の源である情動すなわち喜怒哀楽を支配しており、全ての脳活動、知や情や意志の全てに影響を及ぼしています。

本能は視床下部、記憶学習は海馬、攻撃力は扁桃核《へんとうかく》、表情や態度は大脳基底核、精神活動は前頭連合野といった具合です。

ですからA10神経の活性化によって、海馬における長期記憶が増強されて記憶が甦《よみがえ》り、一時的に人間らしい感情が戻ったのです。

あと、そう言えば、フェリクス・ヘールス氏の証言ですが……」

「ああ、あの聖霊とセックスしたとかいうふざけた証言か。どうせ薬物反応が見つかった毛髪っていうのは、彼のものなんだろう？」

「ええ、そうですが、フェリクス・ヘールス氏は嘘を言っていないと思うんです。

彼はチェーンのネックレスを何重にもつけた、ヒッピースタイルだったでしょう？」

「ああ、そうだね」

「球電からの電流がネックレスに流れ込めば、その周辺に電磁場が出来ます。それが彼の体内に誘導電流を引き起こし、身体中を撫《な》で回されるような感覚を生じさせたのではないでしょうか。

彼の場合はそれに伴い、興奮した脳が脳内麻薬物質を過剰分泌させ、エクスタシーを感じたのでしょう。

彼の証言を聞いた後、二人で夢魔について話したのを覚えていますか、ロベルト？」

「ああ。覚えてるよ」

「科学的に言えば、夢魔の正体は、睡眠中の無呼吸症候群や悪夢を見て起こす過呼吸だとも言われています。

そもそも脳は睡眠中でも休止しないのです。発せられる電気信号の和でいえは、大脳新皮質のニューロンの大半が、睡眠時も覚醒《かくせい》時と同じぐらい活発であることが分かっています。

睡眠というのは、ただ単に意識があっても体を動かすスイッチがオフになっている状態なのです。

根本的な違いは、起きている時と違い、寝ている時は、見えている色、形、動き、感触のようなものを感覚器官に頼らず、脳が全て担当しているというところだけですね。

そこから夢魔が作り出される理屈は、次の通りです。

睡眠中でも脳が活発に活動し、夢を見るレム睡眠時に、人は睡眠麻痺《まひ》と呼ばれる状態に陥ることがあります。この時、心拍や呼吸が乱れ、胸に圧迫感を感じるので、脳はそれに辻褄《つじつま》を合わせて、恐い幻覚を作ってしまうケースがあるとも言われます。例えば悪魔のようにです。

そして睡眠麻痺中には、レム睡眠時にもみられる抗重力筋の筋緊張低下が起こり、幻視や体感幻覚、幻聴といった、実在感に富む恐怖感を伴う場合があります。

目覚めたのに身体がうまく動かない。あるいは無呼吸状態になる。

すると意識はパニックを起こします。

無呼吸や過呼吸は胸の重苦しさに繋《つな》がり、それが何者かにのし掛かられているのではないかという感覚を呼び起こします。

また過呼吸は、脳への酸素供給を減らし、その結果として聴覚過敏が生じます。すると、音がとりわけ大きく聞こえます。何気ないノイズや風の音、時計の音、冷蔵庫などの運転ノイズなどが組み合わさり、何者かの気配や声といった幻覚を生み出す温床となるのです。

現代のように電気照明があればいざ知らず、そうでなかった時代の人達が闇を恐れる気持ちは、私達の想像を絶する程でしたでしょう。

そうしてますますパニックになった脳は、さらに過呼吸気味になります。

やがて脳への酸素供給量が一定を切ってしまいますと、脳はなんとか活発に動こうと頑張り、結果的に快楽中枢が活性化するのです。そして性的な興奮と快感を覚えます。

これで人はようやく覚醒し、ベッドで目を覚まします。

そして、自分に何が起こったかと考える。

まず、悪魔のような恐いものを見、胸にのし掛かられている圧迫感があった。

そしてセクシーな感覚を身体が覚えている。

自分は寝室にいる。

こうした文脈が繋がって、睡眠時に恐ろしい悪魔に身体の自由を奪われ、交わったというストーリーが出来上がった。それが夢魔の正体だと考えられるのです」

「成る程、夢魔の科学って訳だね」

「はい。あと残る証言についてですが、ボブ・ホーヘンボームさんの場合は、頭の中でずっとケーキのレシピを考えていました。そして急に脳が異常活性した為に、一種のゾーン状態に入ったのでしょう。

それでたちまち、ケーキのアイデアがリアルに浮かんできたのでしょうね。

アンソニー・バンロー氏が亡くなった妻に会ったという体験は、やはり不思議ではありますが、臨死体験に近い体験として解釈できます。

今回の証言には天国へ行ったとか、亡くなった人と会ったという体験が幾つかありましたし、私も天国のような場所で亡くなった母に会いました。

ここから考えるに、もしかすると人間の脳には天国を見る回路が備わっているのかも知れませんね」

そう言って、平賀は優しげに微笑んだ。

「それは興味深いね。だけど結局、一連の奇跡は全て科学で説明がつくわけだ」

「いいえ、ロベルト。話はそう簡単ではありません。

まず、球電という現象自体が、未《いま》だに謎なのです。

実験室で再現させた科学者はほぼいませんし、科学的理論も確立されていません。

今回の奇跡と同じ場所に雷を落とし、球電が発生するかを調べることも出来ませんし、球電の周りに電磁場がどのように生じるかを計測することも出来ません。

あの奇跡の夜、フーベルグ国立公園に雷が落ちたと証明することも、私には出来ませんでした。

ですから、私がこれまで述べた様々な話は、私がただ一方的に、『科学的に考えればそうなる』という理屈をこじつけただけとも言えます。

そしてまた、球電の周りに居た人達が経頭蓋《けいとうがい》磁気刺激法に類似した体験をした、とまでは言えても、球電を再現することが出来ない以上、今回のことは『奇跡では無い』とは、私には言い切れません」

平賀は眉間《みけん》に深く皺《しわ》を寄せた。

「成る程ね……。では僕の見解を言うよ。今回のことは『奇跡ではない』よ」

「えっ、何故、そう言い切れるのですか？」

「何故なら、奇跡を引き起こしたとされる聖遺物なるものが、そもそも存在していないからさ」

断言したロベルトに、平賀は驚いた様子で瞳《ひとみ》を瞬いた。

3

「一体、どういう根拠でですか？」

ソファから身を乗り出した平賀に、ロベルトはテーブルに肘《ひじ》を突いて応じた。

「そうだね、僕が最初に違和感を覚えたのは、あの聖遺物を納めたガラスケースを明るい場所で見た時だった」

「違和感といいますと？」

「あのガラスケースの側面は、ステンドグラスになっていただろう？」

「ええ。確か、薔薇《ばら》の模様が描かれていました」

「ステンドグラスの作り方には、大きく分けて二種類がある。

十七世紀半ば辺りに用いられたのは『鉛線《レッドケイム》技法』と呼ばれるもので、初期の頃は幾つもの色ガラス片をH型の鉛線で組み立て、一枚のガラス絵に仕上げるという方法だった。この鉛線の太さは五ミリから十ミリと太いので、ガラス片を細かく繋げることは難しい。

そこで繊細な絵画表現の為に、ガラス片に金属酸化物とガラス粉を混ぜた顔料を使って絵付けをするという、細やかなグリザイユ技法へと進化していった。この作業がステイン、即ち着色する・汚すという意味で、ステンドグラスの語源にもなった。

ところが十九世紀後半になると、『銅テープ技法』というものが登場する。こちらの特徴は、色ガラス片を繋ぐ金属に、太さが二ミリから三ミリと細いハンダ線を使っていることなんだ。そしてハンダ線自身が縁取りをすることで、かなり繊細な絵画表現が可能になり、必ずしも絵付けは必要なくなった。

ただ、ハンダはガラスには付着しないから、ガラス片の縁に予《あらかじ》め、ハンダと親和性の高い銅のテープを巻いておく。だから銅テープ技法と言うんだが、この銅テープ自体はハンダを流した後にはすっかり隠れて見えなくなる。

あの聖遺物を入れたガラスケースのステンドグラス部分は、一見すると鉛線技法で作られているように見えたけど、よく見れば鉛線が交差する場所に出来る筈《はず》の僅《わず》かな膨らみが小さい、もしくは不自然だった。

そこで丁度、聖遺物をX線にかけていた君に頼んで、ガラスケースのX線分析をお願いしたんだよ」

「ええ。確かその結果は鉛が五十九パーセント。銀が二十八パーセント。銅が九パーセント……。その三つが含有量一パーセント以上の金属でした」

「そうなんだ。するとやはり銅テープが用いられ、ハンダ付けされた作品ということになる。ところがあの聖遺物が教会に寄贈されたのは十七世紀半ばで、時代に合わないんだ。

ということは、あれはあたかも鉛線法で作られたかのように見せかけた偽物の可能性が限りなく高い。僕はそう判断した。だけど、それって妙な話だろう？」

「流石はロベルトです。そんなことを見抜いていたなんて。確かに新しい技法を使って古いステンドグラスを真似る必要があるとすれば、贋作《がんさく》もしくは複製と考えるのが自然ですよね」

「そうだね。エイクマン司祭は、聖遺物が教会に寄贈されてから、ガラスケースを造り替えていないと言ったけど、もし以前に古いケースがうっかり破損なり何なりし、後年、新しい技法で同じ物を作ろうとしたとすれば、話の辻褄は合う。

エイクマン司祭にその情報が伝わっていなかった可能性も、当然考えられる」

「そうですね。四百年近く昔ですから、司祭が知らないだけかも知れません」

「僕は教会記録をあれこれ調べてみたけれど、聖遺物が納められたガラスケースについて語られた箇所はなかった。つまり真相は分からなかったのさ。

それから僕は、聖遺物を寄贈したというアーブラハム・フォルデルマンなる商人を調べるべく、公文書館へ通った。

そこで得られた情報は、アーブラハム一家が続けざまに死亡し、その埋葬をしたのが、あるギルドであったこと。そのギルドの名が『聖ドロティア組合』であったことだ」

「聖ドロティア組合？」

「そう。聖ドロティアといえば、ビール醸造業者、花嫁、新婚夫婦、花屋、園芸、庭師、助産師などの守護聖人だ。アーブラハムの商売は、それらのうちのどれかだったに違いない。まず花嫁や新婚夫婦等は職業ではないから除外だ。助産師は女性がなるものだから、これも違う」

「つまり、アーブラハム・フォルデルマン氏は、ビール醸造業か、花屋もしくは園芸か庭師を営んでいたことになる訳ですね」

「そういうことだ。ともかくアーブラハムが商人であったなら、必ず商品取引をした記録が残っている筈だ。なので、それを調べていくと……」

「彼が一六三三年四月八日、『Koning der koningen（王の中の王）』なる品を八万三千ギルダーという高額な値段で、エデュアルト・デ・ブラーン子爵という人物に売却したことか分かったわけですよね」

「そうだ。しかし、子爵の子孫の手元には今、それが残されていなかった。ここで僕の調査は、すっかり行き詰まってしまった。

そんな時さ。ローレン殿から僕に、秘密のメッセージが送られてきたんだ」

「えっ、ローレンからですって？」

平賀は大層驚き、一瞬、全身を硬直させた。

「今まで黙っていて、ごめんよ。すぐ君に話そうかとも思ったんだけど、彼のメッセージは僕への挑戦状のような内容で、僕一人の力で謎を解くよう示唆していたんだ」

「どうしてローレンがそんなことを……」

平賀は不思議そうに首を傾げ、目を瞬《しばた》いた。

「彼はね、君にはとても親切だけど、僕には厳しいのさ。もし僕が一人で謎を解けなければ、放っておくつもりだったんだろう」

ロベルトが肩を竦《すく》める。

「何だかすみません、ロベルト……」

「何も君が謝る必要なんてないさ」

優しく言ったロベルトに、平賀は申し訳なさそうな顔を向けた。

「でも今、私、思い出したんです。ロベルト、貴方《あなた》が時々私をからかうのだと、ローレンに愚痴を言ったことがあったので、彼はそのお返しをしたつもりかも知れません」

「ハハッ、なら仕方がないな。だとしたら何というか、彼は小憎らしいのか可愛らしいのか分からない性格の持ち主なんだね。

でも、今回は結果的に僕自身がローレン殿の情報に助けられたんだ。彼に感謝こそすれ、悪く思う気持ちなんてないよ。

とにかく彼は、とある掲示板のものだという写真を二十八枚送ってきた。そして僕は何とかそこに隠された暗号を解くことが出来たんだ」

「その暗号とは、どういう内容だったのですか？」

「うん。その掲示板は、闇の盗品売買の遣《や》り取りをする場所だった。そこで『ハイド』と『コウモリ男』というハンドルネームの二人が情報交換をしていたんだ。

結論から言うと、去年のクリスマスの日、ハイドは聖ファン・クーレン教会の聖遺物を盗んで、自分に売ってくれる人物を募集した。

それに答えたのがコウモリ男だ。コウモリ男は自らをプロの泥棒と称していた。

彼らの商談はすぐに纏《まと》まり、最終的にハイドは聖遺物に対し、百六十七万ユーロ（約二億円）という買値を付けたんだ。

コウモリ男は自分が聖遺物を盗み出し、ハイドに売却することを約束した。

そして彼らは窃盗計画を練り始めた。

ハイドは偽の聖遺物を用意し、コウモリ男はそれを本物とすり替える役と決まった。

そしてコウモリ男は何度か教会に侵入し、聖遺物を盗み出そうとしたんだ。

あの教会に侵入するのは、難しくない。玄関は開け放しだし、二階や三階に隠れて時間を遣り過ごし、神父達が家に帰った後、夜中に活動することも出来る。

つまり信者のヤーナ・アッセルさんが見たという深夜の灯《あか》りは、コウモリ男が盗みを働こうとしていた、もしくは盗聴器を仕掛けていた姿だったんだ。

コウモリ男が盗聴器を仕掛けた理由は、今思えば簡単だ。彼は地下室の仕掛けを見破れず、聖遺物が何処にあるかが分からなかった。

だから、聖遺物の場所を探る為に、神父達の会話を盗聴しようと考えたんだ」

「成る程、それがあの盗聴器だったんですね」

平賀が納得した顔で頷《うなず》く。

「だが実際のところ、地下の仕掛けを知っていたのはエイクマン司祭だけだったから、神父の会話を盗み聞いても、何かが分かる筈もないよね。

結局、コウモリ男は聖遺物巡礼の日を狙うしかないと考えた。

ところがだ。実行日の十日前にヤーナ・アッセルさんが、教会の深夜の灯りについて、司祭や他の信者、近所の人々にまで噂話を広めてしまった。

コウモリ男は焦ったと思うよ。深夜の教会に灯りが点《とも》るなんて、泥棒を疑われて当然だし、それ以上のことを勘繰られたり疑われたりして、自分の目的がバレては困る。巡礼の日の警備が普段より厳重になっては、計画が台無しになる。

そこで彼は考えたんだ。

もし、小さな奇跡が教会で起こったと演出すれば、真実から目を逸《そ》らせると」

「ああ、それがあの黄金の足跡ですか！」

「うん、そうとしか考えられないからね。

彼の狙いは上手《うま》く行った。神父達は奇跡を疑いもしなかったし、警備も増強されたりしなかった。ついでに黄金の足跡の奇跡が地方紙に報じられ、聖遺物巡礼の日の教会は大賑《おおにぎ》わいだった。

普段なら知らない顔は警戒されるけど、あの日は初めて教会を訪れる者も増えていた。コウモリ男も何食わぬ顔で集会に参加していたんだろう。

コウモリ男とハイドの窃盗計画は、停電を起こし、その闇に乗じて聖遺物をすり替えるという、至極単純なものだった。

それはハイドがコウモリ男に『聖ファン・クーレン教会から聖遺物を盗んだという証《あかし》が欲しい』とリクエストし、コウモリ男が提案した作戦だった」

「では、奇跡の直前に起きた停電は、ムスリムの仕業ではなかったのですね」

「コウモリ男がムスリムを名乗ったのは、自分やハイドに疑いの目を向けさせない為のカモフラージュだったんだろうね」

「成る程……。でもまさかそんな時に突然、球電現象が起こるとは、ハイドとコウモリ男も予測できなかったことでしょう」

平賀の言葉に、ロベルトは深く頷いた。

「ああ、全くだ。本当にね」

「それでロベルト、本物の聖遺物は、ハイドの手に渡ったのでしょうか？」

「そこまでは分からない。ローレン殿が送ってきた写真の最後の日付は、聖遺物巡礼の前日だった。その後、二人の間に会話は行われていないと考えられる」

「それも妙な話ですね。停電は確かに起こりましたし、教会の聖遺物は既に偽物とすり替えられた可能性が高いだろうというのに……ですか？」

平賀は首を傾げて唸《うな》った。

「僕だって不思議さ。

ちなみにローレン殿が言うには、ハイドの正体は、僕達がとても手出しできる相手じゃないらしい。恐らく政財界の大物といったところだろうね。この種の取引を何度も行っている、聖遺物のコレクターらしいんだ。

けど、幸いなことに、ローレン殿はコウモリ男の正体を教えてくれた。

彼の本名はエトヴィン・カウペルス。この種の取引を過去五回行ったプロで、ユトレヒトのリンデ通り一五九七番に住んでいるそうだ」

平賀は素早く町のマップを確認した。そして目を見開いた。

「その家、ここから凄《すご》く近いじゃありませんか」

「そうなんだ。だからこそ、カウペルスはこの一帯を停電に巻き込んで、自分の逃げる姿や家に逃げ込む姿を監視カメラに捉《とら》えられないようにと、考えたのかも知れないね」

「ロベルト、早速、この家を訪ねてみましょう。聖遺物はまだ彼の手にあるかも知れません」

「いや、気持ちは分かるけど、相手はプロの泥棒なんだよ。とても危険だ」

「でも、事態は一刻を争います。聖遺物がいつ売り払われ、エイクマン司祭や信者達の手の届かない所へ行ってしまうかも分かりません。

ロベルト、この事態をこのまま放っておく訳にはいきませんよ。貴方が行かなくても、私は一人で行って来ます」

平賀は熱い瞳《ひとみ》で立ち上がった。

「待ってくれ。君を一人で行かせるなんて出来ない。当然、僕も行くさ」

※　※　※

エトヴィン・カウペルスの家は古くて豪奢《ごうしゃ》な一軒家であった。

窃盗で得た金で、いい暮らしをしている様子だ。

玄関のチャイムを押そうとした平賀を、ロベルトは止めた。

「まずは、中の様子を窺《うかが》ってからにしよう」

「そうですね」

二人は、そっと家の周囲を回り、窓から中の様子を窺った。

三つの大きな窓がある。その二つ目の窓を窺っていた平賀が、ハッとした様子でロベルトを振り返った。

「人が倒れているようです」

「どこだい？」

「あそこです」

平賀が指さした方には、白いレースカーテン越しに、机と椅子が置かれていた。その椅子の足元に、靴を履いた膝《ひざ》までの足が見えている。

「本当だ」

「何かの事故かも知れません」

平賀はそう言うと、玄関の方へと走っていく。ロベルトもその後を追った。

平賀が何度もチャイムを鳴らす。

室内からチャイムの鳴る音が聞こえて来るが、誰の反応もない。

ロベルトは玄関の鍵穴《かぎあな》を見た。古いタイプの鍵だ。

「よし、鍵を開けて入ってみよう」

ロベルトは鍵開けの為のピンを鞄《かばん》から取り出した。

耳を澄ませて鍵の立てる音を聞き、感覚を研ぎ澄ませた指先でピンを操る。

ものの五分で鍵が開いた。

平賀とロベルトは、慎重に家へと入っていった。

窓から見えた部屋の位置を探し当てる。

部屋のドアは開いたままだった。そこから、クーラーの強い冷気が漂ってくる。だが、その中には、酸っぱいような異臭が混じり込んでいた。

室内へ入っていくと、其処《そこ》には大きなテーブルと椅子、パソコンとパソコン机などがあり、棚には窃盗に使うのだろう、様々な工具類が置かれていた。テーブルの上には、サングラス型の暗視スコープが転がっている。

テーブルの足元には、突っ伏して倒れている男の姿があった。

その服の背中には大きな穴が開いていて、周辺の生地が黒く焦げている。

穴から見えている皮膚には、酷《ひど》い火傷《やけど》の痕《あと》が見えた。

右手の先には、粉々に砕けたガラスの破片が散らばっている。カウペルスに盗まれた、本物のガラスケースの欠片《かけら》だ。

それから、落とした際に蓋《ふた》が開いたのだろう、木箱が転がっている。木箱の蓋にはあの『Koning der koningen（王の中の王）』の文字が書かれており、周囲には黒っぽい粒のようなものが散らばっていた。

平賀は男の許に駆け寄り、しゃがみこんで頸動脈《けいどうみゃく》に手を当て、脈搏《みゃくはく》を確かめた。

「死亡しています。室温の低さを考慮しても、恐らく死後十数日は経っているでしょう」

「一体、どうしてこんなことが……」

ロベルトは呆然《ぼうぜん》と呟《つぶや》いた。

平賀は男の火傷の様子をじっと観察している。

「皮膚が白や茶色などに変色し、酷く焼けただれています。全体的に乾燥していて、壊死《えし》しているところや炭化している個所もありますね。これは相当な高温によって火傷を負い、それが原因で、循環血液量減少性ショックを起こして死亡したと考えられます。

この火傷は、球電によるものかもしれません」

「まさか球電で死んだっていうのかい？」

「はい。あの夜、礼拝堂にいたエトヴィン・カウペルスは、時限爆弾を使って停電を起こすと、暗視スコープをつけて祭壇近くへ行き、タイミングを見て聖遺物をすり替える作業をした筈《はず》です。

その時、祭壇から球電が発生し、逃げようとした彼の背中に触れたのでしょう。

球電というのは、とても危険な現象なんです。

古くは十八世紀、ドイツの物理学者ゲオルク・ヴィルヘルム・リヒマンがサンクトペテルブルクで雷の実験中、室内で、設置していた避雷針から球電が走り、死亡した例があります。

近年でも中国の湖南《こなん》省で、球電らしき物体が養豚場に飛来し、飼育されている百七十頭の豚を即死させるという出来事がありました。

また、球電には近くにいる人間を追いかけてくるという目撃例もあるんです」

「じゃあこの男は、教会から家まで逃げて死んだってこと？」

「ええ。これだけ重度の火傷を瞬間的に負うと、知覚が麻痺《まひ》して無痛になるのです。直ぐに死ななかった犯人は、自分が重傷を負っていることに気付かないまま、この家まで逃走し、この部屋に入って椅子に座ろうとしたところで、循環血液量減少性ショックを起こして死亡したのでしょう。従って、停電を起こした際に発表されたテロの犯行文は、決めた時間に警察に届くよう、仕掛けをしていたことになります」

平賀の言葉に、ロベルトは長い溜息《ためいき》を吐いた。

「何てことだろうね……。けど、なにせ大金になる聖遺物を盗んで逃げようとしていたんだから、アドレナリンがドッと出ていて、自分の身体に起こった違和感なんて吹き飛んでいたかも知れない。とにかくこのまま放ってはおけないから、警察を呼ぼう。この家の鍵は開いていて、僕達は偶然、窓から彼を見つけたと言うんだ」

「ええ、分かりました」

ロベルトは警察に電話をかけた。

そうして彼らの到着を待つ間、二人は十字を切って、エトヴィン・カウペルスの遺体に手を合わせた。

主よ、御許に召されたこの者に、永遠の安らぎを与え、

あなたの光の中で憩わせて下さい

それから二人は改めて、床に散らばっている聖遺物の状況を眺めた。

「死ぬ間際に、手から落としてしまったんだろうね」

「ええ、そのようですね。ガラスケースは粉々です」

平賀は聖遺物入れの木箱の底を覗《のぞ》き込んだ。

「何も入っていません。そうすると、出た中身はこれらなのでしょうか……？　聖釘《せいてい》のようにはとても見えませんが」

平賀は床に散らばった黒いアーモンドのような粒を眺め、戸惑いがちに言った。

「ああ、平賀。恐らくそれはね、チューリップの種だよ」

「えっ、チューリップ？」

「そうさ。それこそが聖ファン・クーレン教会の聖遺物の正体だったんだ」

悠然と言ったロベルトの顔を、平賀は驚いて振り返った。

「ロベルト、貴方《あなた》は聖遺物の正体を知っていたんですか？」

「いや、公文書館や博物館や図書館を訪ねているうちに、もしかすると……と、予想していただけさ」

「でも何故、チューリップの種が、聖遺物ということになったのです？」

平賀がそう訊《たず》ねた時だ。外からサイレンの音が聞こえてきた。

「おっと、警察が来たらしい。説明は後でゆっくりするよ」

ロベルトは静かに答え、警察を迎える為に玄関へと歩いて行った。

4

オランダ警察の事情聴取を受けた二人は、ものの数十分で解放され、エトヴィン・カウペルスの家を出た。

「簡単な聴取で助かりました」

平賀がドギマギしながら呟く。

「そうだね。それにしても、聖遺物窃盗の瞬間に球電によって死ぬなんて、まるで天罰みたいな出来事だ」

「ええ……驚きました」

「ところで平賀、もし疲れていないなら、今からアムステルダムに立ち寄ってもいいかい？　君に見せたい物があるんだ」

「私に見せたい物？　それは何です？」

「とある肖像画さ。そこに聖遺物の秘密を解く鍵があるんだ」

「それは非常に気になります。是非、連れて行って下さい」

二人が電車に乗って訪れた先は、貴族生活博物館だ。

ロベルトは一階、二階を素通りして、絵画が展示された三階へと平賀を案内し、肖像画のコーナーで足を止めた。

「この五枚の肖像画に描かれているのは、エデュアルト・デ・ブラーン子爵だ。アーブラハム・フォルデルマンから、『Koning der koningen（王の中の王）』を買った人物だよ」

「へえ……」

平賀はじっと肖像画の人物を眺めたが、特に気になることはなく、首を傾げた。

ロベルトはそんな平賀を楽しそうに見ている。

「何か思うことはあるかい？」

「えっと……どれもよく似た絵だと思います」

「そう。どれも同じアングルで描かれ、デ・ブラーン子爵は同じポーズを取っている。

恐らくデ・ブラーン子爵がこの絵画を描かせてまで留《とど》めたかったのは、自分自身の姿というより、左後方に描かれている花なんだ。花が主役だから、あえて自分は目立つのを控えたんだろう。

けど、よく見てごらん。デ・ブラーン子爵の服の色は、必ず花の色に合わせているのが分かるだろう？」

平賀はロベルトにそう言われ、どの肖像画にも描かれている、東洋風の花器に生けられた花に注目した。

「本当ですね。どの花もチューリップのようですが、一番新しい年代の物だけは違う花のようですね。薔薇《ばら》でしょうか？　いや、牡丹《ぼたん》でしょうか？　何の花でしょう？」

「実はね、それもチューリップなんだよ。当時は殆《ほとん》ど存在しなかっただろうと思われる、八重遅咲き系のチューリップだ。八重咲きの有名品種には、ピンク色のアンジェリケ、白のマウントタコマ、オレンジプリンセスやブルーダイヤモンドなどがある。

ちなみに最近では、花色が上下で紫と白の二段に分かれ、花弁の重ねの多いアイスクリームという品種が注目を集めているよ」

「そうなのですか。確かに、このチューリップは変わっていますね。花被片が四十枚もあって大輪で、赤地に青い縞《しま》が入っています」

「そうだね。実に珍しい。でもその花、何処かで見覚えはないかい？」

ロベルトの問いかけに、平賀は少し考え、ハッと閃《ひらめ》いた顔になった。

「聖遺物が入ったガラスケースに描かれていた花。あれに似ています」

「そう。あの花だよ。僕の考えでは、この絵の中の花こそ、『Koning der koningen（王の中の王）』なんだ。

聖ファン・クーレン教会の二代目司祭、ファビアン・マルコ・デ・ブール司祭が『教会の至宝』と讃《たた》えたものの正体だったのさ」

「チューリップが至宝ですか？」

平賀は不可解そうだ。

「ああ。エデュアルト・デ・ブラーン子爵や、アーブラハム・フォルデルマン氏、そしてデ・ブール司祭らが生きていた時代背景からすると、それも自然な話なんだ。

平賀、君はフランスの文豪、アレクサンドル・デュマを知っているかい？」

「ええ、お名前ぐらいは」

「デュマは『モンテ・クリスト伯』や『三銃士』なんかで有名だけれど、『黒いチューリップ』という作品も書いている。

物語の舞台は、十七世紀のオランダだ。北部七州がスペインからの独立運動を起こしたり、イギリスとの戦争があったりと激動した時代であり、同時に中継貿易が隆盛を誇る黄金時代でもあった。それともう一つ、『チューリップ・バブル』と呼ばれる、チューリップへの異常な投機熱の高まりでも有名な時代なんだ。

物語の主人公は、コルネリウス・ファン・ベルルという純朴な青年で、父祖の遺産で裕福な暮らしをしていた。

その彼の家の隣には、ボクステルというチューリップ園芸家がいた。

ある時からコルネリウス青年もチューリップ栽培を始め、後発にも拘《かか》わらず財力を生かして、たちまちボクステルをも凌《しの》ぐチューリップ園芸家となった。

そして園芸協会が十万ギルダーという多額の賞金を懸ける黒いチューリップの品種開発に情熱を注ぐことになる。

一方のボクステルは、コルネリウス青年への嫉妬《しっと》の余り、望遠鏡で彼の挙動の一部始終を観察するのが日課になってしまう。

そうして、青年が遂に黒いチューリップの開発に成功した姿を見てしまうんだ。

ボクステルは何とかして黒いチューリップを横取りしようと企《たくら》んだ。

一方この時、オランダの宰相とその兄は、フランス王ルイ十四世と内通してオランダを裏切ったとして投獄されていた。その兄というのが、コルネリウス青年の叔父《おじ》にあたり、名付け親でもある、コルネリウス・デ・ウィットだ。

ボクステルは、デ・ウィットがかつてコルネリウス青年に託した書類の存在を嗅《か》ぎつけ、デ・ウィットと宰相の兄弟が脱獄して市民に虐殺された事件を受けて、コルネリウス青年も国家反逆に加担していたと、官憲に告発するんだ。

コルネリウス青年は逮捕される際、咄嗟《とっさ》に黒いチューリップの球根を紙に包んで持ち出した。

そして獄中のコルネリウス青年は死刑を宣告されるのだけど、彼は牢番《ろうばん》の娘ローザと恋仲になっていて、彼女に球根を託すことに成功する。

そんな感じで、史実とチューリップを巡る愛憎ドラマが絡み合った物語なんだ」

「チューリップ・バブルですとか、チューリップを巡る愛憎ですとか、何だか凄《すご》いんですね」

平賀は目を瞬《しばたた》き、大雑把な感想を口にした。

「チューリップについて、もっと話しても構わない？」

「ええ、勿論《もちろん》」

「チューリップがヨーロッパにもたらされたのは十六世紀だ。

オスマントルコで大使をしていた、神聖ローマ帝国のビュスベクという人物が、トルコ語でターバンに由来するチューリップなる花の球根を故郷へ持ち帰った。

そしてフランスの植物学者、カロルス・クルシウスにその球根を贈ったんだ。

球根を受け取ったクルシウスは、稀少《きしょう》な植物として球根を国内に紹介し、さらに球根の栽培と研究の為に、オランダへ移り住んだ。オランダは平地で土壌が肥え、花を育てるのに適した土地だからね。

チューリップの魅力は、何といっても他の植物にはない鮮烈な色味の花弁で、当時のヨーロッパで知られていたどんな花とも違っていた。

貴族や富裕層は、そんなチューリップを異国情緒溢《あふ》れる稀少な花として愛玩《あいがん》し、クルシウスは彼らに球根を配って大儲《おおもう》けをした。

そんな経緯があって、オランダでは貴族や大商人の家の庭にチューリップが植えられるようになり、チューリップ栽培も盛んになった。花壇の中央に咲かせたチューリップは、自分の地位や富を象徴するものだった。それだけ値打ちのある花だったんだ。

一昔前のオランダの旅行パンフレットなんかには、風車とチューリップばかりが目立っていただろう？

風車はオランダの開拓魂、チューリップは豊かさを象徴するものなんだ」

「当時のチューリップにそんな価値があったなんて、知りませんでした」

「いやいや、驚くのはここからだよ。

チューリップが大人気となるや、チューリップ蒐集家達《しゅうしゅうか》が誕生し、品種や花の色で分類して値段をつけ始めた。

例えばそうだね。デ・ブラーン子爵の一枚目の肖像画に描かれている、結構普通そうに見える黄色のチューリップは、僕の知る限り、当時『大元帥』と呼ばれた品種なのだけど、球根なら〇・五グラムあたりの値段は九百ギルダーに上ったそうだ。

当時の九百ギルダーというと、小さなタウンハウスが三軒買える値段だ」

「チューリップの球根、僅《わず》か〇・五グラムでですか⁉」

平賀は目を白黒させた。

「もっと稀少性が高いとランク付けられたものなら、一軒家が買えるほどの額で売買されていたというよ。

アーブラハム・フォルデルマンが教会を訪れた一六三〇年代になると、オランダだけじゃなく、ドイツやイギリスの資産家達の間でも『チューリップを蒐集していない資産家は趣味が悪い』と言われるまでになっていた」

「成る程……。では、この肖像画に描かれている五つのチューリップだけでも、恐ろしいほどの財産だったという訳ですか」

「そうだね。二枚目、三枚目と続けて肖像画を描かせたということは、それに伴って花の価値も上がっていたと考えるのが自然だろう。

ところで、チューリップ栽培の難しさは、短期間に育てるのが難しいことにあるんだけど、他にも独特の性質がある。

それは赤や黄色の単色だったチューリップが、翌年になると突然、複雑に混ざり合った模様になったり、炎や羽の模様になったりすることだ。

当時、チューリップは蒐集家達によって、グループやランク分けをされていたと話したよね。

赤や黄色、白の単色チューリップはクローネンと呼ばれる最低ランクで、赤もしくは桃色の地に白の縞模様《しまもよう》が入った多色チューリップはローゼンと呼ばれ、その上位だった。

さらにその上のランクには、紫もしくはライラック色の地に白い縞模様があるヴィオレテンがあり、最も珍しいものはビザーデンと呼ばれて、赤、紫、もしくは茶色の地に黄色もしくは白の縞模様が現れるものをいう。

花弁の複雑な模様や、炎のような模様、縞模様のある多色チューリップは、高価なものの証《あかし》だったんだ」

すると平賀は少し眉《まゆ》を寄せ、不思議そうな顔をした。

「それって、もしかすると、ただのモザイク病ではありませんか？」

ロベルトはクスッと笑って頷《うなず》いた。

「そうさ。珍しい模様をしたチューリップの発現は、アブラムシが運ぶウイルスに感染した病気の球根が原因だったんだ。

だけど、当時の人々はそれを知らず、チューリップが自ら自分の色彩を変化させる力を秘めた植物だと考えた。

そして珍しい模様のものが生まれたりすると、そこに稀少価値を見出《みいだ》した。一つの球根から珍しい花が咲けば、その球根からは同じような花が咲き続けるし、その球根からとれた子球根も同じ特徴を持つ。

ところが、こうした稀少なチューリップの球根は、普通のものより弱く、栽培が難しかった。それがまた、稀少価値を吊《つ》り上げる、という具合だったんだ」

「でも、ウイルス感染した球根は通常、品種として定着しませんよ」

「平賀。だからこそ、ロマンなんだよ」

「はあ、ロマンですか……」

「そうさ。さて、特殊なチューリップはさておき、一六三〇年頃、パリで球根の価格が上がっていると噂が立ち始めたことで、オランダの一般市民もチューリップを求め始めた。

チューリップは生育は遅いけど、オランダの土壌では簡単に育ったので、市場に多くの球根が出回るようになり、チューリップ市場が出来あがった。

そしてオランダでは、一六三三年からの二年間、疫病による人口減少が起こり、職人や労働者の賃金が上昇するという現象があって、彼らでも球根ぐらいなら買えるようになっていったんだ。

そうしたお金がどんどんチューリップ市場に流れ込み、チューリップの球根に財産をつぎ込む人々が増えていくと、一六三六年にはチューリップの球根は、お酒のジンやニシン、チーズに次いで、オランダ四番目の取引高の輸出品にまでなった。

さらに、チューリップの先物取引も始まった。

先物取引とは、将来の決められた日に受け渡しする商品を、契約時点に決めた価格で売買することを約束するものだ。

すると、忽《たちま》ちチューリップ市場は実体のないものになっていった。

球根を先物で売ると約束するのが農家ならまだ良い方で、実際はチューリップなど手元になく、球根を手に入れる方法もないのに、先物として球根を売る者が出始めた。

何しろ実際に球根を引き渡すのは翌春だったから、それまでに何とかすればいいと、皆、考えたんだろうね。

一方、買い手側も実際に球根を買うお金もないのに、手形で決済したりした。その手形は不渡りになることが殆《ほとん》どだったと言うね。

また、先物契約の頭金の為に、家や土地を格安で売りに出す者も多かった。

チューリップの価格はそれでも上がっていたから、それにつられるように、生活品や馬や馬車の価格は上がり、安く買った家を高く転売する者なども現れた。

当時のオランダ人の平均年収が百五十から四百ギルダー、大きな庭や馬車置き場がついた家の相場が約一万ギルダーとして、実際にチューリップの価格がどれ位だったかと言うと、チューリップの王様といわれた『無窮の皇帝』が、一六三三年には五千五百ギルダー、ピーク時には一万ギルダーの価格がついたほどだ」

「一個の球根がですか……」

「そうさ。『無窮の皇帝』の球根一個の価値は、アムステルダムの運河沿いで最も高額な家よりも高かった、と記録されているよ。

まさに狂乱だ。

その間、玄人の栽培家達は、新品種を作り出すことに心血を注ぎ、『提督』、『司令官』などの単語と栽培家の名を組み合わせた、高貴そうな品種名を次々とつけていった。

そうして命名された品種の中で、当時最も高く評価されたのは『フォン・デル・アイク提督』というものだ。

時代が進むと、『提督の中の提督』、『司令官の中の司令官』、『貴婦人の中の貴婦人』といった名も付けられた。

けど、それらの品種の殆どは、現在では絶滅している。

そんな中、園芸家だったに違いないアーブラハム・フォルデルマンは、画期的なチューリップの栽培に成功したんだ。

それこそが『Koning der koningen（王の中の王）』。その名称は、当時の流行に合わせて付けられたんだろう。

五枚目の肖像画に描かれた、このチューリップがそれだ」

ロベルトは、八重咲きで赤に青の縞模様を持つチューリップを指差した。

「その花の種が残っているということは、フォルデルマン氏はウイルスに侵された球根に頼らず、品種交配によって新たな品種を作り上げたんでしょうね」

平賀の言葉にロベルトは頷き、微笑んだ。

「そうだろうね。間違いなく稀少《きしょう》な花が開く種なのだから、その価値は途方もないものだった筈《はず》だ。それこそ六粒もあれば、城ぐらい買えたかも知れないよ。

だからこそ、それを贈られた司教は、『教会の至宝』と書き記したんだ。

カソリック禁止令が解けたあかつきには、立派な教会を建てられる資金だからね」

「フォルデルマン氏が教会に寄贈したのが、大変貴重で高価なものだったことは分かりました。でも、それが『聖遺物』になった理由が分かりません」

平賀が首を捻《ひね》る。

「これは僕の想像だけど、全ては聖ファン・クーレン教会の七代目司祭、ジョゼ・イグナチウス・ヴァン・ダム司祭の狂言だったんじゃないかな。

というのも、チューリップの価格は一六三七年二月初旬を境に、一気に暴落したんだ。

これが世界最古のバブル崩壊と呼ばれる、チューリップ・バブルの顚末《てんまつ》だ。

そうなると、土地や家を担保にチューリップ市場に参入した人たちの手元には、ほぼ価値を無くした球根が残るだけだ。

オランダは大パニックになった。慌てた政府が『合意価格の三・五パーセントの支払いで、債務を破棄できる』と宣言し、パニックは一定の収束を見せた。けど、この出来事から暫《しばら》くの間、オランダではチューリップが忌み嫌われたというね」

「つまり、『Koning der koningen（王の中の王）』も価値を失ったのですね」

「そうだ。そして暫くの間、忘れ去られていたんだ。教会史にも日誌にも、至宝の話は全く登場していない。

だけど、七代目司祭は、二代目司祭の日誌から『教会を救う至宝』のことを知り、カソリックが解禁された際、教会を再建する為にその箱の中を確認したんだろう。

しかし、そこに入っていたのは、ただの植物の種でしかなかった。

司祭は絶望したと思うよ。

けれど、司祭は本当のことを伏せ、『教会に伝わる至宝の箱を開いたら、目が潰《つぶ》れ、神の声を聞いた』と一芝居打ったんだ。『これは聖遺物だ』とね。

箱の中に聖釘《せいてい》を見たと言ったのは、大きさとして手頃だったからだろう。

勿論《もちろん》、それは信者達を欺く嘘だったけど、その罪を背負う意味も兼ねて、自ら目を潰し、真実を胸に秘めたんじゃないだろうか」

「成る程……。ありえますね」

平賀は小さく頷いた後、首を傾げてロベルトを見た。

「一つ、お訊《たず》ねしてもいいですか、ロベルト？」

「いいけど？」

「フォルデルマン氏は何故、お城が買えるほどの財産を教会に寄贈したのでしょう？」

「それはやっぱり、一人娘の為に違いないよ。

フォルデルマン氏の娘は、氏が教会へ寄贈を行った十カ月後に亡くなっている。

フォルデルマン氏本人もその三カ月後に、妻も五カ月後に亡くなったところをみると、ウイルス性の流行《はや》り病が家族に蔓延《まんえん》した可能性が高い。

娘が重い病気になった時、父親は何をするだろうか？

勿論、まずは病院へ連れて行くだろう。幸い、金はたっぷりあるんだ。フォルデルマン氏なら、最高の治療を娘に施したに違いない。

だが、それでも娘の病状が良くならない。

それでもう、神の力に縋《すが》るしかないと考えたのだろうね。

自分の全財産の種を教会に寄贈し、娘を救って欲しいと司祭に頼んだんだ」

「ああ、そういうことでしたか……」

平賀は俯《うつむ》き、悲しげな顔をした。

「それにしてもさ、聖遺物の正体がチューリップの種だったなんて話、エイクマン司祭にどう伝えたらいいんだろう。さぞがっかりされるだろうからね。

それとも真実は黙っておくべきかな？　僕にはとても判断がつかないよ」

ロベルトは肩を竦《すく》め、空を仰いだ。

「そうですね。そこの所は、サウロ大司教のご判断を仰ぐのがいいかも知れません。

でもロベルト、私はある意味、エイクマン司祭を喜ばせる物を持っています」

平賀はポケットから、小さなファスナー付きビニール袋を取り出した。

その中には、黒い種が二粒、入っている。

「あっ、君、それは……」

「はい。エトヴィン・カウペルスの家から頂戴《ちょうだい》した、『Koning der koningen（王の中の王）』です。

あの時、貴方《あなた》がこれをチューリップの種だと仰《おっしゃ》り、警察を出迎えるのに玄関の方へ行かれた際、どうしても気になって、二粒だけ頂いてしまいました」

平賀はケロリと言って、言葉を継いだ。

「アーブラハム・フォルデルマン氏のお気持ちを考えても、この種はやはり聖ファン・クーレン教会に返すべきだと思います。

あの教会の集会室には、手入れのいいプランターが置かれていたでしょう？　そこに植えて欲しいと、エイクマン司祭にお願いしようと思うのです」

「成る程ね……。全く、君には驚かされてばかりだ。分かったよ、そうしよう。きっと数年後の春には、綺麗《きれい》な花が咲くだろう」

「ええ、きっと」

二人は顔を見合わせ、微笑み合った。

エピローグ　調査を終えて

ホテルに戻った平賀とロベルトは、今回の奇跡の顚末をバチカンに書き送った。そして、サウロ大司教に今後どう動くべきかの判断を仰いだ。

全ての作業が終わった頃、時刻は零時近くになっていた。

「サウロ大司教からのお返事は、いつ頃届くでしょうね？」

平賀が思い詰めたような顔で言う。

「明日か、明後日か、それぐらいだろうけど、僕らの仕事は終わったんだから、明日中にはバチカンに戻れと、事務局から言われるだろうね」

ロベルトが答える。

「ということは、明日は少し、時間の余裕がありそうですね」

平賀は、はにかんだような笑顔を浮かべた。

「そう思うけど、どうかした？」

「いえ、別に……。私は一寸《ちよつと》、シャワーを浴びて来ます」

平賀はそそくさと席を立った。

翌日、二人は部屋で朝食を摂《と》り、荷物の梱包《こんぽう》を済ませた。

時刻は十時半過ぎになったが、バチカンからのメールはまだ届かない。

するとメールチェックしていたロベルトの側に、平賀が硬い顔でやって来た。

「君、何か言いたいことがあるんだろう？　遠慮せず言ってご覧よ」

ロベルトが微笑すると、平賀はコクリと頷《うなず》いた。

「はい。恥ずかしいけれど、思い切って言ってしまいます」

「どうぞ」

「ロベルト、私と一緒にミッフィー博物館に行きませんか？」

突然の申し出に、ロベルトは目を瞬《しばた》いた。

「ミッフィーって……。あの絵本のウサギの？」

「……はい」

平賀は消え入りそうな声で応じた。

「そう言えば、作者のディック・ブルーナの出身はユトレヒトだったね。いいよ、ご一緒しよう。行くなら早めに行く方がいい。直ぐにでも出発しないか？」

「はい、有り難うございます」

二人は徒歩でミッフィー博物館こと、ナインチェ・ミュージアムへと向かった。

ミッフィーは、オランダやベルギーではナインチェと呼ばれている。ウサギを意味するオランダ語に、小さく愛らしいものを示す接尾語「チェ」を足し、ディック・ブルーナが名付けたオリジナル名だ。それが英語版の出版の際、ミッフィーという英語名が新たに付けられ、世界四十ヵ国に翻訳されている。

ミッフィー博物館は、ユトレヒト市立博物館セントラル・ミュージアムの一部であり、両者は向かい合って建っていた。

セントラル・ミュージアムは、中世に修道院として建てられたという歴史を持つ、オランダ最古の市立博物館だ。

ミュージアム入り口のチケット売り場でチケットを買い、パンフレットを貰《もら》う。

そうして二人はまず、ミッフィー博物館へと向かった。

入り口を入るとすぐ、カラフルなクマやリンゴ、花などが描かれた無料ロッカーがある。

何やら幼稚園の入り口のようだ。

平賀はいそいそとロッカーに鞄《かばん》を入れ、奥へ進んだ。

中は幼い子ども達とその母親で賑《にぎ》わっていた。

ままごと遊びが出来る子ども用キッチンや、仕掛けのあるミッフィー人形、絵本が吊《つる》された カラフルな部屋などがあり、子ども達がはしゃぎながら駆け回っている。

神父二人連れはその中で、完全に浮いていた。ロベルトは羞恥《しゅうち》を覚えたが、平賀はわくわく顔で辺りを見回し、鼻歌を唄《うた》っている。

二階へ進むと、床に道路と横断歩道が描かれ、信号機が設置されたエリアがあった。子ども達が交通安全を学ぶ場所だろう。

実際の三輪車も数台あって、子ども達が道路の絵の上を走っている。誰かが三輪車から降りると、我先にと軽く取り合いになり、泣き出す子などもいた。

それを宥《なだ》めたり、叱ったりしている親達が大変そうだ。

二階の奥には、机と椅子が並んだ制作室があった。

色鉛筆とミッフィーの塗り絵が置いてあり、自由に使えるようになっている。

そして十人ばかりの子ども達が、夢中で塗り絵に取り組んでいた。

「ロベルト、私達もしてみましょうよ」

平賀は空いた席を指差した。

「いや、僕はいいよ」

「そうですか？　では、私は行って来ます」

平賀は耳付き帽子を被《かぶ》り、マフラーを巻いたミッフィーの塗り絵を手に取ると、オレンジ色の色鉛筆で帽子を塗り始めた。

シンプルな塗り絵が完成する。

平賀は塗り絵を持って、満足そうに立ち上がった。

「とても楽しかったです。私、この帽子のミッフィーが大好きなんです」

「そう、それは良かった。でも、どうやら向かいのセントラル・ミュージアムの方が、大人向きみたいだよ。ミッフィーの原画や、ディック・ブルーナ氏のアトリエなどが展示されているらしい。ミュージアムショップもある」

ロベルトがパンフレットを見て言う。

「そちらも是非、立ち寄りたいです。良太《りょうた》にお土産も買いたいですし」

二人は道路を渡り、セントラル・ミュージアムへ入った。

最上階にあるアトリエを目指しながら進んでいくと、新旧のオランダ絵画に彫像、カラフルな家具、オブジェや現代アート、音楽と様々なジャンルの展示物が並んでいる。

二人はそれらをざっと眺めながら、最上階へ到着した。

元修道院の三角屋根を生かした、屋根裏っぽい空間に、ディック・ブルーナのアトリエが再現されており、彼が実際に使った自転車などが置かれている。

ミッフィーの原画や版画や出版物、キャラクターグッズ、ディック・ブルーナのデザインしたペーパーバックなども多数展示されていた。

平賀は目を輝かせ、ミッフィーの原画一枚一枚を食い入るように見詰めている。

「この線の震え、たまりませんね。揺らぎに癒《い》やされます」

平賀はホウッと感嘆の溜息《ためいき》を吐いた。

「そうだね、味のある線だ。僕もブルーナ氏が絵を描く番組を見たことがあるけれど、彼の絵は一見簡単そうに見えて、何度も下書きを繰り返しているんだよね。十センチほどの紙束を指して、『これが全部、一枚の挿絵の下書きです』と語っていた。それに、とても丁寧に、少しずつ線を描いていたのを覚えているよ」

「そうなんですよ、ロベルト。

ブルーナ氏は子どもの頃、画家を目指していたのですが、結婚を機に職業デザイナーに転身し、父親の経営する出版社で多くの表紙をデザインしました。

そうする間に、美しい絵画を描いたり遠近法や陰影にこだわったりする意識よりも、必要がないものをギリギリまで削り、いかにも簡単そうに見える線だけで、その対象の本質をきっちり描くという目標を持ち、シンプルで研ぎ澄まされた線を追い求めていったんです。

そうして誕生したのが、ミッフィーなんです！

ミッフィーの顔は、時代と共にどんどん変わっています。それはブルーナ氏が前に描いたものをトレースせず、より良く描こうと努力を続けた結果なんです。

それにミッフィーの絵本は、色にも大きな特徴がありますよね。

ブルーナカラーと呼ばれるオレンジ、青、黄、緑、茶、灰色の六色と背景の白だけを使って、シンプルに世界を描いているのに、とても豊かな感じがするんです」

熱っぽく語る平賀を眺めていたロベルトは、そこでクスッと笑った。

「何か可笑《おか》しいですか？」

「いや、君から絵のレクチャーを受けるなんて、新鮮だと思ってさ。よっぽどミッフィーが好きなんだね。だったら、ハローキティなんかも好きなのかい？」

すると平賀はムッとした顔をした。

「そんな子どもっぽいものは好きじゃありません」

「……ああ、そう」

「ええ。それにミッフィーは、私が弟の良太に初めて読んであげた絵本なんですよ」

「成る程ね」

平賀は再び展示物に熱中し始めた。

一方、ロベルトはブルーナカラーのオレンジ色を眺めながら、オランダ人のオレンジ色好きは、オラニエ公ことオレンジ公ウィリアムにちなんだものだったな、などと考えていた。

オレンジ公ウィリアムとは、オランダ独立戦争を指揮して独立を勝ち取り、オランダ建国の祖となった人物だ。

今もオランダ王室に関わる祝祭日やイベントで、オランダ人はオレンジ公ウィリアムを讃《たた》え、自由と独立の象徴であるオレンジ色を使ったり、身につける。

オリンピックやサッカーのオランダ代表のユニフォームも、オレンジ色だ。

ぼんやり考えていたロベルトは、前をゆっくり進んでいた平賀にぶつかった。

「おっと、ごめん」

平賀は何も答えなかった。ミッフィーがシーツを被ってお化けになる絵の前で立ち止まり、何故だか難しい横顔をしている。

「どうかしたのかい、平賀?」

「一寸《ちょっと》考えていたんです。もしかしたら、あの奇跡の光球は、球電現象ではなく、ＵＦＯだったかも知れないと……」

「は？　何だって？」

平賀は真顔でロベルトをじっと見た。

「だって考えてもみて下さい。

オルトマンス神父は光球に吸い込まれ、身体が浮き上がるという体験をし、一瞬のうちに宇宙と自分が一体になったような感覚があったと仰いました。

フロリーナ・ヘーシンクさんは、とてもリラックスして、まるでベッドに横たわっているような気分だったと語りました。

フェリクス・ヘールス氏は、聖霊とセックスしたと言いました」

「うん、そうだけど？」

「前に私は、現代では夢魔よりも、エイリアンに攫《さら》われて、性交を行い、混血児を産んだと主張する人々が増えていると言いましたよね。

証言者達のお話は、UFOに吸い込まれ、攫われて宇宙船内に横たわり、宇宙人とセックスし、子どもを身ごもったというUFO体験者の話にそっくりじゃないですか？」

「……まあ……そう言われてみれば……」

「そもそもUFO目撃談の多くに於《お》いて、UFOは輝く円盤や光球と表現されていますし、UFOには巨大なものから手の平サイズのものまであるとも言われています。

教会に現れた光球がUFOでないとは言い切れません。

ファティマの奇跡でも、太陽と見えたものは、宇宙人が操るUFOだった、もしくは高次元エネルギーをもった宇宙人そのものだった、という私の仮説は否定できない筈《はず》です」

平賀の言葉にロベルトは眉《まゆ》を顰《ひそ》め、小さく溜息を吐いた。

「それを言うなら、UFOに攫われたと主張する人達の方が、実は球電現象に遭遇していた、と考えた方が自然じゃないかい？　彼女らが謎の発光体に遭遇し、強力な電磁場の影響下で幻覚を見たと考えれば……。あと、彼女らの体験は、君が語ってくれた夢魔の科学からも説明できるかも知れないよね」

「ああ、成る程……」

考え込んだ平賀の肩を、ロベルトはポンと叩《たた》いた。

「それより、そろそろ下のミュージアムショップへ移動しないか？　展示はほぼ見終わっただろう？」

「ええ、満喫しました」

二人は階段を下り、一階のショップに入った。

沢山のぬいぐるみや絵本、マグカップなどのミッフィーグッズが売られている。

平賀はマグカップを二つ選び、次はポストカードに心惹《こころひ》かれたようで、一枚一枚、手に取って眺めている。

ロベルトは木靴のコーナーに立ち寄った。

オランダ人は今も、農業や漁業、ガーデニングの際に木靴を愛用している。ぬかるんだ地面を歩きやすく、水に濡《ぬ》れた木は膨張して、足を冷えから守るそうだ。

一つ買って、ガーデニングに使ってみるか
平賀の家の玄関周りの雑草を抜く時にも使えそうだ
買い物を済ませた二人は、ミュージアムを後にした。

すると扉を出た所で、平賀はマグカップの包みの一つをロベルトに差し出した。

「少し遅れてしまいましたが、お誕生日おめでとうございます、ロベルト」

「えっ、有り難う。驚いたよ。だけど僕の誕生日なんて、よく覚えてたね」

ロベルトは目を丸くしながら、包みを受け取った。

「忘れる訳がありません。ご存じですか、ロベルト？　ミッフィーと貴方《あなた》の誕生日は同じなんですよ。だから六月二十一日は、私にとって特別な日なんです」

平賀は満面の笑みで、誇らしげに胸を張ったのだった。

参考資料

『レンブラント　光と影の魔術師』パスカル・ボナフー　高階秀爾監修　村上尚子訳　創元社
『別冊太陽　ディック・ブルーナ』平凡社
『ゆきのひのうさこちゃん』ディック・ブルーナ　いしいももこ訳　福音館書店
『謎の発光体　球電』ジョルジ・エゲリ　大槻義彦監修　板井一真訳　丸善
『シリコーン大全』山谷正明監修　信越化学工業編著　日刊工業新聞社
『物語　オランダの歴史』桜田美津夫　中公新書
『火の玉の科学』Б・M・スミルノフ　大槻義彦　大古殿秀穂　共立出版
『オランダ紀行　街道をゆく35』司馬遼太郎　朝日文庫
『アムステルダム　裏の歩き方』高崎ケン　彩図社
『aruco32　オランダ』地球の歩き方編集室　ダイヤモンド・ビッグ社
『美しきオランダ・ベルギー』講談社MOOK
『図説　オランダの歴史』佐藤弘幸　河出書房新社
『地球の歩き方　オランダ　ベルギー　ルクセンブルク』ダイヤモンド・ビッグ社
『ビジュアル　新生バチカン　教皇フランシスコの挑戦』ロバート・ドレイパー　デイブ・ヨダー写真　高作自子訳　日経ナショナルジオグラフィック社

東京都市大学教授・博士（工学）岩尾徹《いわおとおる》先生から、アドバイスを受け、いろいろとお話を伺うことが出来ました。

岩尾徹先生、本著へのご協力、誠に有り難うございます。

本書は文庫書き下ろしです。

バチカン奇跡調査官《きせきちょうさかん》　王《おう》の中《なか》の王《おう》
藤木《ふじき》　禀《りん》

角川ホラー文庫　22302

令和2年8月25日　初版発行
令和6年11月30日　再版発行

発行者———山下直久
発　行———株式会社KADOKAWA
〒102-8177　東京都千代田区富士見2-13-3
電話 0570-002-301（ナビダイヤル）
印刷所———株式会社KADOKAWA
製本所———株式会社KADOKAWA
装幀者———田島照久

●お問い合わせ
https://www.kadokawa.co.jp/（「お問い合わせ」へお進みください）
※内容によっては、お答えできない場合があります。
※サポートは日本国内のみとさせていただきます。
※Japanese text only

ISBN978-4-04-109792-2　C0193

角川文庫発刊に際して

角　川　源　義

第二次世界大戦の敗北は、軍事力の敗北であった以上に、私たちの若い文化力の敗退であった。私たちの文化が戦争に対して如何に無力であり、単なるあだ花に過ぎなかったかを、私たちは身を以て体験し痛感した。西洋近代文化の摂取にとって、明治以後八十年の歳月は決して短かすぎたとは言えない。にもかかわらず、近代文化の伝統を確立し、自由な批判と柔軟な良識に富む文化層として自らを形成することに私たちは失敗して来た。そしてこれは、各層への文化の普及滲透を任務とする出版人の責任でもあった。

一九四五年以来、私たちは再び振出しに戻り、第一歩から踏み出すことを余儀なくされた。これは大きな不幸ではあるが、反面、これまでの混沌・未熟・歪曲の中にあった我が国の文化に秩序と確たる基礎を齎らすためには絶好の機会でもある。角川書店は、このような祖国の文化的危機にあたり、微力をも顧みず再建の礎石たるべき抱負と決意とをもって出発したが、ここに創立以来の念願を果すべく角川文庫を発刊する。これまで刊行されたあらゆる全集叢書文庫類の長所と短所とを検討し、古今東西の不朽の典籍を、良心的編集のもとに、廉価に、そして書架にふさわしい美本として、多くのひとびとに提供しようとする。しかし私たちは徒らに百科全書的な知識のジレッタントを作ることを目的とせず、あくまで祖国の文化に秩序と再建への道を示し、この文庫を角川書店の栄ある事業として、今後永久に継続発展せしめ、学芸と教養との殿堂として大成せんことを期したい。多くの読書子の愛情ある忠言と支持とによって、この希望と抱負とを完遂せしめられんことを願う。

一九四九年五月三日

ISBN 978-4-04-449803-0

バチカン奇跡調査官

闇の黄金

藤木 稟

首切り道化師の村で謎の殺人が!?

イタリアの小村の教会から申告された『奇跡』の調査に赴いた美貌の天才科学者・平賀と、古文書・暗号解読のエキスパート、ロベルト。彼らがそこで遭遇したのは、教会に角笛が鳴り響き虹色の光に包まれる不可思議な『奇跡』。だが、教会の司祭は何かを隠すような不自然な態度で、2人は不審に思う。やがてこの教会で死体が発見されて――⁉『首切り道化師』の伝説が残るこの村に秘められた謎とは⁉　天才神父コンビの事件簿、第3弾！

角川ホラー文庫
ISBN 978-4-04-449804-7

バチカン奇跡調査官

ジェヴォーダンの鐘

藤木 稟

舞台はフランス。聖母が起こした奇跡とは⁉

フランスの小村の教会から、バチカンに奇跡申請が寄せられる。山の洞穴の聖母像を礼拝している最中、舌《ぜつ》のない鐘が鳴り全盲の少女の目が見えるようになったというのだ。奇跡調査官の平賀とロベルトは早速現地へと赴く。この一帯はかつて「ジェヴォーダンの獣」と呼ばれる怪物が出没したとの伝説が残る地。さらに少女は３年前、森で大ガラスの魔物に出会ったことで視力を奪われたというが——⁉　天才神父コンビの事件簿、第14弾！

角川ホラー文庫

ISBN 978-4-04-105975-3

ISBN 978-4-04-107448-0

バチカン奇跡調査官

アダムの誘惑

藤木 稟

世界的歌姫の死と“静かな溺死者たち”の謎！

奇跡調査官の平賀とロベルトは、ＦＢＩ捜査官ビルから結婚式の司祭を頼まれる。相手は任務のため偽装婚約中の工作員エリザベート。驚きつつも２人はアメリカへ向かうことに。一方ビルとエリザベートは世界的大スター、ゾーイと、エキゾチックな若き牧師アダムと知り合う。翌日ゾーイの別荘を訪ねたビル達が見たものは、巨大水槽の中で揺蕩《たゆた》うゾーイの遺体！　さらにビルの身にも思わぬ危険が迫っていた――人気シリーズ15弾！

角川ホラー文庫

ISBN 978-4-04-107447-3

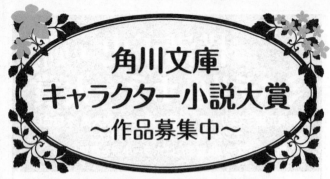